A JOGADA do AMOR

A Jogada do Amor

KELLY QUINDLEN

Tradução
Laura Pohl

Copyright © 2021 by Kelly Quindlen
Copyright da tradução © 2022 by Editora Globo S.A.

A permissão para publicação desta edição foi arranjada
pela Gallt and Zacker Literary Agency LLC.

Todos os direitos reservados. Nenhuma parte desta edição pode ser utilizada ou reproduzida
— em qualquer meio ou forma, seja mecânico ou eletrônico, fotocópia, gravação etc. — nem
apropriada ou estocada em sistema de banco de dados sem a expressa autorização da editora.

Título original: *She Drives Me Crazy*

Editora responsável **Paula Drummond**
Assistente editorial **Agatha Machado**
Preparação de texto **Clara Alves**
Diagramação **Gisele Baptista de Oliveira**
Projeto gráfico original **Laboratório Secreto**
Revisão **Vanessa Raposo**
Ilustração e design de capa **Laura Athayde**

**Texto fixado conforme as regras do Acordo Ortográfico
da Língua Portuguesa (Decreto Legislativo nº 54, de 1995).**

CIP-BRASIL. CATALOGAÇÃO NA FONTE
SINDICATO NACIONAL DOS EDITORES DE LIVROS, RJ

Q62j
Quindlen, Kelly
A jogada do amor / Kelly Quindlen ; tradução Laura Pohl. - 1. ed. - Rio de
Janeiro : Globo Alt, 2022.

Tradução de: She drives me crazy
ISBN 978-65-88131-48-0

1. Romance americano. I. Pohl, Laura. II. Título.

22-76306

CDD: 813
CDU: 82-31(73)

Meri Gleice Rodrigues de Souza - Bibliotecária - CRB-7/6439

1ª edição, 2022 - 4ª reimpressão, 2024

Direitos de edição em língua portuguesa para o Brasil
adquiridos por Editora Globo S.A.
R. Marquês de Pombal, 25
20.230-240 – Rio de Janeiro – RJ – Brasil
www.globolivros.com.br

*Para minha mãe, que sempre dá a volta por cima,
e para Quinn Patrick, que mudou nossas vidas*

1

Considerando que jogo basquete nos campeonatos da escola há três anos, era de se esperar que eu soubesse fazer uma cesta.

Mas não é o caso.

— Zajac! — a treinadora grita, gesticulando freneticamente para mim. Ela só está me chamando pelo sobrenome porque não lembra o meu primeiro nome. — Chega de arremessos! Passe a bola pra outra pessoa!

É quase tão humilhante quanto o arremesso que fiz um segundo atrás. Eu sou ala-armadora, então é para eu, sabe, fazer pontos, mas essa é a terceira vez que arremesso e a bola nem sequer encosta no aro. Normalmente, controlo bem a bola, mas hoje é como se eu estivesse arremessando uma batata gigante por um túnel de vento.

O time adversário pega o rebote e minhas orelhas queimam quando corro para fazer a marcação do outro lado da quadra. Nem consigo olhar para minhas colegas de time. Esse tecnicamente é só um jogo pré-temporada, mas é contra a escola Candlehawk, nossa rival, e estamos perdendo por dezoito pontos. *Em casa.* Se perdermos esse jogo, não teremos chance de nos redimir até o Clássico de Natal, o que quer dizer que essas desgraçadas estarão em vantagem pelos próximos dois meses.

Firmo os pés no chão da quadra e tento focar na defesa. Estamos usando a estratégia de marcação individual, que geralmente é meu ponto forte, exceto hoje. Acontece que a oponente que estou marcando esta noite é minha ex-colega de time.

E também minha ex-namorada.

Tally Gibson foi a primeira e única pessoa que amei. Ela se transferiu para minha escola no começo do segundo ano com um ar de garota da cidade grande e uma vontade de se provar dentro e fora de quadra. Na primeira vez que conversamos, ela deu um puxão no meu rabo de cavalo e falou que eu tinha o cabelo ruivo mais bonito que ela já tinha visto. Na primeira vez que nos beijamos, foi como se fogo-fátuo tivesse passado por minhas veias.

Para resumir, eu estava fascinada.

Já Tally só amava duas coisas. A primeira era eu. A segunda era atenção. Tally queria *ser* alguém, mas teve dificuldade com isso na nossa escola, onde o time de basquete feminino era tão relevante quanto o clube de tricô. Eu sabia que ela queria mais, mas, na minha cabeça, *mais* era sempre algo que existia em um futuro distante, algo que nós eventualmente conquistaríamos juntas. Achei que estávamos na mesma página até o dia em que ela me levou para jantar e anunciou que estava mudando de escola de novo — e que queria terminar comigo. A carta oficial de boas-vindas da Academia Preparatória Candlehawk estava tão amassada e gasta que eu sabia que morava na bolsa dela havia semanas.

Tento não olhar para Tally agora, enquanto ela corre pela quadra com o seu novo uniforme dourado, mas é como fingir que o sol não existe. Ela suga os lábios como se tentasse manter uma expressão neutra, mas dá para ver que está extasiada com o resultado do jogo. Valida cada motivo que ela teve para se transferir para uma escola que incentivava mais o basquete, um lugar onde ela finalmente seria notada.

Tally se posiciona em um lugar próximo a mim na cabeça do garrafão, mantendo distância suficiente para estar aberta a um passe da nova armadora. Mas aí, quase como se não pudesse evitar, ela olha para mim.

Você está bem?, pergunta sem usar a voz. Ela tenta parecer preocupada, mas na verdade soa condescendente. Quebro o contato visual e me viro. Não quero a pena dela.

A outra armadora do time acabou de ultrapassar a linha central quando o árbitro apita. Minha melhor amiga, Danielle, pediu tempo. Danielle é nossa armadora, capitã e treinadora improvisada, basicamente, já que nossa treinadora oficial é uma sem noção. Ela se aproxima de mim e sussurra, antes que nossas alas e pivô se juntem a nós:

— Cara. — Ela me dá aquele olhar intenso que é sua marca. — Você precisa focar no jogo. *Só ignore ela.*

Danielle sabe quão devastada fiquei depois que Tally terminou comigo e que mal me recuperei. Somando isso à sua competitividade, minha amiga está determinada a vencer esse jogo custe o que custar, mesmo que tenhamos perdido para Candlehawk nos últimos três anos. Nós perdemos a maioria dos jogos, mas isso nunca impediu Danielle de sonhar em ganhar uma temporada.

— Eu sei, eu sei, entendi — murmuro para ela. — Você não precisava ter pedido tempo.

Danielle bufa.

— Nem tudo é sobre você. — Ela se vira para nossas alas e pivô quando elas se juntam a nós. — Escutem, todas reconhecem a jogada que elas estão prestes a fazer?

Nós a encaramos. A mente de Danielle sempre está fazendo hora extra, percebendo padrões e ritmos que o restante de nós nunca vê. De vez em quando, ela viaja completamente quando está refletindo sobre alguma coisa. Nossos amigos chamam isso de As Visões da Danielle.

— A armadora faz aquele gesto de virar a mão quando quer que as alas cruzem o passe — diz em um tom baixo. — Elas vão correr para as laterais pra desviar a atenção da cabeça do garrafão...

Estou tentando escutar, mas meus olhos continuam procurando por Tally. Ela está em um círculo com suas novas colegas de time, fazendo aquele negócio de puxar o tornozelo enquanto se equilibra em um pé só. Da primeira vez que a provoquei sobre esse hábito, durante os testes do ano passado, ela me deu um sorriso torto e perguntou: "Por que você está prestando tanta atenção em mim?"

Eu queria ter esse momento de volta. Os olhos azuis de Tally, o sorriso provocante, a avidez de querer dar uma chance para esse lugar — e para *mim*. Ela ainda não tinha aprendido que jogar em um time de basquete feminino perdedor em uma cidade pequena e excêntrica fazia de você um zé-ninguém. Eu ainda não tinha aprendido que ser um zé-ninguém era algo que deveria me incomodar.

— ... entendido? — Danielle pergunta, animada, me batendo no braço.

E de repente nós estamos de volta às posições, o árbitro apita, e eu não faço ideia do que é para fazer.

Tudo acontece rápido demais: a ala-armadora faz o gesto, a ala-pivô cruza o passe para a lateral e Tally corre para marcar Danielle. Ela ajeita os pés e cruza os braços em cima do peito e Danielle não consegue se mexer. Eu corro atrás dela, tentando acompanhar, mas Tally sai facilmente da marcação de Danielle e vai para a linha de arremesso livre para receber o passe da ala-armadora.

Quando finalmente consigo alcançá-la, Tally já fez seu arremesso. Ele voa rápido e lindo pela cesta, em um arco perfeito que nem encosta na rede. A seção dourada da multidão — que é basicamente quase tudo — ruge, deleitada. Um dos torcedores agita uma placa que diz: *Contem com a Tally!!!* Me dá vontade de vomitar.

Tally sorri para as novas colegas de time, que correm para comemorar com ela. Elas estão na frente por vinte lindos pontos agora, e meu time não tem nenhuma chance de ganhar essa. Danielle me lança um olhar mortal, e percebo que ela deve ter tentado me avisar sobre o passe. Eu dou de ombros na defensiva; ela balança a cabeça e se apressa para a linha central para que possamos passar a bola para uma nova jogada.

É nesse único segundo idiota — entre pegar a bola e passar para Danielle — que eu surto. Uma das jogadoras de Candlehawk que está perto de Tally grita:

— Aquela menina nem viu você se mexer! Ela não teve a menor chance de te acompanhar!

Aquela menina. Como se eu fosse uma pateta qualquer que não significasse nada para Tally. Ela obviamente não achou que valia me mencionar para suas novas colegas.

— Ei, babaca! — grito para a jogadora de Candlehawk. Ela se vira, escandalizada. As outras também se viram, incluindo uma Tally horrorizada. — O meu *nome* é Scottie!

Arremesso a bola como se jogássemos queimada e eu estivesse determinada a eliminar o time delas inteiro. Sinto satisfação por um segundo inteiro e então...

Piiiiiiiiiiiiiiiiiih. O árbitro apita e vai na minha direção.

— Falta técnica! — ele grita. — Conduta antiesportiva!

A multidão começa me vaiar. As jogadoras de Candlehawk me lançam olhares mordazes e superiores, exceto Tally, que faz uma careta como se eu tivesse ficado mentalmente instável. Minha treinadora congela onde está, claramente sem saber o que significa uma falta técnica.

Consigo sentir Danielle me encarar como se quisesse abrir um buraco no meu rosto, mas me recuso a fazer contato visual com qualquer um enquanto vou para o banco. Os torcedores de Candlehawk ainda estão vaiando, enquanto os nossos permanecem em silêncio. Eu fervilho de raiva, mas também há uma pontada quente de vergonha passando pela minha coluna. Fico no banco e mantenho meu olhar fixo no chão.

***

Nós perdemos por vinte e três pontos. Eu sei que nem tudo é minha culpa, mas não consigo evitar me sentir menor do que uma formiguinha quando nos alinhamos para cumprimentar o outro time.

Tally encontra meu olhar quando fazemos a fila para o aperto de mãos. Percebo a vergonha alheia em seu rosto, como se ela quisesse se afastar de mim. Eu só vi esse olhar uma vez antes: na última primavera, quando fomos à nossa primeira festa e a capitã das líderes de torcida guinchou meu carro como pegadinha. Eu persegui o guincho pela rua toda, caí e rasguei meu joelho, e me dissolvi em soluços. Tally até chegou a colocar o braço ao meu redor, mas parecia mais preocupada em me fazer ficar quieta do que em me reconfortar, principalmente depois que a multidão de curiosos começou a crescer. Eu me lembro de me sentir ao mesmo tempo um incômodo e insuficiente.

Depois disso, eu me afastei do pessoal considerado maneiro e das festas deles, mas Tally tentou mais do que nunca se juntar. Ela nunca confirmou, mas eu tinha quase certeza de que o acidente do guincho havia sido a gota d'água que a fez pedir a transferência para Candlehawk. O empurrão humilhante que ela precisava para recomeçar com algo melhor.

— Scottie? — Tally me chama quando estou me arrastando de volta para o vestiário.

Congelo no lugar.

— Sim?

Ela não faz muito contato visual.

— Você pode me esperar lá fora?

Inspiro profundamente. Sei que não é uma boa ideia, mas não consigo deixar escapar essa chance de ter um momento a sós com ela.

— Claro.

Ela assente e vai embora. Continuo a caminho do vestiário, mas paro quando alguma das líderes de torcida entram, vindas do ginásio maior ao lado. Elas devem ter acabado de fazer a rotina para o jogo dos meninos. Sinto aquele corar marcante que essa equipe sempre me causa desde o incidente do guincho no ano passado, então me abaixo e finjo amarrar o tênis até que o grupo todo tenha passado por mim.

**

Lá fora, no estacionamento dos veteranos, subo na mureta que o cerca, onde as pessoas gostam de vir fumar maconha. Sem dúvidas, Tally vai me ver, já que as jogadoras de Candlehawk insistem em deixar o carro no estacionamento dos alunos do último ano toda vez que jogam aqui. Em um mundo diferente, Tally teria estacionado aqui todos os dias, ao lado do meu velho Jetta verde. Agora, ela estaciona do outro lado da cidade em um mar de Range Rovers e Escalades.

É uma tarde fria de outubro. O letreiro na frente da secretaria da escola está aceso em um branco luminoso, mostrando o que deveria ser um lembrete de que é a semana de volta às aulas, mas alguém trocou as letras e agora, em vez de falar SEJAM BEM-VINDOS, está escrito SEJAM BEM-VIADOS. Nosso diretor vai ter um chilique amanhã, mas isso não impedirá as pessoas de brincarem com a placa. É só uma dessas coisas que as pessoas fazem por aqui.

Eu moro na cidade de Grandma Earl, na Geórgia. Nós somos famosos por um empório gigantesco chamado Natal 365 da Vovó Earl, que a velha sra. Earl abriu, tipo, uns cem anos atrás para vender decorações de Natal o ano todo. Virou um ponto turístico tão famoso que a cidade acabou recebendo o nome dela. É um pouco doido, mas amo esse lugar. É o meu lar.

O colégio Grandma Earl é a casa das Renas Lutadoras, e é por isso que tenho que usar o uniforme vermelho e marrom na quadra de basquete. Esse esquema de cores não fica bem em ninguém, principalmente alguém de pele clara e cabelo ruivo como eu. Essa é a parte boa da ausência de torcedores nos nossos jogos: menos pessoas me veem parecendo um hidrante. Não que eu me importe. Ou, ao menos, eu não costumava me importar.

Candlehawk é a cidade — ou *município*, como gostam de chamar — vizinha, e eles são meio que o irmão mais velho babaca de Grandma Earl: descolados, convencidos e sempre constrangidos por serem associados a nós. Compartilhamos uma fronteira nos velhos trilhos do trem, mas as coisas são bem diferentes do lado de lá: é badalado, moderno, cheio de máquinas de café orgânicas e feiras chiques. Os moradores são meio ricos e muito hipsters. Eles aparecem nos nossos jogos vestindo casacos azul-marinho e jeans rasgados de cento e cinquenta dólares enquanto nossa meia dúzia de torcedores aparece vestida com blusas de jardinagem e calças de sarja. E, no intervalo, não importa qual seja o esporte, a multidão nos provoca sobre a vez que um jogador de futebol americano da Grandma Earl derrubou o próprio colega de equipe em um campeonato. É a razão pela qual Candlehawk canta "a vovó foi atropelada pela *própria* rena" quando jogamos um contra o outro.

Odeio que Tally tenha se tornado uma garota de Candlehawk, mas talvez eu devesse ter adivinhado. Ela sempre foi obcecada por aparências e por quem estava analisando essa aparência. Namorar com ela era como ver minha vida através de um filtro. Às vezes eu me deixava levar pelo quanto nós combinávamos; em outras, eu sentia como se o que estivesse por baixo do filtro não fosse suficiente.

A porta dos fundos da escola se abre, me despertando dos meus pensamentos. Tally sai deslizando, rodeada por várias jogadoras do seu time novo. O rosto dela é alegre e a risada é alta, mas ela para repentinamente quando me vê.

A JOGADA do AMOR   15

— Oi — digo, sem emoção.

— Oi. — Ela enfia as mãos no bolso da jaqueta de couro e lança um olhar significativo para seu grupo. — Me deem um segundo, galera.

As garotas de Candlehawk continuam seu caminho com as sobrancelhas erguidas. Elas não se dão o trabalho de olhar para mim.

— Desculpa — Tally murmura, indo até onde estou na mureta. Ela gesticula na direção das colegas que se retiram. — Elas estavam tentando me convencer a arrumar uma máquina de fumaça pra, hum… — ela desvia o olhar, dando de ombros —, pra uma coisa de Halloween que vou fazer.

Eu pisco, tentando manter minha expressão normal. *Uma coisa de Halloween*. Isso é código para mais uma festa, uma das muitas que ela deu desde que foi para Candlehawk. A falta de um convite machuca como um golpe físico, mas sei que não devo esperar por um. Tento não imaginar que tipo de fantasia ela vai usar, quais fotos vai postar. Ou quantas pessoas vão estar na casa dela, virando *shots* na cozinha onde fizemos cupcakes alguns meses atrás.

— Avise às pessoas pra tomarem cuidado com o canto da lareira — murmuro.

É uma memória íntima: durante minha primeira visita à casa de Tally, os pais dela tinham saído, e eu acabei cortando minha canela no tijolo vermelho-escuro que sobressaía da lareira gigante. Feliz em bancar a enfermeira, Tally me beijou até a dor ir embora. Ela não me disse para ficar quieta daquela vez. Provavelmente porque não tinha ninguém olhando.

Acho que há um brilho de reconhecimento nos olhos de Tally, mas ela desvia o olhar antes de eu ter certeza.

— Hum, enfim. Que jogo, hein? Nunca te vi tão puta antes. Acho que você assustou de verdade algumas das minhas colegas. — Ela ri, mas é uma risada superficial.

A pontada de vergonha percorre minha coluna de novo. Eu me reviro na parede e pergunto:

— E por que isso importa? Quer dizer, elas sabem quem eu sou pra você?

Ela morde o lábio.

— Não sei. Talvez das redes sociais?

Eu estremeço. Tally deletou todas as fotos comigo no dia seguinte ao término.

— Então provavelmente não — rebato, incisiva.

Tally cruza os braços em cima do peito.

— Você não precisava arremessar a bola nelas. Se elas *souberem* quem você é, não é a impressão que quero que tenham.

— Bom, desculpa eu não conseguir manter uma reputação boa o suficiente pra você, Tally.

— Nossa, Scottie — ela murmura, como se eu fosse a pessoa mais impossível do mundo. — Você está sendo tão exagerada. É só um *jogo*.

Sinto como se ela tivesse me jogado um balde de água fria. Mergulha através da minha pele e revira as minhas entranhas.

— Só um jogo? — Minha voz estremece. — Se é *só um jogo*, por que você teve que mudar pra Candlehawk pra isso?

Tally suspira. As folhas secas voam no concreto.

— Ok, olha, não quero brigar. Eu deveria saber que era má ideia tentar conversar quando você está toda perturbada depois do jogo...

— Eu não estou *perturbada* — digo, tentando controlar minhas emoções.

Tally me encara.

A JOGADA do AMOR 17

— Enfim. — Ela enfia a mão no bolso da jaqueta e tira de lá um botton de plástico do tamanho de um porta-copos. Eu sei o que é mesmo antes de ver a foto. — Queria devolver pra você — ela diz, colocando-o na palma da minha mão.

É o meu botton de basquete do primeiro ano. Uma foto minha no uniforme vermelho e marrom espalhafatoso, meus olhos brilhando. A escola os distribui para os atletas para que seus pais ou amigos possam usar nos jogos, mesmo que geralmente só os jogadores de futebol americano os aproveitem mesmo. Ano passado, Tally e eu trocamos nossos bottons. Eu coloquei o dela na minha mochila durante toda a temporada, pronta para contar para qualquer um que perguntasse que aquela era minha namorada. Ninguém perguntou, mas eu estava orgulhosa mesmo assim.

Tally nunca usou o meu, porém. Talvez eu devesse ter visto isso como um sinal.

— Achei que iria querer de volta — Tally diz. — Sei que você vai receber um novo nessa temporada, mas não parecia certo ficar com ele.

Pisco rapidamente e tento encontrar minha voz...

E aí a porta dos fundos se abre de novo.

As líderes de torcida de Grandma Earl saem em desfile. Para o meu horror, a garota na frente da matilha é a *última* pessoa que quero que testemunhe esse momento digno de pena: Irene Abraham, a capitã do time. A garota que chamou o guincho para o meu carro ano passado.

Irene é a abelha-rainha pura: a menina mais popular do nosso ano, vencedora incontestável de rainha do baile de volta às aulas e um terror absoluto para todos nós, plebeus, na base da pirâmide social. Ela é uma garota com ascendência indiana, linda e com olhos escuros penetrantes, além de uma cicatriz na sobrancelha de origem misteriosa. Algumas semanas atrás, minha turma votou nela nas categorias "Melhor Sorriso" e "Melhor Cabelo" para o nosso álbum. Há boatos de que quando o pessoal que estava organizando o álbum perguntou a ela qual preferia, Irene perguntou se em vez disso podia ficar com o "Amigas Inseparáveis" e dividir com sua famosa inimiga, Charlotte Pascal. Ela não estava brincando.

Eu só havia falado duas vezes com ela em toda a minha vida. A primeira foi nas aulas de Direção do primeiro ano, antes que ela ascendesse ao reino da popularidade, quando ainda era legal o bastante para me emprestar um lápis. A segunda foi na primavera passada, na festa, quando acidentalmente derrubei meu drinque no macacão branco dela. Ela me disse que não tinha problema, mas uma hora depois chamou o guincho para pegar meu carro. Todo mundo saiu da casa para ver meu carro ser arrastado enquanto eu corria atrás dele como uma idiota. Foi só depois que tropecei e abri meu joelho e vi que todos estavam rindo que comecei a chorar. Irene simplesmente ficou no centro do jardim, as mãos nos bolsos, uma expressão calma no rosto. A rainha impiedosa e intocável.

Irene para assim que nos vê. O time inteiro para atrás dela. Uma das meninas pergunta se estou bem.

— Tudo certo. — Faço questão de virar para o outro lado, desejando mentalmente que elas continuem andando.

— É, ela está bem — Tally confirma. O tom dela é de desculpas, como se dissesse "sinto muito por terem que presenciar isso".

Consigo sentir os olhos de Irene pousarem em mim de novo, mas eu a ignoro. O que ela está esperando? Acho que ela entende o recado, porque muda a mochila para o outro ombro e começa a andar na direção do estacionamento.

— Vocês vêm? — ela pergunta às amigas. — Tenho mais o que fazer.

Elas olham para mim, mas depois de um segundo dão passos rápidos na direção de Irene.

— Acho que nós também deveríamos ir — Tally diz.

Nós. Como se isso ainda existisse. Eu não me mexo. É a única jogada que me resta.

— Sinto muito que o jogo não tenha corrido do jeito que você esperava — Tally diz. — Boa sorte no resto da temporada.

Ela hesita, e então dá um beijo na minha bochecha.

E vai embora.

É nesse momento que eu decido: vou fazer tudo que está ao meu alcance para acabar com Candlehawk — para acabar com *Tally* — quando nós jogarmos de novo. Vou fazer todo o possível para mostrar que deixar Grandma Earl para trás — *me* deixar para trás — foi o maior erro da vida dela.

***

Meu velho e confiável Jetta é o meu bebê. Os bancos têm rasgos no couro, no porta-copos cabe perfeitamente uma garrafa térmica de café, e o interior dele cheira, inexplicavelmente, a giz de cera. Costumava ser o carro da minha irmã mais velha, e, quando ela me deu, colocou um adesivo de trevo de quatro folhas na marcha para me desejar boa sorte. A contribuição da minha mãe foi acrescentar uma medalha de São Cristóvão, o padroeiro dos viajantes, que agora está pendurado no espelho retrovisor e balança indefeso cada vez que faço uma curva fechada.

Jogo minha mochila no banco do carona e vou para o do motorista. Por um segundo só fico ali segurando meu botton de basquete, olhando para essa pessoa que não parece mais comigo. Então ligo o carro, coloco o cinto de segurança e plugo meu celular no cabo auxiliar ancião.

Eu dou ré da minha vaga e ligo o som. Talvez tocar "Purple Rain" bem alto acalme a amargura no meu estômago. Guio o carro pelo labirinto do estacionamento dos veteranos, não querendo nada além de ir para casa.

Então vejo o carro de Tally sair do estacionamento. O Ford Escape vermelho onde costumávamos nos agarrar depois da escola. Eu não o vejo desde o dia que ela terminou comigo. Não consigo evitar: estico o pescoço para observá-la ir embora.

É porque os meus olhos estão grudados nos faróis traseiros de Tally que não noto...

O carro que está dando ré na vaga diretamente na minha frente.

PÁ.

Dou uma guinada no banco quando bato com tudo na traseira do outro carro.

2

Demora um tempo para meus sentidos voltarem. Meu coração está tão acelerado que sinto como se tivesse caído de um penhasco. Meu corpo inteiro está quente, a palma das mãos úmidas com suor.

O carro com o qual colidi é um sedã preto, mas antes de conseguir ver bem, a outra motorista sai do veículo batendo os pés com toda a ira de um buldogue raivoso.

Irene Abraham.

Caralho.

Meu choque se transforma em fúria. Tinha que ser ela. Sei que eu não estava exatamente *olhando* quando batemos, mas também sei que a preferência era minha. Irene deve ter decidido que regras de trânsito não se aplicam a ela.

Minha adrenalina me faz sair do carro antes que possa pensar duas vezes. Eu bato a porta e a encontro no meio do caminho.

— Que merda é essa? — pergunto.

Os olhos dela relampejam quando me vê. Baixinho, ela diz:

— Você só pode estar me zoando.

Eu a ignoro e vou checar o para-choque. Milagrosamente, só tem um pequeno amassado; vou ter que consertar, mas ainda dá para dirigir.

Atrás de mim, Irene examina o próprio carro.

— Merda — ela reclama. — Meus pais vão me matar.

— Bom, os meus também — digo, chutando minha roda da frente. Consigo sentir lágrimas brotarem nos olhos, mas luto contra elas. Odeio a ideia de chorar na frente de Irene Abraham mais uma vez. Eu respiro fundo para me acalmar, mas, quando me viro para olhar o carro dela, o meu estômago se retrai.

O para-choque traseiro se tornou um desastre mutilado e torto; a parte da direita está pendurada, arrastando no asfalto. É impossível dirigir um carro assim. Minha raiva de repente vira pânico. Se o carro dela ficou pior do que o meu, isso significa que sou a culpada, mesmo que a preferência fosse minha?

Acalmo minha respiração e olho para ela.

— Droga. Me desculpa.

Os olhos dela acendem como se eu tivesse acabado de falar algo ofensivo.

— Você não sabe de *nada?* — ela briga. — Nunca se deve pedir desculpas depois de um acidente de carro. É uma admissão de culpa.

Fico tão consternada que só consigo encará-la enquanto diz:

— Sorte a sua que eu não sou o tipo de pessoa que vai fingir uma ferida séria ou algum trauma emocional falso para processar você e seus pais até arrancar todo seu dinheiro, mas outra pessoa poderia fazer isso. Use a cabeça.

A raiva se acende em mim de novo.

— Você está mesmo querendo dar uma lição em *mim* agora? Foi você que deu ré no meu carro!

— Por que você não parou quando me viu?

— Por que você não parou quando *me* viu?

Nós criamos uma confusão no estacionamento. Um monte de gente da nossa turma corre para o local, espiando para ver o que aconteceu. Mesmo que as aulas tenham acabado há algumas horas, ainda tem gente suficiente para que nosso acidente seja impossível de esconder.

— Vocês estão bem?

— Aaaah, sua traseira está *fodida*.

— Ah, merda! A Garota do Guincho fodeu o carro dela de novo!

Uma das líderes de torcida se apressa para o nosso lado, os olhos se arregalando para fora da cabeça. É a melhor amiga de Irene, a mesma garota que me perguntou se eu estava bem antes: Honey-Belle Hewett. Ela é a tataraneta da lendária sra. Earl. A família dela ainda é dona do Empório, e ela é exatamente como você imaginaria uma menina que vem de uma família cujo negócio é o Natal. Tem uma voz doce, expressões de desenho animado e é um pouco avoada na maior parte do tempo. Como se um Ursinho Carinhoso tivesse ganhado vida.

— Puta merda — ela exclama, correndo diretamente até nós. — O que aconteceu? Vocês estão bem?

Irene passa a mão pelo rosto lentamente.

— Eu tenho que ligar pra minha mãe. *Cacete*.

Ela se afasta com o celular, a sobrancelha ainda franzida de raiva. Honey-Belle me lança um olhar de simpatia, mas dou as costas e pego meu próprio celular.

Minha mãe aparece quinze minutos depois que ligo. Ela afasta o cabelo da minha testa e me reconforta com a sua voz comedida e firme. O mundo inteiro poderia explodir e minha mãe diria: "Hum, agora, como vamos lidar com isso?"

— Você está machucada? — ela pergunta.

— Não.

— Você estava no celular?

— *Não*.

Minha mãe assente, me examinando com o olhar de "eu não deixo nada passar".

— Ok. Vamos ligar para o seguro.

A mãe de Irene chega logo depois disso. Ela é uma mulher atraente e de aparência sofisticada, tem cabelo escuro cacheado e batom impecável, está vestida com um jaleco lilás com um crachá em que se lê DRA. ABRAHAM. Ela tem a mesma expressão observadora de Irene, do tipo que parece capaz de te sacar em um segundo. E é exatamente o que aparenta fazer com Irene agora.

— Como isso foi acontecer? — ela pergunta, inclinando a cabeça para a filha. A voz dela é calma, mas imperiosa.

Irene bufa, cruzando os braços por cima do torso.

— Eu estava dando ré, não vi ela vindo…

A mãe a interrompe.

— Você não estava olhando?

— Estava, mas…

— Mas estava perdida nos próprios pensamentos, imaginando outras coreografias de torcida?

A boca de Irene forma uma linha fina.

— É isso que acontece quando você não está *focada* — a mãe continua. — Você sabe que não dá para se descuidar. Tire fotos da traseira. De todos os ângulos!

Há um intervalo insuportável enquanto nossas mães estão no telefone com o seguro e Irene e eu não temos nada para fazer a não ser nos ignorar abrasivamente. Quando tudo termina, nossas mães assentem uma para a outra e anunciam que nós duas somos responsáveis — já que ambos os carros estavam em movimento —, mas que a culpa é principalmente de Irene, já que eu tinha preferência.

— Isso não é justo — diz Irene, balançando a cabeça. — Ela fez a curva correndo, não estava nem olhando...

— Como você sabe que eu não estava olhando? — digo, irritada. — Olha quem fala! Essa é a *segunda* vez que você zoa meu carro!

Minha mãe franze o cenho.

— O que você quer dizer com isso?

Um silêncio que paira no ar. Eu nunca contei aos meus pais a verdade sobre como meu carro foi guinchado ano passado; eu menti e disse que acidentalmente tinha parado na frente de um hidrante. Estava envergonhada demais para admitir que tinha sido vítima de bullying da capitã das líderes de torcida.

Agora Irene e eu nos encaramos por um momento intenso. Os olhos dela estão arregalados e ansiosos. É o primeiro sinal de vulnerabilidade que vejo nela.

— Ela... acidentalmente derrubou café no meu carro uma vez.

Não sei o que me deu para dizer isso. Essa poderia ter sido minha chance de conseguir uma vingança merecida, mas prefiro ser a Garota do Guincho que a Garota X9.

— Você já esteve no carro dela antes? — a mãe de Irene pergunta. — Vocês são amigas?

Nós nos encaramos por outro momento longo.

— Hmm — Irene diz, se recuperando. Ela gesticula para o meu uniforme. — Eu faço a torcida para o time dela às vezes.

É bom que ninguém esteja me olhando, já que a minha revirada de olhos provaria que isso é mentira em um segundo. Não tenho dúvidas de que Irene, como capitã, *poderia* garantir que seu time fizesse a nossa torcida em vez da dos meninos, mas por que uma líder de torcida se importaria em desafiar o *status quo*?

— Ah, que bom — minha mãe murmura. — Bom, isso torna tudo menos estranho, não é?

A mãe de Irene dá uma risadinha.

— Sim, que alívio!

O que segue é uma das maiores vergonhas de mãe que eu já passei. Nossas mães se apresentam uma para outra, fazem piadas horríveis sobre como nenhuma das duas é uma dessas mães rígidas e intrometidas que transformaria esse acidente em um espetáculo.

— Imagina ter que fazer isso com uma mulher de Candlehawk! — diz minha mãe.

— Esse é um nível de inferno que eu não preciso hoje! — A mãe de Irene ri.

Irene e eu não dizemos nada, esperando elas pararem.

— Scottie, você parece uma aluna séria — a dra. Abraham diz de repente. — O que você está estudando?

— Mãe, para… — Irene tenta.

— Er… minha matéria favorita é História — respondo.

— É isso que você quer estudar na faculdade?

— Claro — minto. Eu nunca pensei nisso a sério, mas a dra. Abraham parece o tipo de pessoa que precisa de uma resposta confiante.

— E qual esporte você joga? Esse é um uniforme de basquete? Basquete é um esporte ótimo. Está vendo, Irene? Dá pra ser uma estudante séria *e* uma atleta competitiva.

— Eu *sou* — Irene diz, com o ar de alguém que já disse isso mais de cem vezes antes.

— Líder de torcida também é um esporte admirável —
minha mãe opina.

A dra. Abraham assente com educação, mas obviamente
discorda.

— Bom, parece que está tudo em ordem aqui — ela diz,
autoritária. — Estamos esperando o guincho, mas vamos embora assim que ele chegar.

Encontro os olhos de Irene na palavra *guincho*. Ela desvia
o olhar, mas consigo ver um relampejo de culpa ali.

— Ter seu carro guinchado é *horrível* — digo com uma
empatia falsa. — Já aconteceu comigo uma vez. Sinto muito
por isso.

Quase consigo ver a fumaça saindo dos ouvidos dela. É
tão satisfatório que por pouco não começo a cantar. Mas aí...

— Que droga ficar sem carro nessa cidade — minha mãe
fala. — Como você vai vir pra escola, Irene?

— Meu marido e eu podemos deixá-la aqui — a mãe de
Irene diz com um aceno de mão. — É tranquilo pra gente.
Nós moramos ali na Sleigh Byrne.

— Sleigh Byrne? — Minha mãe dá um sorriso estranho,
e de repente estou temendo o que ela vai falar a seguir. —
Nós moramos na rua paralela, na Bells Haven.

Olho para ela e *sei* o que vai acontecer.

— Scottie pode dar carona pra Irene! — minha mãe declara, os olhos alegres. — Por favor, por favor, nós insistimos.
É o mínimo que podemos fazer.

Tento encontrar o olhar da minha mãe para comunicar a
ela o quanto essa ideia é terrível, mas o estrago já está feito.
A mãe de Irene se ilumina como se esse fosse o melhor plano
que ela já ouviu. Ela sorri alegremente para Irene e ergue as
mãos como se dissesse "Olha só isso!".

Irene pisca e oferece um sorriso agradecido e cortês para minha mãe, mas sei que ela detesta essa ideia tanto quanto eu.

— Bom, está resolvido — minha mãe diz, olhando animada para mim. — Está tudo bem, certo?

É só depois que nós nos afastamos da família Abraham que transmito meu horror.

— Mãe — reclamo —, eu não suporto aquela garota! Prefiro ir pra escola pelada do que ter que dar uma carona pra ela pra qualquer lugar!

— Achei que você tinha dito que eram amigas?

— Er… quer dizer, talvez isso tenha sido um *pequeno* exagero. — Eu me atrapalho. — Mas não importa! O acidente não foi minha culpa!

Minha mãe não se abala.

— Não, não foi sua culpa, mas ainda é sua responsabilidade. Não vai te matar dar uma carona para ela até o carro estar consertado.

No fim das contas, saio do meu primeiro acidente de carro com o ego machucado, um para-choques amassado e o terror iminente de dar carona para a única pessoa que pode tornar meu último ano na escola ainda pior.

***

Meu pai e minha irmã mais nova estão no jardim pendurando luzes de Halloween quando eu e mamãe entramos em caravana na nossa garagem.

Eu amo a nossa casa. Nós moramos aqui desde que eu tinha quatro anos. É uma rua excêntrica, que cruza a movimentada avenida principal. As casas são tão diferentes quanto as pessoas que moram nelas. Tem uma casa de estância de um andar onde a família Sanchez mora com seus três labradores. Tem o bangalô verde da sra. Stone com a cadeira de balanço no terraço, onde ela sempre está convidando pessoas a tomar um chá de cúrcuma e discutir o significado dos sonhos. No fim da rua, fica a casa menos favorita da minha mãe, a monstruosidade moderna artificial onde o sr. e sra. Haliburton-Rivera dão festas chiques para as quais nunca somos convidados. Mamãe e papai os chamam de "metidos a Candlehawk".

Nossa casa é uma clássica azul e lilás com chão de madeira e uma pequena varanda na frente. Em vez de uma garagem, temos um toldo onde paramos os carros. Há uma árvore bordo no jardim da frente que chega na altura do segundo andar, e uma fileira de arbustos que protege a varanda da frente. É onde estão papai e Daphne, arrumando as luzes laranja para que fiquem penduradas nos arbustos do jeito que Daphne gosta.

— Algum problema? — papai pergunta quando eu e mamãe nos juntamos a eles no jardim.

— Meu para-choque dianteiro. — Faço uma careta. — Está todo amassado, mas consegui dirigir até em casa...

— Estava perguntando de você, Scots — papai diz, colocando as mãos nos meus ombros. Ele me olha com a testa franzida de preocupação, como se pudesse estimar se estou com uma concussão. Essa é uma das melhores coisas do meu pai. Eu sei que ele *vai* ficar chateado a respeito do para-choque e que vai insistir em me acompanhar ao mecânico, mas agora ele só está preocupado comigo.

— Que bom que você está bem — Daphne diz, me abraçando gentilmente. — Quer uma bolsa de gelo? Tem uma no freezer de quando eu machuquei meu dedão.

Daphne é a fofa da família. Ela só tem treze anos, mas meus pais gostam de dizer que ela tem alma de velho.

— Está tudo bem, Daph, valeu.

— Como está o pescoço? — meu pai pergunta. — Ricocheteou?

— Só um pouco — respondo, e papai começa a apalpar o topo da minha coluna. Ele é quiroprata, então está sempre checando minhas costas quando digo que dormi de mau jeito ou que repuxei um músculo no treino.

— Deite na grama — papai diz, dando um passo para trás.

— Quê? A gente vai ajustar aqui?

— Daph e eu ainda estamos arrumando a decoração — papai fala como se fosse óbvio. — Vamos lá, você sabe como funciona.

Mamãe e Daphne só ficam ali, dando risada, enquanto me deito na grama com a barriga para baixo e meu pai começa a mexer nas minhas costas. Se os vizinhos estão vendo, duvido que fiquem chocados. Minha família é conhecida por fazer coisas mais estranhas no jardim da frente — tipo a vez que Daphne, com cinco anos, insistiu que tomássemos café da manhã aqui fora usando nossos casacos de neve. Bem no meio do verão.

— Tudo bem, isso deve resolver — meu pai diz, fazendo uma última torção no pescoço. — Está se sentindo melhor?

Consigo apenas grunhir em resposta.

Passamos a próxima meia hora terminando a decoração de Halloween. Já escureceu, então ficamos limitados à iluminação da varanda, mas estamos motivados a terminar porque o Halloween é na semana que vem. É tradição na minha rua que todo mundo dê o melhor de si nas decorações comemorativas, até mesmo os metidos dos Haliburton-Rivera, que decoram no estilo que meus pais gostam de chamar de "bom gosto porcaria do Pinterest". Nossas decorações, por outro lado, são cafonas para caramba. Nós colocamos túmulos de plástico por toda a grama, mamãe bota na varanda um casal de bruxa e vampiro que parecem a pintura "American Gothic", e Daphne pendura teias de aranha na caixa de correio. Minha contribuição é ajeitar um grupo de esqueletos em volta de fardos de palha. Ano passado, papai fez parecer que os esqueletos estavam dançando a macarena. Este ano, coloco um galho grosso na boca de um deles para parecer que está fumando. Mamãe revira os olhos, mas deixa assim mesmo.

Dentro de casa, nos sentamos para jantar um galeto que papai comprou na volta da clínica. Mamãe e Daphne improvisam um macarrão e croissants, enquanto minha tarefa é separar um prato para minha irmã mais velha, Thora, que ainda está trabalhando.

— Mandei uma mensagem sobre o acidente pra Thora — Daphne diz, se servindo de uma porção dupla de macarrão. — Ela ficou preocupada com você, Scottie. Queria voltar pra casa direto, mas ela disse que estava uma bagunça por lá e que está pê da vida.

— Não use essa palavra — ralha mamãe.

— Não usei, eu disse "pê". Thora usou a palavra de verdade.

— Ainda assim.

— Mãe, a maioria das pessoas da minha turma falam palavrões o tempo todo.

— Não significa que você pode ser vulgar também.

— É, espere mais uns anos pra ser vulgar — papai confirma.

Thora trabalha como bartender no melhor bar da cidade, o Chaminé. Ela está juntando dinheiro para alugar o próprio apartamento, mas por enquanto mora no nosso porão com os seus dois gatos, BooBoo e Picles, que ficam entrando na horta da minha mãe para cavar a rúcula. Os gatos deixam mamãe doida. Papai é mais tranquilo com eles, mas ele sempre foi mais de boa quando o assunto é Thora, porque ele tecnicamente é o padrasto dela. Mamãe se divorciou do pai biológico de Thora quando ela ainda era bebê, mas não se casou com papai até que Thora tivesse sete anos.

— Scottie — mamãe diz quando há uma pausa na conversa —, você quer falar sobre o que aconteceu?

Tiro a pele do frango, consciente de todos me observando. Sabia que nossa noite de decoração divertida no fim das contas se desdobraria nessa conversa, mas não significa que estou pronta para isso.

— A gente precisa?

Papai inclina a cabeça.

— Se precisamos conversar sobre o fato de você estar tão distraída que não notou um carro dando ré em você? Sim.

Deixo meu garfo cair.

— Eu tive um dia ruim, tá bom?

— Por causa do jogo com Candlehawk? — papai pergunta.

— Por causa da Tally? — mamãe acrescenta.

Eu me sinto sortuda de ter pais que me amam tanto e são tão envolvidos na minha vida. Eles sabem até das pequenas coisas que acontecem, tipo quando tenho uma prova estressante ou se briguei com Danielle e isso está me atormentando. Mas às vezes esse envolvimento é tão sincero e onipresente que sinto como se qualquer coisinha precisasse terminar com eles tentando destrinchar o assunto na mesa do jantar.

— Sentimos muito por não podermos estar lá no jogo — papai diz, bagunçando o meu cabelo. — Sabemos que é um semestre ruim. Não vai ser fácil pra você sem a Tally.

— Perder o primeiro amor dói muito — mamãe acrescenta, compreensiva.

Eu não estou certa de que meus pais gostavam de fato da Tally. Eles sorriam e a abraçavam quando ela vinha para cá, mas eu sempre tive a sensação de que estavam fazendo isso por minha causa, e não por gostarem dela de verdade.

— Prometo que vai melhorar — mamãe me reconforta.

— Mas isso não significa que você pode se esquecer do resto da sua vida. Você ainda tem todo o último ano da escola pela frente, o basquete, a faculdade e seus amigos maravilhosos…

— Eu sei, eu sei. — Lágrimas brotam nos meus olhos. Tento engoli-las, mas elas acabam caindo no meu frango. — Sinto muito mesmo pelo carro, gente.

— Tudo bem — mamãe diz baixinho. — Vamos deixar isso quieto por hoje. Pode subir e ver um filme. Daphne cuida da louça.

Lavar a louça sozinho é uma droga — nós normalmente dividimos as tarefas —, mas uma coisa maravilhosa sobre Daphne é que ela não vai reclamar disso nem um milhão de anos. Ela assente e tira o prato de todo mundo, me oferecendo um pequeno sorriso, e subo as escadas para o meu quarto sem olhar para trás.

***

Sou famosa por tomar os banhos mais longos da família, mas hoje à noite eu bato todos os recordes. Por um tempo, só fico embaixo da água, meus músculos ardendo, gratos pelo calor.

Lavo meu cabelo, passo a esponja com o sabonete adocicado de baunilha da Daphne, e esfrego minha cara depois de um longo choro.

Normalmente, eu secaria meu cabelo e alisaria para que fique bom para a escola amanhã, mas esta noite não tenho esse empenho. Enrolo a toalha no cabelo molhado, visto minha blusa de manga comprida favorita e calça de moletom, acendo as luzes pisca-pisca que Thora me deu ano passado, e me aninho na cama. Pela primeira vez no dia, sinto que consigo me respirar.

Mamãe estava certa em me dizer para ver um filme. Fora jogar basquete, assistir a filmes é a coisa que eu mais gosto de fazer. Hoje coloco *10 coisas que eu odeio em você*, a rainha das comédias românticas adolescentes. Consigo recitar as falas dormindo.

Depois de alguns minutos de filme, Thora entra no quarto. Ela ainda está com o uniforme de bartender e as chaves na mão, o que me diz que ela literalmente acabou de chegar em casa. Thora se joga na cama, me aperta e faz um estardalhaço como se eu fosse um gatinho abandonado que ela encontrou na rua. Daphne entra atrás dela, se aninhando do outro lado.

— Quem te machucou? — Thora pergunta, ainda me apertando. — Quem eu preciso matar?

— Ninguém. — Eu dou risada. — Estou bem. Como foi o trabalho?

— O oposto de estimulante — Thora diz, mexendo nas pontas rosa-choque do cabelo. — Sério, como você está?

— Foi um dia de merda — admito. — Nós jogamos a partida de estreia contra Candlehawk. Elas nos massacraram. Aí depois meu carro foi massacrado.

A JOGADA do AMOR   35

Thora estremece.

— Candlehawk significa Tally, né?

— É. A nova estrela deles. Ela me devolveu meu botton.

Minhas irmãs compartilham um olhar significativo.

— Quê? — questiono, mesmo sabendo o que elas vão dizer.

— Ela é horrível — Thora responde, ficando de costas na cama. — Tipo, muito, *muito* horrível.

— Ela nem sempre foi horrível. Não até se transferir pra Candlehawk.

— Eu acho que ela já era horrível antes disso — Daphne retruca. — Lembra quando ela ficou com raiva quando você postou aquela foto em que o cabelo dela estava com frizz?

— Lembra quando ela não falou com você por um dia inteiro porque você se recusou a ir escondido para aquele show com ela? — Thora acrescenta.

Aí é que está: eu *sei* que Tally era difícil às vezes, mas me deixa desconfortável ouvir isso de outras pessoas. Faz com que eu questione meu julgamento, porque, por um tempo, fui *tão* feliz ao lado dela. Será que eu só era completamente alheia a isso? Ou pior, será que me convenci de que ela se importava comigo quando isso não era verdade?

— Eu sei, eu sei — falo, passando a mão pelo rosto. — Prometo que ela nem *sempre* foi tão horrível assim.

Há uma pausa na qual minhas irmãs estão claramente guardando as suas palavras para si, até que Daphne diz:

— Bom, eu acho que ela era uma filha da pê.

Thora solta uma gargalhada, e não consigo deixar de sorrir um pouco.

— Daph, você é um tesouro, sabia disso? — Thora diz. Daphne abre um sorriso.

— Dá pra gente ver o filme agora? — pergunto.

— Claro — minhas irmãs respondem, enquanto se aninham cada uma de um lado.

***

Quando estamos em uma hora de filme, meu celular toca com um número local que não reconheço. Rejeito a chamada, pressupondo que é telemarketing.

Um instante depois, toca de novo.

— Scottieeeee — Thora reclama.

— Foi mal! — Remexo o celular e atendo, impaciente. — Alô?

— Scottie? — uma voz fria responde. — Sou eu, Irene.

Mas que porra.

Eu me endireito na cama, apalpando o controle para pausar o filme. Minhas irmãs me encaram, mas gesticulo para que fiquem quietas. Por que essa garota está me *ligando?* Como é que ela arranjou meu número?

— Oi — respondo no celular, tentando parecer casual. Ligo o abajur e passo as pernas para o outro lado da cama. — Eu não esperava que você fosse ligar...

— Como não? — ela pergunta, brusca. — Temos um plano para amanhã. Sabe, agora que você tem que me dar uma *carona.*

Demora um momento para eu falar.

— Claro — digo, tensa. — Óbvio. Só achei que você mandaria uma mensagem.

— Uma ligação é mais eficiente.

Eu pigarreio, tentando me impedir de gritar com ela.

— Como está o seu carro? O que o mecânico falou?

Ela ignora a pergunta.

— Que horas você vai passar para me pegar de manhã? Eu costumo sair às 7h25.

Ainda estou tentando me posicionar nessa conversa, e demora um segundo para eu entender o que ela está perguntando. Às 7h25? Nossa escola fica a só dez minutos, e as aulas começam depois das 8h05.

— Eu geralmente saio às 7h40 — rebato em tom incisivo.

Ela faz um barulho de impaciência.

— Tenho coisas pra fazer de manhã. Se eu estivesse com o meu *próprio* carro, eu sairia às 7h15.

— Acho que você deveria ter pensado nisso antes de bater com tudo no meu carro, hein?

Há um silêncio tenso.

— Você vem me buscar às 7h25 ou não?

Cerro os dentes.

— Vou.

— Ótimo. Vou te mandar o endereço por mensagem.

— Ótimo. Como mensagens são eficientes, né?

Um instante se passa.

— *Fofo* — ela diz, na voz mais ácida que já ouvi na vida. Então desliga. Eu encaro meu celular com raiva.

— Que porra foi essa? — Thora pergunta.

— É a minha arqui-inimiga — falo, meio de zoeira.

— Achei que a sua arqui-inimiga fosse a Tally — Daphne diz.

Thora dá uma cotovelada nela.

— Scots — Thora diz, pegando o controle remoto da minha mão —, não sei o que isso diz sobre mim, mas esse seu drama tem se tornado a coisa mais interessante na minha vida.

3

Na manhã seguinte, chego na calçada de Irene cinco minutos inteiros atrasada. Não faço de propósito, só perco a hora mesmo. Ela está lá fora em pé, impaciente, o cabelo longo perfeitamente liso, a maquiagem impecável. Ela segura uma garrafa térmica gigante prateada e o celular do mesmo jeito que todas as meninas bonitas fazem: reto na palma da mão, como se ela estivesse prestes a sussurrar fofocas no alto-falante a qualquer instante.

Espero um comentário sarcástico sobre meu atraso, mas Irene fica em silêncio quando abre a porta. Ela coloca as bolsas no banco de trás e a garrafa térmica no meu porta-copos sem pedir permissão. Parece invasivo, ainda mais nesse espaço contido e íntimo. Um espaço que normalmente só compartilho com as pessoas mais próximas: minhas irmãs, Danielle ou, até mais recentemente, Tally.

Dou ré na garagem e aumento o volume da música para disfarçar o silêncio estranho. Meus nervos estão à flor da pele, esperando ela dizer alguma coisa. Noto quando ela pigarreia. O aroma amadeirado e acentuado do perfume dela me faz fungar.

Quando viramos na rua principal, decido quebrar o silêncio.

— Desculpa o atraso. — Eu me inclino no banco, fingindo que estou me sentindo à vontade. — Espero que não tenha sido muita inconveniência.

Ela passa a mão pelo cabelo.

— Não foi — diz, categórica. — Eu geralmente saio às 7h30. Falei 7h25 porque sabia que você se atrasaria.

Por um segundo, tudo que consigo fazer é encará-la.

— Peraí, quê?

— Ano passado você nunca chegava na aula de História antes do segundo sinal tocar. — Ela olha para mim. — Não é uma ofensa, só uma observação.

Meu sangue ferve. É verdade que eu sempre me atrasava para nossa aula de História Avançada dos Estados Unidos, mas só porque o armário de Tally ficava ao lado da sala e eu enrolava ali com ela até o último segundo possível. É um lembrete do qual não precisava tão cedo assim.

— E daí? — ralho. — Por acaso você é fiscal do horário de chegada dos outros?

Irene ri, descontraída.

— É tão fácil te irritar.

Consigo imaginar a impressão que devo ter passado para ela entrando correndo na aula todo dia. Será que ela me via com Tally ano passado? Será que conseguiu enxergar as rachaduras nesse relacionamento antes de mim? Era por isso que ela me achava uma otária? Uma sensação de vergonha preenche meu peito.

— Sou melhor em chegar na aula de História Europeia a tempo — digo, incisiva. — Mas acho que você não saberia disso, já que não conseguiu uma vaga nessa.

É uma coisa *muito* esnobe de dizer, mas quero irritá-la e não tenho muitas cartas na manga. Parece funcionar, porque ela coloca o celular de lado e me lança um olhar fulminante.

— Eu *consegui* a vaga pra aula. Só não quis fazer.

— Quê? Por quê?

— Ah, qual é? História *europeia*? Uma aula onde você literalmente estuda como os homens brancos trazem desgraça com as Cruzadas, colonização e catapora? E ainda assim não temos orçamento para oferecer História da África ou História da Ásia. Tá bom. Se esse é o ápice dos estudos acadêmicos que nossa escola tem pra oferecer, eu passo. Pode falar o que quiser da aula normal de História Moderna da srta. Bowles, mas ao menos ela tenta desconstruir essa coisa de hegemonia europeia, e isso é um uso muito melhor do meu tempo.

Não consigo pensar em nada para dar como resposta, e não só pelo fato de que ainda estou tentando entender o que *hegemonia* significa.

Irene dá um gole satisfeito da garrafa e balança a cabeça.

— Mas, por favor, continue me falando sobre como você é muito mais inteligente do que eu. Não é como se eu não tivesse ouvido isso antes. As pessoas amam pressupor que são melhores do que você quando você é *"só uma líder de torcida"*, como se eu não estivesse consciente pra caralho da identidade complicada que está atrelada ao esporte que eu pratico.

— Eu nunca disse que era mais inteligente do que você — respondo, tensa.

Ela dá uma risada seca.

— Tá. Você insinuou. Mas foi *você* que foi burra o suficiente pra se deixar levar pela Tally Gibson.

Meu coração dá um pulo.

— O que você disse?

Ela ergue as sobrancelhas.

— Eu não fui clara o bastante?

Dou uma guinada com o carro para o acostamento. O veículo que vem atrás buzina e passa por nós. Irene olha para mim como se eu tivesse ficado maluca.

— Vamos deixar algumas coisas claras. — Estou tão brava que minha voz treme. — Um: caso você não tenha notado, te dar carona pra escola é a última coisa que eu quero fazer, então abaixa esse tom escroto pra falar comigo. Dois: posso não ter te dedurado ontem, mas não esqueci o seu trote de merda com o guincho, e nem te perdoei por isso. Não me dê outro motivo pra te odiar. E três: *nunca* fale mal da Tally pra mim. *Nunca*.

Irene está respirando rápido, o rosto franzido com a fúria. A cicatriz na sobrancelha aparece, visível. Eu gostaria de agradecer à pessoa que colocou aquela cicatriz ali.

— Entendido — ela finalmente diz, o peito enchendo. — Mas se você tem direito a algumas regras, eu também tenho. É apenas uma: nunca mais faça nenhuma suposição sobre mim.

— Ótimo — grunho.

Volto para a rua e aumento o som. Nós não falamos mais nada por todo o resto do percurso.

***

Quando paro na minha vaga de sempre no estacionamento dos veteranos, noto com alívio que o carro de Danielle já está ali. Mal posso esperar para fugir e encontrá-la.

Estou me apressando para levantar quando algo me atinge: Irene Abraham está prestes a sair do meu carro... no meio do estacionamento dos veteranos... onde estamos rodeadas por colegas que sabem que nós duas juntas combinamos tanto quanto uma princesa e um gremlin. As pessoas definitivamente vão fofocar.

Irene sai do carro primeiro, batendo a porta. Respiro fundo e abro a minha.

No instante em que fico em pé, consigo sentir todos os olhos se voltarem para nós.

Os olhares vêm de todo mundo que está no estacionamento — do pessoal da banda e os maconheiros à galera cristã hipster. O grupo de amigos de Irene nos encara com seus cortes de cabelos perfeitos e sorrisos confiantes, a maioria deles rindo. Eles percorrem o caminho até nós enquanto pego minha mochila e a bolsa de treino no banco de trás.

— Vivaaaa, viva o dia da carona! — fala Honey-Belle, batendo palmas. Ela é impossivelmente alegre. O DNA dela deve ser feito de cupcakes.

— De quem foi a culpa? — Gino DiNova nos aborda. — Foi você, Abraham?

Gino é difícil de odiar diretamente porque ele nunca diz nada ofensivo *de verdade*, mas também nunca diz nada legal. No momento, ele está com o celular na mão, claramente fotografando meu carro, rindo como se fosse a coisa mais engraçada que ele já viu. Não acho que eu já tenha falado com ele em outra ocasião.

— Engraçado você se interessar por isso, Gino — Irene diz, calmamente —, já que atropelou a caixa de correio dos Brinkley no mês passado.

Isso faz com que ele cale a boca. O grupo explode com risadas e Honey-Belle puxa Irene para o lado dela. Passo por elas até a entrada da escola, sentindo os olhares nas minhas costas. Ninguém diz nada diretamente para mim.

***

— Como ficou o carro? — Danielle pergunta no instante em que nos encontramos nos nossos armários. Eu não mandei nenhuma mensagem sobre o assunto, mas ela deve ter ouvido porque todo mundo estava falando sobre isso. Ela parece solidária, o que quer dizer que superou eu ter jogado mal ontem à noite. Faço uma careta e aceito o café que ela me oferece, enquanto ela pega a sacola com uma maçã cortada que preparei para ela hoje de manhã. Nós trocamos nossos cafés da manhã desse jeito desde o primeiro dia de aula.

— A traseira está toda fodida. Mas isso não é nada se comparado ao meu ego. — Tomo um gole de café e me animo. — Uau, segundo dia seguido que você acerta o equilíbrio perfeito entre leite e café.

— Falei que eu ia — diz Danielle, convencida. Então a expressão dela fica sombria. — Ouvi boatos sobre a outra motorista. Espero que você tenha esmigalhado o carro dela.

A coisa boa de Danielle é que ela nunca diria algo irritante tipo "por que você não me contou?". Não somos assim. Depois que Tally me deu o pé na bunda, eu nem consegui falar nada para as minhas amigas. Foi Daphne quem mandou uma mensagem para Danielle, e, dentro de uma hora, Danielle apareceu na minha casa com um potão de sorvete de chocolate. Ela me deixou soluçar por meia hora, e então ela e minhas irmãs organizaram uma maratona de filmes começando por *Todas contra John, Ela é o cara* e mais um monte de outros clássicos.

Danielle é minha melhor amiga desde o quinto ano, quando o sistema alfabético dos nossos professores que privilegia o sobrenome nos colocou uma do lado da outra: Zajac e Zander, lá no fim da lista de chamada. No mesmo ano, Danielle concorreu a presidente de turma com uma campanha política a favor dos direitos do pessoal no fim do alfabeto. Todo mundo cujo sobrenome começava com M ou depois votou nela, e, quando ela ganhou, aproveitamos um mês inteiro sendo os primeiros da chamada antes dos professores cansarem disso.

— Bom, fiz isso mesmo. E agora tenho que dar carona pra ela até que o carro dela seja consertado — falo, roubando uma das fatias de maçã.

Danielle me encara, horrorizada.

— *Quê?*

— Minha mãe arrumou essa quando descobriu que moramos perto. Ela se sentiu mal que a Irene ia ficar sem carro.

— Isso parece uma punição estranha e cruel.

— Cruel, estranha e completamente de acordo com o ano que estou tendo.

Danielle ignora esse último comentário. Sinto uma pontada de vergonha, sabendo que soo patética.

— Nós precisamos mesmo conversar com nossas mães sobre essa coisa de ficarem se intrometendo — Danielle diz. — Hoje, a minha abriu a porta do banheiro enquanto eu estava tomando banho porque arrumou *outra* ideia para eu usar na redação de candidatura para a faculdade. E sabe o que era? Como sou uma ótima irmã mais velha para o Teddy. Como se os consultores de admissão se importassem com isso.

Danielle e seu irmão de sete anos, Teddy, foram adotados. A mãe de Danielle é negra, assim como Danielle e Teddy, e o pai dela é branco. Seus pais se conheceram em um clube de dança de salão na faculdade. Tipo, sério. Às vezes eles espontaneamente dançam tango quando estamos na casa dela.

— Por que a sua mãe está tão preocupada com essa redação? — pergunto, feliz com a mudança de assunto.

— Ela não está. — Danielle se ocupa roendo a unha do dedão. — *Eu* estou preocupada, então ela fica de olho. Tudo

A JOGADA do AMOR   45

que eu li diz que se deve evitar viajar falando de missão de vida e heróis pessoais porque isso é só clichê. É melhor compartilhar uma anedota que mostre sua personalidade. Mas tipo… o que eu vou falar?

Nós fechamos nossos armários e recostamos neles, pensando. É um bom jeito de escapar da minha nova realidade.

— Você é uma das pessoas mais inteligentes no nosso ano — digo para ela. — Já sabe tanto sobre o processo de admissão que provavelmente poderia comandar todo o departamento de orientação se quisesse. Assim como você está no comando do nosso time de basquete. — Eu congelo, percebendo a resposta. — Pera aí! Dá pra você contar a história de como você tem sido a nossa treinadora!

Ninguém pediu a Danielle que fosse a capitã do nosso time. É só que a treinadora Fernandez não é uma treinadora *de verdade* — ela é a professora de computação que toma conta do clube de robótica. Depois que nosso antigo treinador se aposentou no ano passado, a escola não se deu o trabalho de encontrar ninguém para treinar o time de basquete feminino, então Fernandez concordou em ser a Adulta Oficial Responsável; se não, perderíamos a temporada. Ela aparece uma ou duas vezes por semana nos treinos, mas fora isso, deixa Danielle cuidar de tudo.

— Seria uma história ótima — continuo, entusiasmada. — Você pode ser a nossa líder destemida!

Danielle estremece como se um mosquito tivesse pousado nela.

— Não. Isso é se gabar demais.

— Cara, o *ponto* dessas redações de faculdade é se gabar. Não é por isso que você faz todas essas coisas?

— Eu faço essas coisas porque sou uma eterna perfeccionista.

Danielle me lança um olhar familiar: o que usa para desviar a atenção de si. Faz com que você queira abraçá-la e sacudi-la ao mesmo tempo, porque ela é tão maravilhosa quanto determinada a se subestimar. É como se ela se escondesse embaixo de um abajur para ninguém ver o quanto ela brilha. Mesmo quando orquestrou um golpe na quinta série para reverter o alfabeto — para que aqueles de nós que sempre ficávamos no fim da lista pudéssemos ser os primeiros —, ela trocou de lugar comigo para que não precisasse ficar em primeiro lugar.

Tento pensar em outro ângulo para explorar na redação quando somos interrompidas por dois dos nossos amigos, Gunther Thomas e Kevin Todds. Eles são melhores amigos do jeito que Danielle e eu somos melhores amigas; os dois tem armários um ao lado do outro. Tem alguma coisa com meus amigos e o alfabeto.

— Olha só quem é o centro das atenções — Gunther diz, passando um braço pelo meu ombro.

Eu estremeço, todos os pensamentos sobre os problemas de Danielle esquecidos.

— Vocês também ficaram sabendo?

— Uns caras da banda estavam falando sobre isso — Kevin diz. — Eles não sabiam seu nome de verdade, mas a gente percebeu que era você porque eles te descreveram como "a Gina Weasley gay".

— Adorável — digo com uma cara feia. — É bom saber que eu tenho uma reputação tão poderosa.

— Melhor do que a Garota do Guincho — responde Gunther, e dou um soco no ombro dele.

Somos amigas dos meninos desde o primeiro ano do ensino médio. Gunther é baixinho e corpulento, tem cabelo castanho grosso e uma marca loura de nascença no topo da cabeça. Ele faz o papel do nosso mascote, a Rena Lutadora, o que significa que passa muito tempo pulando e atacando pessoas com os chifres. Kevin é um pouco mais alto que Gunther, com um rosto redondo e cicatriz de acne na pele marrom clara. O negócio dele é a música. Ele está na banda da escola há quatro anos, e vem tentando conseguir audições para entrar em um conservatório de música na faculdade.

— E as novidades, Danielle? — Kevin pergunta. — Ouvi dizer que você jogou bem ontem à noite.

Danielle dá de ombros e tenta mudar para uma pose casual, mas acaba tropeçando no próprio armário. Ela está cada vez mais estranha perto de Kevin ultimamente. Estranha tipo escondendo-sentimentos-secretos.

— Sim, eu joguei bem. — Ela franze o nariz. — Melhor do que você no minigolfe, com certeza.

Kevin leva uma das mãos ao peito.

— Nossa. Golpe baixo.

Naquele momento, Irene e seu séquito aparecem no corredor. É uma dessas coisas sutis em que todo mundo ao nosso redor continua cuidando das suas vidas, mas você sabe que geral está atento à galera popular entrando no ambiente.

— Lá vai sua amiga — Kevin diz com um suspiro. — Está se preparando para o baile de volta às aulas esse fim de semana. Mais um dia na vida de princesa.

— E agora ela tem a Scottie pra dirigir a carruagem de abóbora — Gunther diz, os olhos brilhando.

Irene não olha para mim quando passa, mas consigo sentir as outras pessoas me encarando, esperando que a gente interaja. Fecho o meu armário e tento prestar atenção na conversa dos meus amigos, mas é como se uma corda invisível me ligasse a Irene, e eu fosse passar o dia inteiro conectada a ela não importa o que eu faça.

***

De um modo previsível, meu dia é repleto de interrupções de fofoqueiros que querem saber tudo sobre o acidente. Fico maravilhada com quantas pessoas de repente sabem meu nome — não só os outros veteranos, mas os calouros também. Alguns parecem sinceros quando perguntam se estou bem, mas a maioria toca no assunto porque quer falar de Irene.

— Vocês, tipo, saem juntas agora? — pergunta uma garota, com os olhos arregalados.

— Ela ficou puta com você por destruir o carro dela? — cochicha outra.

— É como dar carona pra uma Kardashian? — pergunta um calouro cara de pau.

— *Não* — respondo de novo e de novo. — Eu realmente não dou a mínima.

Na verdade, não vejo Irene até o fim do dia, quando temos nossa última aula juntas: Perspectivas para o Futuro. É uma piada em forma de aula, com uma professora que é um peso morto. A sra. Scuttlebaum é uma velha rabugenta e azeda que usa o mesmo suéter com estampa de tulipas por cima de qualquer roupa. O enfisema de fumante faz com que ouvir as aulas dela seja ainda pior.

Quando Danielle e eu entramos na sala, um monte de garotos, comandados por Gino, começam a rir.

— Ei, Abraham, seu Uber chegou!

— Dá pra você me levar pra festa esse fim de semana, Zajac?

— Cinco estrelas, Zajac, cinco estrelas!

Consigo sentir meu rosto queimando, mas reviro os olhos com uma coragem que não sinto. Irene, no entanto, cruza as pernas e diz:

— Eu só daria três estrelas.

A sala uiva com gargalhadas. Irene encontra meu olhar e sorri torto, quase como se estivesse compartilhando a piada comigo.

Há um momento de silêncio, e então respondo:

— Eu não daria nenhuma.

A sala explode em risadas novamente. Irene inclina a cabeça. Ela não parece com raiva, mas não consigo decifrar a expressão dela. Eu a ignoro e tiro meu caderno da mochila, até que Scuttlebaum chia e manda todo mundo calar a boca.

**

A coisa mais surpreendente acontece no fim do dia, quando estou a caminho do treino de basquete. Danielle e eu estamos passando no corredor quando meu celular toca um som que me faz congelar.

Esse toque pertence a apenas uma pessoa.

Tally Gibson: Por que você está dando carona pra Irene Abraham?

No começo, não consigo decifrar o que sinto. Quer dizer, fico chocada com o fato de Tally estar me mandando uma mensagem, ainda mais depois da nossa conversa ontem à noite. Mas também me sinto estranhamente validada. Essa é a prova de que ela ainda se importa com o que faço. Que está pensando em mim tanto quanto eu penso nela.

— Não responda — Danielle avisa, mas eu a ignoro.

Eu: Como você sabe disso?

Tally Gibson: Vi no Instagram do Gino.

E lá está, quando abro o aplicativo, e o story do Gino é o primeiro que aparece. É uma foto minha e de Irene saindo do carro. Ela parece despreocupada, e eu, rabugenta. A legenda diz: *Rainha da volta às aulas na nova carruagem!! Gina Weasley Gay está com tudo!*

Legal. Fico tão feliz que todo mundo no meu universo, incluindo minha ex-namorada, esteja vendo isso...

— Scottie — Danielle alerta em um tom que diz *não responda.*

— Só vou falar o mínimo pra ela parar de encher.

Eu: É só por alguns dias.

Não quero contar sobre o acidente, mesmo que ela provavelmente vá descobrir de qualquer jeito.

Tally Gibson: Ah.

Tally Gibson: Eu não posso mais saber o motivo?

— Essa sociopata maldita — Danielle diz, encarando meu celular. — Ela é tão manipuladora. Só ignore. Você não deve nenhuma explicação.

Consigo notar que Danielle está começando a ficar irritada, então guardo meu celular no bolso e continuo andando. Mas quando chegamos ao vestiário, aproveito a vantagem do caos para pegá-lo de novo.

Eu: Por que você quer saber?

Tally Gibson: Porque isso não é do seu feitio. Você não odiava ela depois daquela história do guincho?

Eu: Não acho que minha opinião sobre ela seja da sua conta. Não mais.

Tally Gibson: Uau. Tá bom.

Acho que acabou por aí, mas então Tally manda uma última mensagem:

Tally Gibson: Você devia tomar cuidado. Ela não vai fazer bem pra você.

E é quando percebo: Tally está com *ciúmes* da minha suposta amizade com Irene. Ela se sentiu ameaçada com a possibilidade de eu poder mudar — assustada comigo sendo catapultada para a popularidade até mais rápido do que ela. A ideia me deixa deslumbrada.

Quando entramos na quadra, estou dando pulinhos. Jogo tão bem quanto costumava jogar — talvez até melhor. Minha energia é contagiante, e de repente todo o time está dando o seu máximo.

Não acho que possa ficar melhor, mas, nos últimos dez minutos de treino, fica. As portas auxiliares abrem e, pela primeira vez na minha carreira de basquete, nós temos uma seção de torcedores. Literalmente. Irene trouxe o time dela para ver o nosso jogo.

Sei que ela não está me fazendo favor nenhum. Ela só está aqui porque o treino dela acabou e ela quer me apressar.

Ainda assim, é muito bom ser validada com um público, e minhas colegas se sentem da mesma forma.

— Elas estão mesmo aqui por *nossa* causa? — Shelby pergunta.

Liz Guggenheim, que apelidamos de Googy, balança a cabeça.

— Não, cara. Estão aqui por causa da Scottie. — Ela vira para mim, deslumbrada. — Esse acidente de carro foi a melhor coisa que você já fez.

O time todo olha para mim, as bocas sorriem com alegria. E me sinto como se estivesse voando perto do sol.

— Vamos fazer a jogada do cachorro-quente — Danielle diz, sorrindo torto. Ela me passa a bola, e hesito, percebendo o presente que ela está me dando.

— Sério?

— Faz ela voar, Scots.

Nós fazemos a jogada com um ritmo palpável. Corro pela quadra e, quando Googy me passa a bola, eu a arremesso pela cesta com um salto perfeito.

As meninas na arquibancada irrompem. Honey-Belle dá um grito de verdade. Danielle olha para mim como se tivéssemos acabado de encontrar dinheiro no chão.

— Dê carona pra Irene pelo máximo de tempo que puder — ela cochicha, um brilho no olhar.

E, pela primeira vez, não acho que isso seja má ideia.

4

Na manhã seguinte, saio correndo pela porta com os cadarços frouxos. Voltar para casa ontem à noite foi rotineiro — nós literalmente não nos falamos —, mas não espero que a fera durma por muito tempo. Eu planejo estar do lado de fora da casa dela bem antes de nossa hora combinada, só para provar um ponto.

Mas quando chego na calçada de Irene às 7h23, ela já está esperando. Claro.

— Há quanto tempo você está aí? — pergunto quando ela abre a porta.

Irene demora um pouco para responder, colocando as bolsas esparramadas por todo o meu banco.

— Alguns minutos.

Sinto que ela está falando isso só para me irritar, então no momento que ela se senta, dou uma ré com força extra. A garrafa térmica derruba café por todo o porta-copos.

— *Cara* — ela diz, brava.

— Oops, foi mal — rebato, descontraída. — Tem guardanapo no porta-luvas.

Ela limpa o estrago mais cuidadosamente do que eu esperaria que fizesse.

— Dá pra você abaixar a música? — ela resmunga. — É cedo demais pra essa merda.

— Isso é Fine Young Cannibals.

— Eu sei quem é.

— Claro que sabe.

— Ah, verdade, você é a *única* pessoa da nossa idade que curte música dos anos oitenta. Eu me esqueci de como é você excepcionalmente única.

Em vez de responder, boto a música no máximo. Ela literalmente resmunga e se vira para o outro lado. Não falamos mais nada durante o resto do caminho.

Ainda assim, naquela tarde, antes do fim do treino, as líderes de torcida aparecem de novo.

***

Quando chega a quinta-feira, a escola inteira está tomada pela energia da volta às aulas. Nosso diretor anuncia que os votos finais do baile de volta às aulas vão acontecer na sexta-feira no primeiro horário, então, pelo resto do dia, esse é o único assunto do qual todo mundo fala. Ouço o nome de Irene ainda mais do que ouvi nos últimos dois dias, e já que ainda estou dando carona para ela, a atenção em mim se intensifica proporcionalmente.

— O baile de volta às aulas é completamente subutilizado — Gunther reflete durante o almoço. — Não estamos tendo o máximo de aproveitamento. Se tem reis e rainhas, por que não acrescentar o conselheiro calculista ou o bispo ganancioso? Eu consigo pensar em tantas pessoas pra nomear nesses cargos.

Estamos deitados na grama fresca do lado de fora do refeitório, usando as mochilas como travesseiros. As árvores acima de nós ainda estão cheias de folhas, mas começam a ganhar tons de laranja e vermelho. A maioria dos veteranos estão esparramados em grupos ao nosso redor. Alguns deles estão mexendo no letreiro de novo. Agora está dizendo VOL-TAMOS, VADIAS.

— Qual é o equivalente de músico da corte para o baile? — Kevin pergunta. — É isso que eu queria ser.

— Tipo um bardo? — Danielle diz. — Ou um trovador?

— Trovador — Kevin ecoa, rindo. — O que isso significa? Como é que você é tão inteligente o tempo todo?

Danielle morde o lábio, sorrindo tímida.

— Eu faço essa coisa chamada estudar.

— Eu também, mas você não me vê falando palavras tipo *trovador*. Juro que seu cérebro guarda, tipo, tudo o que você lê.

Somos interrompidos por Charlotte Pascal, capitã do time de futebol, que se aproxima com algumas das colegas de time. As garotas do futebol são notoriamente gostosas, com pernas compridas e cabelos claros e ondulados. Elas também são nossas melhores atletas, o único esporte em Grandma Earl que ganha campeonatos e apoio do comércio local. É sabido que, por aqui, se quiser ser alguém, você tem duas opções: líder de torcida ou jogadora de futebol. Basquete não chega nem a fazer cócegas no radar.

E é por isso que fico tão confusa quando Charlotte se aproxima. Antes de eu conseguir entender, ela coloca um pe-daço de biscoito de arroz feito em casa na minha mão.

— Er... quê? — tento falar.

— Feliz volta às aulas — ela diz, o sorriso impossivelmente brilhante. — Espero que considere votar em mim para rainha.

Nem eu nem os meninos respondemos; Charlotte Pascal possui uma beleza desarmante, e tenho certeza de que nenhum de nós já falou diretamente com ela antes.

Danielle olha para nós três e bufa. Ela estreita os olhos para Charlotte e diz:

— Sabe que comprar votos não é permitido, né?

— Não estrague a brincadeira — responde Charlotte, franzindo o nariz. — É só um doce.

Contra a minha vontade, olho para o outro lado da quadra, onde Irene e sua turma estão descansando. Ela observa Charlotte com os olhos semicerrados, os braços abertos no banco, as acólitas espreitando ao seu redor com suas saias plissadas. O fim da amizade entre Charlotte e Irene, que virou rivalidade, já é fonte de fofoca por quase um ano, e só se intensificou desde que Irene adicionou aquela seção de "Amigas Inseparáveis" ao álbum da turma. Considerando o jeito que ela está olhando para Charlotte agora, fico surpresa que tenha ousado fazer essa piada.

Kevin é o primeiro a recuperar a voz.

— Obrigado pelo presente — ele diz a Charlotte. — Boa sorte na votação do baile.

Charlotte oferece um sorriso de flerte, lança um olhar para nós e vai embora. Noto que ela se certifica de evitar o canto do jardim de Irene. Parecem gatos de rua delineando seus territórios.

— Ela é muito… hum… é... — Gunther diz, engolindo em seco.

— Gata demais — Kevin diz, e Danielle endurece —, mas ela me assusta.

— Eu juro que meu radar apita com ela — digo. É uma teoria que já apresentei antes: que Charlotte tem algum tipo de energia queer. Tally foi a única que já concordou comigo, mas ela era mais preocupada com a popularidade de Charlotte do que com sua possível sexualidade.

— Duvido muito — Danielle responde. — Ela está saindo com aquele cara de Candlehawk faz, tipo, um ano.

— Não significa que ela não seja queer — digo.

— Seja lá qual for a dela — Gunther diz —, Charlotte faz bem mais o tipo de Lady Macbeth do que de rainha da volta às aulas.

***

Dessa vez, quando as líderes de torcida aparecem no fim do nosso treino, elas trazem o time de basquete masculino com elas. Deve ter pelo menos vinte pessoas assistindo agora. É difícil manter a calma, e dá para perceber que minhas colegas se sentem da mesma forma; até mesmo Danielle parece ruborizada. Mas depois de alguns minutos jogando com uma plateia, começamos a absorver a energia. Quando terminamos nossa jogada com uma bandeja revigorante de Googy, o grupo se levanta e vibra alto.

— Isso é doidera — Danielle comenta quando estamos saindo do treino. — Ninguém dava a mínima pra gente antes. — Ela faz uma pausa para cumprimentar um dos jogadores do time masculino, então olha para mim incrédula. — Eita. Eu sei que você odeia ela, mas Irene está mesmo nos fazendo um favor.

Balanço a cabeça, irritada com o quão impressionante é tudo.

— Ela não está *fazendo* nada. Só está entediada esperando que eu a leve pra casa, e os súditos dela a seguem por onde quer que vá.

Aponto por cima do ombro para onde o pessoal popular fica ao redor de Irene, orbitando como se ela fosse o sol.

Danielle estala a língua.

— Coitada da Charlotte e dos biscoitos de arroz que não têm nenhuma chance de ganhar a votação de rainha.

Nós nos separamos, cada uma na direção de seu carro. Danielle diz alguma coisa sobre ir para casa trabalhar na redação, já que vamos estar ocupadas com as atividades de volta às aulas durante todo o fim de semana. Eu desejo boa sorte e sigo para o carro, contente que a semana já esteja quase acabando. Mal posso esperar para chegar em casa, tomar um banho quente e relaxar com um filme.

Mas Irene não entra no carro imediatamente. Ela fica enrolando ao lado, falando com Honey-Belle com uma expressão séria no rosto. Faço um show para ligar a ignição e acender os faróis, mas ela me ignora.

Depois de dois minutos disso, abro a porta do carro e grito:

— Com licença! Dá pra gente ir, por favor?!

Irene ergue uma das mãos para indicar que preciso esperar. A petulância do gesto me faz perder a paciência, e meto a mão na buzina com tanta força que ela ecoa por todo o estacionamento.

Irene dá um pulo e me lança o olhar mais feio que já vi na vida, mas finalmente se afasta de Honey-Belle. Ela entra no banco do carona como se estivesse descendo ao último círculo do inferno. Quase consigo sentir a energia negativa que irradia dela.

— Isso foi muito mal-educado — ela briga.

— Sim, eu concordo, *foi* muito mal-educado da sua parte me deixar esperando.

Ela balança a cabeça e aperta o cinto de segurança com força. Ligo a música e saio do estacionamento sentindo como se tivesse acabado de ganhar uma luta de boxe.

Mas então Irene desliga o rádio.

— Mas quê...?!

— Eu pego meu carro de volta esse fim de semana — ela diz, sem preâmbulos. — E Honey-Belle vai passar para me buscar amanhã cedo, então não preciso de carona.

Eu ligo a música de novo, distraída demais pela audácia dela para entender o que está tentando dizer.

— E daí?

— E daí que você não vai mais precisar me dar carona.

Isso me faz prestar atenção.

— Espera, sério? E amanhã de tarde?

— Eu não volto pra casa em dias de jogo — ela diz, ríspida, como se eu já devesse saber disso. — Nós nos arrumamos na escola.

— Então essa é a última vez que preciso levar você?

— Sim. Eu acabei de falar isso.

Fico feliz demais para me importar com o sarcasmo dela. Só mais alguns minutos desse acordo tenso e então serei livre para sempre. Nunca mais vou precisar lidar com essa garota de novo.

Nós ficamos em silêncio até eu me lembrar de algo que não se encaixa na informação que ela me deu.

— Espera um pouco — digo. — Você não vai pra casa antes do jogo de futebol americano? Mas você não precisa se arrumar para o baile de volta às aulas? Quer dizer, tipo, você não precisa se vestir no intervalo?

Por um segundo, acho que ela vai me dizer que não é da minha conta. Só que então:

— Minha mãe vai levar meu vestido pra mim. Eu vou me trocar depois que terminarmos a coreografia do segundo tempo.

Eu bufo. Será que ela *sempre* planeja tudo levando em conta sua amada posição de líder de torcida?

— Então você vai ficar toda suada no seu vestido? Por que só não fica de fora da coreografia de amanhã à noite?

Agora ela me encara.

— *Você* ficaria sentada no banco durante um jogo importante só pra ficar bonita em um vestido?

— Não, mas isso é porque eu *jogo* de verdade.

Ela vira a cabeça rapidamente na minha direção.

— O que você está tentando dizer?

— Quê? Só estou falando que, assim, você não está *competindo* por nada. Você está fazendo a torcida dos competidores. Não tem essa de ganhar ou perder.

Ela se vira no banco, mais agitada do que já a vi antes.

— Ah, claro, isso vindo de alguém cuja ideia de "competir" é jogar uma bola em um aro? Ser líder de torcida é mais competitivo do que você imagina. É ginástica e acrobacia e dança, com uma caralhada de exercícios de musculação, sem nem mencionar a inteligência emocional que precisamos ter para entender a energia da plateia…

— E ainda assim você não está nem ganhando nem perdendo nada. É só um espetáculo. Um espetáculo que você está fazendo pra *outra pessoa*.

— Não é pra *outra pessoa*, é pra nós mesmas, e nossa corporalidade, e…

— É para o time de futebol americano masculino. Ou o time de basquete. Seja lá qual *masculino* esteja sendo idolatrado naquela noite.

— Uau, olha só pra você, levantando a bandeira do feminismo enquanto critica outras mulheres só porque acha que não temos consciência da misoginia...

— E vocês têm? Ou só imaginei nunca ter visto a equipe de torcida nos meus jogos de basquete antes?

— Você alguma vez já *pediu* pra gente estar lá? — ela retruca. — Eu não tenho tempo de ficar segurando sua mão se você nem se dá ao trabalho de falar com a gente. Eu já faço mais do que o suficiente, sou capitã de dois esquadrões com temporadas simultâneas *e* estou tentando ganhar o Atleta Estudantil do Ano.

Esse último pedaço me pega de surpresa. O prêmio de Atleta Estudantil do Ano é a maior honra que um veterano em Grandma Earl pode ganhar. Nos últimos anos, quase sempre foi para os jogadores de futebol ou futebol americano.

— Você está tentando ganhar o Atleta do Ano? — pergunto.

— Não precisa falar como se fosse tão surpreendente, porra.

— É *sim* surpreendente. Nunca ouvi falar de uma líder de torcida ganhando isso.

— Isso é porque uma líder de torcida nunca ganhou — ela me corta, os olhos incandescentes. — Mas nós damos tão duro quanto qualquer outro atleta estudantil, então por que não poderíamos ser contempladas?

Balanço a minha cabeça e me afasto dela.

— *Que foi?* — ela cuspe.

— Só parece um desperdício de energia da sua parte — falo, sabendo muito bem que estou brincando com fogo. — Você obviamente vai ganhar a votação de rainha amanhã à noite, o que é uma extensão natural de ser capitã das líderes de torcida, mas em vez de focar nisso, você fica cobiçando um prêmio de atleta que não tem nenhuma chance de ganhar?

— Vai se foder, Zajac — ela rosna. Eu mal registro o uso do meu sobrenome, é chocante saindo da boca dela. — Você deve ser a pessoa mais arrogante, depreciativa, crítica que eu já conheci...

— Olha quem fala! — solto, maldosa. — Você é só uma líder de torcida metida a besta que se acha poderosa e importante demais pro título de rainha.

— Não *ouse* me falar quem eu sou...

— Ah, claro, esqueci que não posso "fazer suposições" sobre você. Já que é nosso último dia, vou te deixar com uma última opinião. — Minhas palavras jorram com um sentimento inconsequente e satisfatório. Eu sei que estou cruzando uma linha, mas não consigo parar. As pessoas estão falando das maravilhas de Irene para mim faz *dias*, mas sei bem o quanto ela pode ser horrível. — Não é *minha* culpa você ser insegura pra caralho como líder de torcida, e que ninguém, incluindo sua própria mãe, te leva a sério por isso. Então resolva suas próprias merdas e pare de descontar isso nas outras pessoas.

O silêncio entre nós é tão cortante quanto um estilhaço de vidro. Irene se vira lentamente na minha direção. A mandíbula dela está cerrada. Seus olhos são como um fogo escuro. E estão, para minha surpresa, levemente úmidos.

Minha respiração é alta; ela mal parece respirar. Não sei mais o que fazer, então giro o botão do volume até chegar no máximo, tão alto que parece ecoar nos meus ouvidos. Irene não diz nada. Fica sentada estranhamente imóvel no banco do carona, os braços cruzados no moletom de treino.

Quando finalmente chegamos na casa dela, ela solta o cinto de segurança rápido e pega as malas do banco traseiro.

Quando está prestes a sair do carro, aperta com força o botão do rádio. Eu só encaro.

Abro minha boca para dizer alguma coisa, mas antes de eu conseguir pensar no quê, ela bate a porta e marcha direto para casa.

***

Naquela noite, minhas irmãs e eu nos aconchegamos na cama de Thora para assistir a *O poder mágico* a pedido de Daphne. Picles e BooBoo rondam nos nossos pés, inquietos. A admissão deles no jardim de mamãe foi proibida faz vários dias.

— Eu errei feio hoje — digo quando estamos na metade do filme.

— Você bateu em outro carro? — pergunta Thora, e eu dou um empurrão nela enquanto Daphne ri.

— Não. Fui uma babaca com Irene.

— Sua arqui-inimiga?

— É.

— Bom, ela é sua arqui-inimiga. É pra você ser uma babaca com ela.

Daphne franze o cenho.

— O que aconteceu?

Conto sobre a nossa discussão e como fui horrível.

— Não sei por que eu disse aquela coisa sobre a mãe dela — confesso, a voz fraca. — Normalmente não vou direto no ponto fraco das pessoas.

— Não, você não faz isso — Thora diz, pensativa. — Parece mais algo que a sua ex faria.

Eu a encaro.

— Tally pode ser a pior pessoa, mas ela não faria *isso*. Ela não é maldosa de propósito.

— Ela é sim. Fiquei vendo ela fazer isso com você por meses. Ela te virava do avesso, fazendo você achar que não era boa o suficiente. Você é tipo uma insegurança ambulante desde que namorou ela.

Eu pauso o filme.

— Você acha que sou uma insegurança ambulante?

Thora olha diretamente para mim. Ela nunca ameniza nada.

— Agora? Sim. E não tem nenhum motivo pra você ser assim. Você é inteligente, bonita e muito boa no basquete. Você deveria estar arrasando.

Um pouco de bile corre pela minha garganta.

— Mais ninguém parece achar isso.

— Quem se importa com que os outros pensam? O que *você* acha?

— Thora, você acha *mesmo* que a opinião de mais ninguém importa?

— Totalmente. — Ela dá de ombros como se fosse tão fácil quanto somar dois mais dois. — No fim das contas, sou a única pessoa vivendo a minha vida. Por que eu deveria me preocupar com as outras pessoas?

— Você obviamente não se lembra muito bem de como era a escola.

Ela bufa.

— É claro que lembro. Essa hierarquia social implícita é uma bosta. Mas sabe o que eu saquei desde então? — Ela gesticula com os dedos na frente dos meus olhos. — É tudo uma questão de ótica, Scots. Fazer as pessoas verem o que você quer que elas vejam. Se quer que elas pensem que você

A JOGADA do AMOR   65

importa, comece a agir como se eles já *devessem saber* que você importa.

Daphne assente.

— Finja até conseguir.

— Exatamente — Thora concorda.

Faço carinho nas orelhas de BooBoo, pensativa.

— Vocês querem saber de algo muito idiota? Dar carona pra Irene foi a coisa que mais me fez sentir descolada esse ano todo. Tipo, é a primeira vez que as pessoas prestaram atenção em mim. Até Tally ficou com ciúmes. O quão zoado é isso?

— Tally ficou com ciúmes? — Thora ri, sem humor. — Meu deus, essa garota é um caso a ser estudado. Ela provavelmente está com medo de você estar namorando a Irene em segredo.

Dou uma risada. A ideia é impensável.

— Eu nunca faria isso. Não suporto essa garota.

— Talvez a Irene não seja tão ruim quanto você pensa — Daphne diz. — Por que você a odeia?

Eu hesito, considerando. Nunca contei para as minhas irmãs do incidente do guincho. Eu mexeria em um vespeiro contando agora.

— Ela é só uma idiota — falo. — Ela... meio que me zoou em um negócio ano passado.

Os olhos de Thora relampejam.

— O que foi que ela fez?

Balanço a cabeça.

— Nada. Sério, nada. Eu só não gosto dela.

Sei que Thora quer me pressionar mais no assunto, mas não faz isso. Ela beija a minha testa e volta a assistir ao filme com a Daphne.

Você é tipo uma insegurança ambulante...

Será que isso é verdade? A julgar pela dor constante no meu peito, preciso acreditar que sim. Mas quando eu me tornei desse jeito? Eu não costumava me importar tanto com o meu status social, ficava feliz em só seguir a vida. Mas isso foi antes de Tally. E também antes do incidente do guincho.

Eu sempre quis confrontar Irene a respeito dessa pegadinha. Queria gritar que era uma reação completamente desproporcional por eu sem querer ter derrubado minha bebida nela. Mas a verdade era que eu tinha medo de que não tivesse nada a ver com a bebida. Que talvez tivesse sido um capricho cruel dela, do pessoal popular, porque eu era uma pária social ainda maior do que eu imaginava. A menina ruiva e queer que não tinha direito nenhum de estar na festa deles.

Afinal de contas, não foi por esse motivo que Tally terminou comigo? Porque ela também conseguia ver isso?

5

Na sexta-feira começa o fim de semana de volta às aulas. Acordo bem cedo, aliso o meu cabelo e coloco a blusa da Rena Lutadora que tenho desde o primeiro ano. Daphne monopoliza o espelho do banheiro, pintando GE, as iniciais da cidade, em letras vermelhas brilhantes nas bochechas. O pessoal do fundamental sempre fica mais empolgado do que todo mundo para o nosso jogo de volta às aulas.

Em uma manobra irônica do destino, essa é a vez que fico pronta mais cedo durante toda a semana. Se eu estivesse indo buscar Irene hoje, não tinha qualquer chance de ela estar me esperando lá fora. Quase desejo que ela precise de uma carona só para esfregar isso na cara dela. E *talvez* para poder pedir desculpas pelo que eu disse ontem.

Em vez disso, aproveito o tempo de sobra para pegar café para as minhas amigas. O Doce Noelle, o melhor café na cidade, pintou as janelas para o jogo de hoje à noite. Quando a garçonete me vê com a minha camiseta da Rena Lutadora, abre um sorriso e me dá um muffin de chocolate de graça. Eu o devoro quando volto para o carro, me deliciando com a privacidade de dirigir sozinha novamente.

Mas quando entro na escola alguns minutos depois, esse *sozinha* provoca uma sensação diferente. As pessoas olham para o meu carro, mas, quando sou a única que sai dele, elas se viram. Acho que não se importam comigo a não ser que esteja servindo de chofer para Irene.

Volto a ser uma zé-ninguém, e odeio admitir que isso dói.

— Oi, sextou! — Gunther diz quando eu apareço com a bandeja de café. — Qual é a do presente? É só porque você nos ama?

— Porque eu amo vocês, e porque estou livre. — Jogo a minha mochila no chão e me recosto no armário de Danielle. — Chega de dar caronas.

Achei que ficaria eufórica em anunciar isso, mas surpreendentemente, parece meio vazio.

—Acabou-se o que era doce — Kevin diz. Ele repassa os cafés, checando as descrições primeiro. — Tem certeza de que quer fazer isso, Gunther?

Gunther faz uma careta. Ele começou a tomar café preto porque acha que isso o torna mais sofisticado.

— Acho que sim. Mandem vibrações e boas energias. — Ele toma o primeiro gole como se fosse uma criança bebendo xarope.

— E amêndoas com expresso extra pra Danielle — Kevin diz, repassando o copo. — Por que a dose extra hoje? A prova de literatura?

— Isso, porque eu tenho que ir melhor do que você — Danielle diz, erguendo as sobrancelhas para ele.

Kevin ri.

— Não é uma competição se só você está no jogo, Danielle.

—Ainda assim vou te deixar comendo poeira.

— Nós já entendemos, vocês dois são inteligentes — Gunther diz, revirando os olhos. — Dá pra gente focar no assunto atual? Scottie voltou a ser uma de nós.

Kevin e Danielle riem.

— Tenho que admitir, estou meio chateada — Danielle diz. — Estava ficando acostumada com a nossa torcida.

— É, eu estava pronto para as líderes de torcida começarem a ir aos jogos de vocês — responde Gunther. — O que quer dizer que eu iria também.

— Elas nunca mudariam pra torcer pra gente — falo.

— Elas poderiam. Eu ouvi um monte delas falar sobre como vocês são boas. — Gunther faz uma pausa e, por alguma razão, as bochechas dele ficam rosadas. — Honey-Belle disse que vocês são *mulher*oínas.

Danielle e eu começamos a rir, mas antes que eu possa responder, meu celular apita com aquele toque sinistro.

Tally Gibson: Fico feliz que você tenha se livrado dela.

— Como é que ela *sabe* dessas coisas? — reclamo, mostrando a mensagem para os meus amigos.

Danielle bufa como sempre, mas Kevin tira o celular do bolso.

— Eita — ele murmura. — O Gino precisa cuidar da própria vida.

Ele mostra o último stories do Gino: um vídeo de Irene e Honey-Belle saindo do jipe de Honey-Belle. A legenda diz: *"Chega de andar de Uber, voltando a dirigir com a elite!!"*

— A "elite"? — Danielle diz com nojo. — Meu Deus, eles são uma caricatura de si mesmos.

— Você não falou um minuto atrás que estava gostando da torcida? — Kevin provoca, mas Danielle dá um empurrão nele.

Eu não digo nada. Uma onda profunda de vergonha percorre meu corpo. Fico mortificada que Gino tenha escrito isso. Fico ainda mais mortificada que Tally tenha visto.

**

Durante o primeiro tempo, nós temos um horário especial estendido para que o pessoal do clube de Videojornalismo possa repassar a seção de notícias do jornal deles. O programa é focado na volta às aulas, com uma história turbulenta sobre o regime de treinos do time de futebol americano e uma entrevista com o pessoal da comissão sobre os planos de decoração. O último trecho é todo sobre o baile de volta às aulas. Dez pessoas da minha turma são indicadas para os cargos de rei e rainha, e um dos trigêmeos Cleveland, que sempre está por dentro de tudo o que acontece, aproveitou para conseguir entrevistas.

— Sim, quer dizer, é uma honra — um cara diz.

— Estou tão empolgada, tão, tão empolgada — uma garota animada fala.

Charlotte Pascal é a próxima.

— Ganhar esse tipo de reconhecimento dos nossos colegas é só... bom, o que mais eu poderia pedir?

E então o rosto de Irene aparece, e me contorço desconfortável na cadeira.

— Você está empolgada? — o trigêmeo Cleveland pergunta.

— Sim, é bem legal — Irene diz, casualmente jogando o cabelo para trás. Ela soa como se estivesse cagando para tudo isso.

A JOGADA do AMOR   71

— Está nervosa?

Irene pisca.

— Pro jogo, claro. Estou preocupada com as nossas coreografias. Nós estamos nos esforçando pra cacete, e no momento estou tendo que dividir meu tempo entre ser líder de torcida tanto pro time de futebol americano quanto pro de basquete, com coreografias diferentes pros dois, então quero me certificar de que vamos fazer tudo direitinho na sexta à noite.

— Por que eles não censuraram o palavrão? — meu professor de Educação Cívica pergunta. — E como é que essa menina dá uma resposta dessas?

— Ela é a capitã das líderes de torcida — um dos meus colegas responde.

— E daí?

— E daí que é só disso que Irene fala. A Honey-Belle, amiga dela, disse que ela está concorrendo pra Atleta Estudantil do Ano.

— Como *líder de torcida*? — alguém zomba.

O jornal muda para outro concorrente, mas paro de ouvir. Uma sensação nada bem-vinda se espalha por mim, como se eu estivesse começando a entender Irene Abraham, mesmo sem querer.

***

O treino naquela tarde é a mesma coisa que nada. O time inteiro parece entender que nossa glória efêmera já acabou. Quando encerramos o dia com ninguém na quadra além de nós mesmas, o humor geral é azedo e de derrota. Googy tenta aliviar as coisas me pedindo para bater no carro de Irene de novo. Ninguém ri.

Quando Danielle e eu saímos, minha irritação aumenta ainda mais. Tem um certo número de torcedores já esperando ao lado do campo de futebol americano, e fico amargurada pensando que eles nunca vão aparecer para um dos meus jogos do mesmo jeito. Não é à toa que Tally queria mudar de escola.

Danielle e eu passamos na casa dela para nós preparamos para o jogo. Durante o jantar com sua família, meu humor finalmente melhora. O sr. e sra. Zander nos perguntam do basquete, da festa amanhã à noite, das inscrições da faculdade. Teddy se senta na mesa com as pernas balançando empolgado, vestido com um macacão de rena que ele insiste em combinar com uma tiara de orelhas de alienígena.

— Espere aí — a sra. Zander diz quando estamos para ir embora. Acho que ela está prestes a nos elogiar pelas camisetas de Grandma Earl customizadas em casa, mas em vez disso, ela examina a maquiagem de Danielle, com ar desconfiado. — Pra quem você está se arrumando?

— Ninguém — Danielle responde casualmente demais.
— É o jogo de volta às aulas, mãe.

— Eu amava o fim de semana de volta às aulas — o pai de Danielle diz, obviamente alheio à corrente subjacente de tensão entre a esposa e a filha. — Todo mundo ficava tão distraído com toda a pompa que eu e meus amigos finalmente conseguíamos jogar Dungeons & Dragons em paz.

— Eu nunca vi você fazer esse olho esfumado — a mãe de Danielle continua. — Scottie, quem ela está tentando impressionar?

Balanço a cabeça.

— Ninguém. Que eu saiba, Danielle só ama mesmo o basquete.

Danielle ergue uma sobrancelha como se dissesse "está vendo só?", mas eu já a conheço bem demais para perceber que ela está nervosa, porque fica remexendo no zíper da jaqueta. Ela provavelmente está pensando em ver Kevin no campo quando a banda começar a tocar na hora do intervalo.

O estádio está lotado quando finalmente entramos na fila. Os tambores estão ressoando, os holofotes brilham, e o ar tem cheiro de nogueira. Eu me lembro de Tally apertando minha mão ano passando, prometendo que a gente podia fugir pro carro dela se estivéssemos com frio demais. O jogo de volta às aulas de Candlehawk é hoje também, então ela provavelmente está amando a sensação de um estádio maior, as luzes mais brilhantes, e o pessoal da emissora de TV plantado no campo para filmar os alunos.

As arquibancadas de metal são frias. A banda está atrás de nós, tocando os trompetes e batendo nos tambores. As líderes de torcida estão nas laterais, calmamente fazendo seus alongamentos de aquecimento no meio de toda a empolgação crescente. Se eu apertar os olhos, consigo enxergar Irene, dando ordens para o resto do time. Ela obviamente está bem à vontade. Não que eu me importe.

O jogo começa alguns minutos depois. Nossos jogadores correm pelo gramado cruzando a faixa pintada à mão exibindo uma senhora de idade com um capacete de futebol americano. As líderes de torcida pulam direto para a coreografia, encorajando o público até estarmos em um frenesi completo, e consigo ouvir o eco de Irene me dando um sermão sobre a inteligência emocional das líderes de torcida.

Alguns minutos antes do intervalo, o outro time perde o controle da bola e um dos nossos corre de volta para um *touchdown*. A multidão ruge, aproveitando a onda da jogada.

As líderes de torcida aparecem para fazer uma coreografia de vitória. Irene está na frente da formação, direcionando a pirâmide antes de subir ao seu lugar.

Eu desvio o olhar, vendo os jogadores trocarem as linhas de ofensa e defesa. Então, todo mundo prende a respiração. A líder de torcida no topo da pirâmide caiu.

Há uma pausa prolongada, seguida de uma ansiedade tumultuante da parte do público, enquanto a treinadora e a equipe médica se apressam para a lateral do campo. As líderes de torcida desfazem a pirâmide e se aglomeram perto da garota, bloqueando a visão de todo mundo. A voz do comentarista estremece quando diz:

— Espere aí, pessoal, parece que tivemos um acidente nas laterais...

Depois de um longo momento de suspense, a multidão se abre e a garota manca até ficar em pé. Irene se aproxima dela, falando com a garota enquanto a equipe médica a guia saltitando em um pé só para fora do campo.

— Ah, graças, parece que ela está bem — o comentarista diz, a voz calorosa novamente. — Só um tornozelo torcido, pelo que parece. E esse é mais um sacrifício que as nossas líderes de torcida fazem pra estimular nossos garotos.

— Tornozelo torcido, que merda — Danielle murmura.

— Elas não estão só torcendo para estimular "os garotos" — digo, irritada.

— Tá... é. Só espero que essa menina fique bem.

Eu não respondo. Irene desapareceu, deixando as líderes de torcida consternadas nas laterais. Só a vejo de novo quando do a corte do baile de volta às aulas surge no campo durante o intervalo. Irene parece deslizar entre seus pais, facilmente visível por causa do longo cabelo preto. Eu me pergunto se a mãe dela ficou aqui esse tempo todo para ver as coreografias ou se só veio para escoltá-la durante a corte.

Quando anunciam a rainha de volta às aulas, ninguém se surpreende ao ouvir o nome de Irene Abraham. Ela sorri ao aceitar a coroa e as flores e faz pose para as fotos com o rei. Para qualquer outra pessoa, deve parecer que ela está radiante de felicidade, mas meus instintos me dizem que ela deve estar se repreendendo pela acrobacia que deu errado.

6

No sábado, eu e meu pai acordamos cedo para levar o meu carro à Oficina Mecânica dos Irmãos Sledd. Eles me prometem que o para-choques é de fácil conserto, mas com o tanto de coisa que têm recebido ultimamente, eles vão precisar de um bom prazo para devolverem meu carro. Meus pais vão ter que me deixar na escola até lá. Quando o mecânico nos informa o orçamento estimado, me sinto estranha sabendo que é o seguro de Irene que vai pagar por isso.

O resto do dia é dedicado a me arrumar para o baile de volta às aulas. Minha mãe e Daphne ficam piando em cima de mim durante a tarde toda, me bombardeando com ideias sobre como arrumar meu cabelo como se eu fizesse alguma ideia do que elas estão falando. Finalmente, Thora fica com pena de mim e arruma um espaço para maquiagem e penteado no porão. Ela pendura o meu terno na porta para "inspiração", coloca música na caixinha de som e passa um café novo para manter a gente no clima. Daphne se senta ao lado dela, oferecendo opiniões, e eu fico imóvel e em silêncio, deixando minhas irmãs tomarem as rédeas.

Thora e Daphne se movimentam sem esforço pelo Mundo das Garotas. Elas falam uma língua própria que nunca entendi, com palavras brilhantes como *contorno* e *bandeau* e *bralette*. É um direito de nascença delas, essa habilidade de ser como qualquer outra garota. Eu nunca tive esse mesmo direito, e entendi isso muito antes de ouvir a palavra *gay* pela primeira vez.

Talvez esse fosse um dos motivos para eu gostar de Tally: ela não tinha nenhuma reserva em atravessar esses dois mundos. Agora eu precisava encarar ambos sem ela.

Respiro mais facilmente quando Thora e Daphne concordam no estilo do meu cabelo e me reasseguram de quão bonita eu vou estar. Daphne me entrega um café e me oferece um sorriso entusiasmado. Seu próprio copo parece grande demais em suas mãozinhas, mas ela toma um gole ensaiado e estala os lábios do mesmo jeito que Thora faz.

***

No instante que entro na festa, meu coração dói. Tudo que eu consigo pensar é na Tally e em como essa deveria ter sido nossa festa de volta às aulas perfeita. Fico tão perdida em pensamentos que não presto atenção em metade das coisas que Danielle e Gunther estão falando. Poderia ter um touro selvagem à solta me perseguindo e eu nem notaria.

Falando nisso, lá está Irene.

Ela dança com um grupo de amigas, e parece genuinamente feliz, mas não me importo. Danielle, enquanto isso, está tentando fingir que não está olhando para o palco a cada segundo. Kevin está lá em cima, tocando a sua guitarra vermelha, o cabelo trançado resplandecendo com a luz acima dele. Ele está vestindo calça e camisa social, mas ainda usando o moletom de zíper de sempre por cima.

Ao lado da tigela de ponche, Charlotte Pascal está fazendo um espetáculo em servir pequenos copos para os amigos dela. Quando um deles se vira para o lado, vejo um frasco prateado na mão de Charlotte.

Lanço um olhar para Gunther, e aceno com a cabeça para a mesa de bebidas. Ele me observa por um segundo, então ergue a sobrancelha e pergunta:

— Está com sede?

Nós vamos na direção de Charlotte. Antes de conseguirmos falar qualquer coisa, ela diz com o canto da boca:

— É só para as pessoas que votaram em mim.

Gunther me lança um olhar de soslaio.

— Nós dois votamos — mente ele.

— Todo mundo fala isso, e ainda assim aquela vadia está usando a minha coroa. — Ela lança um olhar cheio de opinião para o meu terno. Sinto meu rosto corar. — Faz uma transferência pra minha conta — diz finalmente. — É só colocar como descrição "arrecadação de fundos dos veteranos". Deem uma volta na mesa e voltem quando essa música acabar.

Gunther e eu nos afastamos da mesa de bebidas, e sacamos nossos celulares para pagar Charlotte.

Nós voltamos quando a música termina. Charlotte desliza dois copos pela mesa, sem olhar diretamente para nós.

— Eca — Gunther diz, tomando um gole antes de mim. — Tem o mesmo gosto do forro da fantasia de mascote.

Engulo em seco ligeiramente e sinto minha garganta queimar. O gosto com certeza é horrível.

— Nojento — digo, lambendo os lábios. — Isso é muito mais vodca do que ponche.

Eu nunca bebo — não desde a festa do ano passado, pelo menos —, mas é bom ter alguma coisa para fazer. O álcool desce bem quando começam a tocar as músicas mais lentas. Os casais começam a se agarrar para ficar se balançando, encostando testas e se pegando, e eu lembro de Tally na festa ano passado, sussurrando piadas idiotas no meu ouvido.

Escuto as palavras de Thora na minha cabeça de novo. Será que Tally era assim tão ruim? E, se ela era, por que eu me sinto tão triste e perdida sem ela?

Eu me afasto da multidão sem me importar com para onde vou. O corredor com armários alinhados me oferece uma mudança de ares bem-vinda, iluminado pela lua e vazio. Eu afundo até o chão e descanso a cabeça contra o armário gelado atrás de mim.

Impulsivamente, pego meu celular. O story do Instagram de Tally foi atualizado com um post da festa de Candlehawk. É um vídeo de uma garota fingindo dar tapas na bunda de um cara enquanto a multidão incentiva. A risada de Tally ecoa pelo alto-falante, doce e exultante.

Minha garganta se fecha antes de eu conseguir impedir. Coloco meu celular de lado e esfrego meus olhos. Depois só fico sentada lá, tentando entender como tudo isso aconteceu, como perdi Tally e a mim no mesmo golpe duro.

Estou prestes a levantar quando uma dupla de garotas atravessa o corredor fazendo barulho. Elas estão sacudindo a saia dos vestidos, sussurrando em tons agudos uma com a outra. Eu não tenho tempo para os dramas de mais ninguém, menos ainda hoje à noite, então estou prestes a dar o fora dali quando ouço o som de uma voz que tenho escutado a semana toda.

— Não estou a fim, Honey-Belle — Irene diz. — Já estou ocupada com coisas demais.

— Uma dança não vai te matar — Honey-Belle insiste. — Vai ser bom pra você. Vamos lá, você acabou de ganhar o título de rainha! Merece se divertir.

— Com essas meninas que você andou escolhendo? Sem chance.

Meu coração dá um pulo inesperado. Eu ouvi certo? *Meninas?*

— Você é exigente demais — continua Honey-Belle. — O que tem de errado com a Madeleine Kasper? Ela é uma das calouras mais fofas...

— Você sabe que eu não posso sair com uma caloura...

— Para de ser tão metida. Você vai encontrar alguém. Só precisa abrir os olhos e estar pronta pra receber o que o universo quer te dar.

Eu não consigo me mexer. Tem um leve chiado dentro do meu peito. É bizarro escutar Irene conversando com a melhor amiga dessa forma — como se eu estivesse vendo tudo por detrás de uma cortina — e ainda assim não consigo superar o lance das garotas. Todo mundo sabe que Irene Abraham gosta de meninas? Será que de alguma forma eu não recebi esse memorando?

— Eu não posso ficar pensando em namorar agora — Irene diz. Ela parece cansada. — Minha mãe está enchendo o saco de novo pra eu pagar a ela a franquia do seguro, mas ainda não sabe que usei toda a minha poupança para o acampamento de torcida nas férias passadas. A não ser que eu largue a torcida e arrume um emprego, não tem nenhum jeito de eu...

— Você não pode largar a torcida — interrompe Honey-Belle. — Essa é a primeira vez que uma de nós tem uma chance de verdade de ganhar o Atleta do Ano! Quantos anos vão passar até outra líder de torcida chegar perto disso?

A JOGADA do AMOR 81

— Fala isso pra minha mãe — Irene retruca.

— Ela vai entender. — Honey-Belle bate um dos saltos contra um dos armários. — Ela sabe o quanto isso é importante pra você. Você já contou da Benson?

— Não. Pra quê, se eles não vão me deixar ir?

— Mas a treinadora quer você, Irene! — Eu encaixo as peças do quebra-cabeça: a universidade de Benson é uma faculdade em Virginia, e parece que Irene talvez tenha um lugar garantido na equipe de torcida. — E sei que você quer ir pra lá, mesmo fingindo que está tudo bem.

O som que se segue é de confronto, e imagino Honey-Belle tentando sufocar Irene com um abraço e boas vibrações.

— Você sabe que não posso ir sem uma bolsa. Meus pais nunca iam concordar em deixar eu me mudar pra outro estado quando posso frequentar uma faculdade por aqui e gastar bem menos. A treinadora da Benson disse que pode me ajudar se eu conseguir ganhar algo tão impressionante quanto o Atleta do Ano, mas e se eu não ganhar?

— Não vamos pensar nisso. Você tem uma chance de verdade.

— Espero que sim. — Ela parece triste, derrotada. — Charlotte já está tentando me sabotar. Ela vem falando pra todo mundo que mesmo que ser líder de torcida seja, abre aspas, "esporte legítimo", fechas aspas, eu obviamente não sou uma boa capitã se estou deixando as meninas caírem durante a coreografia.

— Aquela vaca invejosa de dentes tortos — diz Honey-Belle, e preciso engolir uma risada. É a primeira vez que eu a ouço ficar brava.

— Além do mais, não consigo calcular se ganhar o título de rainha me ajudou ou me atrapalhou — Irene continua.

— As pessoas acham que meninas são menos atléticas quando elas ganham um prêmio por serem bonitas?

— Claro que não. Você é durona. Todo mundo sabe disso.

— Talvez. — Irene não parece convencida. — Sei lá, Honey-Belle. Eu preciso ganhar o Atleta do Ano pra conseguir ir pra Benson, e não posso ganhar o Atleta do Ano se eu não estou sendo líder de torcida, mas não consigo pagar o seguro a não ser que eu saia da equipe e arrume um emprego.

— Você precisa falar com os seus pais. É só explicar a situação. Dê a eles uma chance de entender.

— Eles não vão entender, principalmente minha mãe. Ela vai me fazer sair da equipe e trabalhar no escritório dela pra pagar a minha dívida. Ela finalmente vai ter alguma coisa pra usar contra mim a favor dela.

A voz de Irene soa diferente do que já ouvi antes. Me causa um sentimento que não consigo nomear. Demora um instante para eu entender que é *empatia*. Ela está carregando um peso muito maior do que eu achava. Isso não faz com que ela tenha uma desculpa para ter sido escrota comigo, mas ainda assim... eu entendo.

Irene suspira, e Honey-Belle a consola, e elas finalmente vão embora. Eu espero mais um minuto para seguir.

***

Quando a festa acaba, fica decidido coletivamente que a noite vai continuar no Empório de Natal. É um segredo nada secreto que os estudantes de Grandma Earl fazem suas próprias pós-festas lá há décadas. Além disso, Honey-Belle tem uma chave para deixar todo mundo entrar no Quarto do Papai Noel, onde os Earl-Hewett guardam o estoque de estátuas de Papai Noel para todo mundo poder tirar foto quando está bêbado.

Kevin dirige já que ele é o único que não participou da "arrecadação de fundos dos veteranos". Gunther se senta na frente enquanto Danielle e eu ficamos no banco de trás, segurando o estojo da guitarra dele no colo. Gunther aproveitou para tomar mais duas doses da arrecadação de fundos enquanto eu estava no corredor dos armários, então ele está meio atordoado e risonho. Não para de dar risadinhas falando do quanto precisa mijar.

A garagem do Empório está aberta quando nós chegamos. As pessoas estão por ali ainda usando os ternos e vestidos, algumas dentro do Empório, a outra parte ainda no estacionamento. O ar está ameno e tem o cheiro de folhas mortas e fogueira acesa.

Enquanto meus amigos se adiantam para inspecionar as estátuas de Papai Noel, aproveito um momento para beber água e ruminar um pouco sobre algo que está fermentando no meu cérebro. A ideia se acendeu em algum ponto da última hora, depois que ouvi Irene e Honey-Belle conversarem na festa. É uma ideia louca e ridícula, mas não consigo afastar a sensação de que poderia ser exatamente o que eu preciso para resolver meus problemas. Quer dizer, minhas irmãs não tinham me dito para eu fingir até conseguir o que queria?

Tomo a decisão e marcho na direção de Irene antes que perca a coragem.

Ela está parada com uma pequena multidão de amigos que erguem o olhar quando me aproximo. Estou quebrando normas sociais preestabelecidas ao me aproximar deles, mas, nesse instante, eu não me importo.

— Irene — chamo alto.

— Oi? — ela responde, um fio cortante na voz. Irene cruza os braços na frente do vestido cor de pêssego e me olha, desconfiada.

— Preciso falar com você. — Lanço a ela um olhar significativo. — É importante.

Nunca fui tão ousada antes, mas por que eu não deveria ser, ainda mais agora que conheço todos os pontos fracos dela?

Ela me segue para trás do Empório, onde os trilhos do trem abandonados estão. Há menos pessoas por aqui; vai ser mais fácil ter uma conversa particular. Eu me sento nos trilhos e espero enquanto ela se curva para se sentar ao meu lado.

— Que foi? — ela pergunta.

Puxo meus joelhos para mais perto, passando os braços ao redor das minhas pernas como se essa fosse a conversa mais casual da minha vida.

— Ouvi você e a Honey-Belle conversando no corredor — digo, olhando diretamente nos olhos dela. — Não sabia que você era a fim de meninas.

Há um relampejo de preocupação nos olhos dela, mas logo em seguida ela ajusta a expressão e me lança um olhar gélido.

— Por que você está *sempre* no lugar errado na hora errada?

É claro que ela quer *me* culpar pela decisão de ter uma conversa particular em um lugar público.

— Eu já estava no corredor antes de vocês — respondo calmamente. — Foi você que não olhou se eu tinha a preferência.

Ela dá uma risada amarga.

— Esperto. Amei a metáfora.

— Né? Achei inspiradora.

Irene balança a cabeça e passa os dedos pelo cabelo. Pela primeira vez, vejo isso como um hábito nervoso em vez de vaidade. Espero que ela negue tudo ou me ameace, mas a resposta dela é completamente diferente.

— Se você está planejando revidar o que eu fiz com o seu carro, então só acaba logo com isso.

Fico tão surpresa que só solto uma risada.

— Quê? — digo.

Ela examina meu olhar.

— O que você quer, Zajac?

— Eu pareço ser do tipo que faz chantagem? Porra, isso é zoado. Não estou falando disso. Eu nunca te tiraria do armário.

Sob a luz da lua, os olhos dela relaxam só um pouquinho.

— Então do que você está falando?

— Acho que a gente pode se ajudar mutuamente. Quanto é a franquia do seu seguro?

— Quê?

— Só responda à pergunta, Abraham. Quanto é?

A boca dela faz uma linha.

— Mil.

— Aiiiii. — O valor é mais alto do que eu esperava, mas ainda dentro do que estava nos meus planos para isso funcionar. — E quanto você tem agora?

— Não o suficiente. Por que está perguntando?

— Eu tenho muito dinheiro que juntei do meu trabalho no verão. O suficiente pra cobrir o seu seguro.

É verdade: eu trabalhei horas e horas no Chuck Munny, o cinema antigo da cidade, varrendo pipoca e assistindo a filmes velhos. Eu estava guardando o dinheiro para gastar com coisas nada a ver, principalmente porque estou planejando ir pra faculdade gratuita aqui no estado, mas agora tenho uma circunstância muito melhor pra usá-lo.

Irene estreita os olhos.

— E por que você daria esse dinheiro pra mim?

— Ok, escute só. — Eu pigarreio. Essa é a parte que pode ir muito bem ou causar um desastre. Depois que eu falar, ela vai poder acabar com a minha raça se quiser. Mas meus instintos me dizem que ela não vai fazer isso.

— Todo mundo em Grandma Earl e Candlehawk acha que meu time é uma piada — digo. — Que *eu* sou uma piada. Mas você tem poder pra fazer todo mundo mudar de ideia. Eu quero que meu time receba alguma atenção para que a gente comece a jogar melhor e vença Candlehawk no jogo clássico de Natal. — Paro, lembrando da risadinha de Tally no celular enquanto eu estava sentada sozinha naquele corredor vazio. — E, como você sem dúvidas percebeu, Tally Gibson me deixou com sequelas. Eu quero deixar ela com ciúmes e acho que sei como fazer isso. Ela só prestou atenção em mim ultimamente quando ouviu que eu estava dando carona pra você. Se ela me vir saindo com você de verdade, vai ficar louca.

Irene ergue as sobrancelhas.

— Então você quer me pagar pra ser sua amiga?

Meu coração bate forte embaixo do paletó do terno.

— Eu quero te pagar pra ser minha namorada.

Há um silêncio carregado.

Então Irene começa a rir no ar frio.

— Ser sua namorada? — ela pergunta com a voz aguda, como se eu tivesse acabado de sugerir a coisa mais nada a ver do mundo. — Tipo, fingir que estamos namorando?? Você não pode estar falando sério.

— Estou sim.

— Isso é meio que uma fantasia tipo *Namorada de aluguel*?

Fico momentaneamente travada.

— Você conhece esse filme?

Ela revira os olhos.

— Meu Deus, você se acha mesmo muito especial — ela diz baixinho. — Você está me dizendo que quer me pagar pra te deixar mais popular? Você sabe que essas coisas não existem mais, né?

— Uma ova que não existem. Ou você está me dizendo que as líderes de torcida e os caras do basquete têm aparecido nos meus treinos só porque são bonzinhos?

— Então você está tentando me usar.

— Estou manipulando uma situação em benefício de nós duas. Você *precisa* do dinheiro se quiser continuar sendo líder de torcida e ganhar o prêmio Atleta do Ano. Você não acha que isso faria com que sua mãe parasse de te encher?

Ela respira fundo. Consigo ver os mecanismos girando no cérebro dela.

— Então você *quer* me tirar do armário, de certa forma — fala, categórica. Ela soa ao menos um pouquinho vulnerável.

Era essa a parte que me preocupava.

— Só se *você* quiser. Você não parece o tipo de pessoa que deixa os outros decidirem a sua vida. Se quiser fazer isso, ótimo, a gente anuncia do jeito que você achar melhor. Se não quiser, ótimo também. Eu saio daqui e a gente nunca mais toca nesse assunto. Não vou nem contar pra minha melhor amiga.

Ela abraça as próprias coxas.

— Eu não me importo se você contar pra Danielle.

Eu pisco.

— Você sabe que a minha melhor amiga é a Danielle?

Ela me encara como se tivesse acabado de brotar uma segunda cabeça no meu pescoço.

— Sim? Todo mundo sabe que sua melhor amiga é a Danielle. Eu votei em vocês duas pro "Amigas Inseparáveis", porra.

Fico sem palavras. Eu tinha certeza de que ela não sabia nada sobre a minha vida — ao menos não antes de a gente entrar nesse carnaval todo.

— Ah. Bom... Eu votei em você e na Charlotte Pascal.

Irene bufa uma risada. É a primeira vez que ela aprecia uma das minhas piadas.

— Saiba que eu não acho que se assumir seja uma coisa leviana — digo delicadamente. — Mas acredito de verdade que você pode usar isso a seu favor, ainda mais quando se trata de conseguir mais votos pro Atleta do Ano. As pessoas *amam* essa onda gay de agora. Eles botariam nossos hormônios em garrafas pra vender se conseguissem.

Irene me lança um olhar de soslaio.

— Você é bem mais cínica do que eu pensava.

— É verdade e você sabe disso. O que você tem a perder? — Estico minhas mãos como se estivesse oferecendo para ela o mundo em uma bandeja de ouro. — Você já ganhou o título de rainha. Suas coreografias de torcida são incríveis, fora o acidente de ontem à noite, que estou chutando que só aconteceu porque você estava distraída e preocupada com possivelmente ter que parar de torcer. E agora você pode romper ainda mais barreiras não *apenas* sendo a primeira líder de torcida a ganhar o Atleta do Ano, mas por abertamente "namorar" uma garota nos meses que antecedem o prêmio.

— Você acha mesmo que eu já não estou rompendo barreiras? — ela pergunta, ácida. — Quantas líderes de torcida indianas você conhece?

Dou de ombros, tentando levar numa boa.

— Só você, tenho certeza. Então por que não ir com tudo?

Ela espreme os lábios.

— Por quanto tempo?

— Até a gente jogar contra Candlehawk no campeonato do distrito em fevereiro.

— Por *quatro* meses?

— Não é tanto tempo quanto parece — insisto. — Olha, se você conseguir que a sua equipe torça por nós, vai ter um efeito enorme nos nossos jogos. Nós vamos ganhar de Candlehawk no Clássico de Natal, e então vamos aproveitar essa onda até o campeonato, e até lá você *certamente* vai ter conseguido a indicação pra Atleta do Ano.

Ela balança a cabeça, teimosa. Não tenho escolha a não ser ir para cima dela com tudo.

— Ou — digo inocentemente — você pode largar a torcida por quatro meses enquanto trabalha pra pagar sua dívida com seus pais. Mas não sei se isso vai te ajudar a ganhar Atleta do Ano, o que significa que você não teria uma chance de ir pra Benson.

Eu me sinto meio merda em ficar negociando o sonho dela, mas preciso que ela diga sim. Meu coração está quase pulando para fora a essa altura.

Irene passa um dedo no lábio, pensativa.

— Você vai me dar o dinheiro à vista?

— Sim.

— E você não vai contar pra ninguém que estamos fazendo isso?

— Não se você não contar.

Ela alisa o lábio inferior novamente. Isso me distrai bastante.

— Não consigo acreditar que estou realmente considerando.

— Nem eu — confesso. — Mas também não consigo acreditar que você me converteu secretamente em uma fã de líder de torcida que provavelmente vai votar em você pra Atleta do Ano. Então acho que essa é uma semana sem precedentes.

Ela olha para mim, os olhos brilhando levemente.

— Tá bom — diz, esticando a mão para eu apertar.

Aceito a palma quente e suave dela e aperto. Uma onda de empolgação percorre o meu braço. Essa é a primeira coisa que dá certo para mim em muito, muito tempo.

— Como é que a gente começa? — Irene pergunta.

— Você pegou o seu carro no mecânico, né?

— Sim.

— Ótimo. — Dou um sorriso torto. — O primeiro passo: *você* me dá carona pra aula na segunda-feira.

7

Irene me busca às 7h22 na segunda de manhã. Eu sei o minuto exato porque ela me liga três vezes seguidas enquanto estou secando o cabelo.

— Eu tô indo! — grito no telefone.

Ela estala a língua e desliga sem falar uma palavra.

Quando chego à calçada, há uma complicação não planejada. Thora está embaixo do toldo, as chaves na mão, olhando feio para o carro de Irene.

— Er… bom dia — cumprimento Thora.

— É? — Os olhos dela se estreitam. — Mamãe me disse que eu precisava te dar carona porque o seu carro ainda está no mecânico, mas parece que a Regina George recebeu o mesmo memorando.

Irene nos encara pelo para-brisa. Parece impaciente.

— Achei que eu tivesse dito pra mamãe que eu tinha carona. — Jogo a mochila por cima do ombro, tentando parecer que estou com pressa. — Foi mal por isso, mas não se preocupe, está tudo certo!

Dou um passo na direção do carro de Irene, mas Thora me puxa pelo braço.

— Você quer me explicar por que a sua *arqui-inimiga* está te dando carona?

— Hum, é meio complicado, eu te conto hoje à noite...

Ela segura o meu braço mais firme e espera.

Não sei como explicar isso para ela. Eu sabia que teria que convencer a minha família mais do que qualquer outra pessoa que Irene e eu estamos namorando, mas achei que teria mais alguns dias para me preparar para a ocasião. E Thora é a *última* pessoa com quem quero começar essa conversa. Ela é perspicaz demais para essa merda.

— Houve um... avanço amoroso inesperado.

Thora se engasga.

— Com *ela*? Ela bateu no seu carro semana passada. E você falou que ela fazia bullying com você ano passado.

Eu dou de ombros.

— Perdoar e seguir em frente, né? As pessoas mudam.

— Scots. Você ficou doida? Essa filha da puta vai te zoar do mesmo jeito que a Tally.

A porta do carro se abre. Irene dá um passo para fora, tirando os óculos escuros com uma precisão que sugere que ela está pronta para um combate até a morte.

— Oi — ela diz, a voz séria e fria. — O nome dessa filha da puta é Irene.

Thora se vira nos calcanhares para encará-la. Ela é vários centímetros mais alta do que Irene, mas Irene não se abala e retribui o olhar feio que Thora está lançando para ela. Eu pairo entre as duas, meu pulso acelerado.

— Então foi você que zoou minha irmã *duas vezes*, segundo as minhas contas — Thora diz, a voz perigosamente calma. Ela ronda o carro de Irene, examinando. — Hum.

Parece que está novinho em folha. Não seria uma pena se minha mão escorregasse?

Ela ergue as chaves do carro e faz a mímica de que vai arranhar a porta do motorista inteira.

— Thora, não... — começo.

Irene espreme os lábios.

— Eu mereço. Então se é isso que você precisa fazer, vá em frente.

Ela dá um passo para trás, abrindo o caminho para o carro dela, e meu cérebro entra em curto-circuito. Essa é a primeira confissão de culpa que eu já ouvi dela. Thora estreita os olhos ainda mais.

— Nós estamos atrasadas — digo, indo na direção do banco do carona. — Thora, por favor, a gente precisa ir.

— Por que você fez bullying com a minha irmã? — Thora pergunta.

Os olhos de Irene rapidamente vão na minha direção. Ela tem a boa vontade de parecer envergonhada.

— Eu cometi um erro.

— Um erro. — Thora ri sem humor. — Bullying não é um erro. Você pediu desculpas?

Pelo jeito que Irene expira, eu sei o quão humilhante isso está sendo para ela.

— Não, não pedi.

Thora não fala nada por um tempo. Então ergue o queixo e diz:

— Me surpreende que você consiga fazer suas coreografias com essa bunda tão mole.

As bochechas de Irene ficam escuras.

— Estou trabalhando nisso.

Há um silêncio prolongado. Thora encara Irene diretamente, examinando-a sem pudor. Então se vira para mim.

Consigo ver pela curva da boca dela que ela está amolecen-do. Por enquanto.

— Você me liga se ela resolver foder com você — Thora me diz. Ela lança um último olhar mortal para Irene, então passa por nós e volta diretamente para casa.

Irene entra no carro sem mais uma palavra. Eu ainda estou tentando processar o que aconteceu enquanto jogo minhas bolsas no banco de trás. Quando dou uma olhada no porta-malas, tudo parece novinho.

***

O carro de Irene é impecavelmente limpo e possui um cheiro doce; tem um aromatizador de baunilha pendurado no ar-condicionado, e o para-brisas dá a impressão de que ela o esfrega com frequência. Tem uma única fita elegante de líder de torcida pendurada no espelho retrovisor. Ela está com a música ligada, mas está baixo demais para eu ouvir.

— Sua irmã parecia que queria me fuzilar com os olhos — Irene diz com um tom ríspido. — Se você estivesse lá fora na hora certa, nós poderíamos ter evitado essa briga idiota por completo.

Solto uma risada.

— Sabe de que outro jeito dava pra evitar isso? Se você nunca tivesse me zoado em primeiro lugar.

— Eu disse que foi um erro.

— E que erro.

Irene coloca um chiclete na boca. Ela tamborila os dedos no volante, ansiosa.

— Se a gente vai estar *apaixonada*, você pode por favor ficar pronta a tempo?

— Você pode por favor agir como o tipo de garota por quem outra garota poderia se apaixonar?

Fico esperando uma tréplica, mas uma sombra cruza o seu semblante.

— Eu não preciso de mais essa hoje.

Evito olhar para ela. Talvez eu devesse estar me esbaldando com o seu desconforto, mas tudo que consigo sentir é empatia. Eu posso até odiá-la, mas não desejo homofobia para ninguém.

— Não vai ser assim tão ruim. — Tamborilo os dedos no painel como se tudo isso fosse muito casual; não quero que ela saiba que eu me importo. — Ninguém me disse nada quando eu me assumi. Só tente agir como se fosse uma coisa que todo mundo já deveria saber.

Irene não fala nada. O silêncio entre nós é pesado. Ela pigarreia e diz:

— Coloca uma música.

Eu acho que não ouvi direito.

— Quê?

— Coloca uma música — pede ela, impaciente. — Você tem uma música pra cada emoção, não tem? Então bota uma animada. Alguma coisa que seja… sei lá…

Sei o que ela está tentando dizer. *Algo que me ajude a passar por isso.*

Eu procuro pela minha biblioteca, vendo algumas opções, até encontrar a música perfeita. Perfeita porque é ridícula. Conecto no Bluetooth do carro dela, aperto o PLAY e espero a reação.

BUM. BUM BUM BUM BUM…

Consigo ver o segundo exato em que Irene reconhece a batida, porque ela me lança o olhar de sempre.

— *Sério?* — pergunta.

Dou de ombros e aumento o volume.

— Ah, qual é? "Eye of the Tiger" é a música de preparação favorita de todo mundo. Ela emana uma energia extrema de *não mexe comigo*.

— Tem a energia de um filme de esportes cafona.

— Sim, e você ama esportes. Você é uma *atleta*, lembra?

— Vai se ferrar — ela reclama, mas não está falando sério.

— Tudo bem — digo, com pena dela. — Qual a sua música favorita?

— Não vou te falar.

— Filme favorito, então. Vou botar a trilha sonora.

Irene balança a cabeça.

— Não, isso aqui já resolve.

Irene flexiona a mão no volante. Finjo que não vejo seu joelho tremer. Será que isso é *mesmo* uma boa ideia?

Quando chegamos no estacionamento da escola, minhas mãos estão suando. Irene desliga a ignição.

— Você tá pronta? — ela pergunta. Tem um leve estremecimento na sua voz.

— A gente não precisa continuar com o plano se você não quiser.

Ela vira para mim, a mandíbula trincada.

— Eu não teria concordado se não quisesse.

Nós nos encaramos de nossos assentos. É quase como um jogo, em que uma de nós torce para que a outra desista primeiro. Eu sei que não é tarde demais para esquecer tudo, mas eu não quero. Penso no meu time. Nas jogadoras metidas de Candlehawk. Na vergonha que senti quando todo mundo riu do meu carro sendo guinchado.

Acima de tudo, penso em Tally.

— Tá bom — digo. — É hora de dar o seu melhor.

Ela dá uma risadinha, jogando as chaves na bolsa.

— Você esqueceu que eu passo metade do meu tempo atuando? É com *você* que a gente deveria se preocupar.

Ignoro esse comentário e saio do carro. Nós duas ficamos em pé ao mesmo tempo, nos olhando por cima do teto do carro. Já consigo sentir a atenção em nós. As cabeças estão virando na nossa direção.

Irene me encontra na frente do carro e pega minha mão com o aperto mais frouxo possível.

— Só estou fazendo isso até a gente chegar no seu armário — ela diz, baixinho. — Meu Deus, como sua mão tá suada.

— E a sua está gelada como seu coração — retruco. — Só sorria e faça a mágica que garotas gatas fazem.

Ela respira fundo. Ignoro a ansiedade em seus olhos enquanto eu mesma aproveito para respirar fundo.

E então Irene está me puxando junto dela como se eu fosse um cachorrinho, desfilando pelo estacionamento com um sorriso perfeito no rosto. Mantenho meu olhar fixado em frente, e sorrio o mais abertamente que consigo. Tudo é um borrão, mas sei que estamos obtendo o efeito desejado: as pessoas param para nos olhar.

— Mas que porra é essa? — Gino ri.

— Elas estão *juntas*? — uma garota berra.

— Desde quando você é gay, Abraham? — outra pessoa pergunta. Irene estremece por reflexo, mas continua com a cabeça em pé.

Quando chegamos ao corredor com os armários dos veteranos, o efeito é ampliado: os cochichos chocados e as fofocas sibilantes quase são suficientes para me fazer desistir. Sem querer, aperto a mão de Irene mais forte.

Eu não sei como ela está lidando com tudo isso com tanta dignidade. Várias pessoas estão descaradamente nos encarando. Um cara tem a pachorra de tirar uma foto nossa. Charlotte Pascal para no meio de uma ligação de vídeo com o namorado de Candlehawk, vira na nossa direção e diz:

— Você só pode estar zoando.

Irene a ignora e continua através do caos como uma rainha da bateria no meio do carnaval. Eu tenho que elogiar isso: quando ela diz que vai fazer alguma coisa, ela vai com tudo.

É só depois que chegamos ao meu armário, quase no fim do corredor, que percebo que estava segurando minha respiração. Eu relaxo os ombros e solto o aperto na mão de Irene. Não tinha percebido o quão forte eu estava segurando.

Danielle observa quando nos aproximamos. Enquanto todo mundo da nossa turma parece obcecado com essa fofoca, os olhos de Danielle estão estreitos como se ela tivesse acabado de pegar Teddy roubando doce no flagra.

— Que casal fascinante — diz quando Irene me leva até meu armário.

Irene praticamente joga minha mão suada para longe e não perde tempo limpando as palmas no seu jeans skinny.

— Jesus. Dá pra você arrumar umas luvas pra ela ou algo do tipo? — ela pergunta para Danielle.

— O que diabos vocês duas estão fazendo? — Danielle diz.

— Você não está vendo? Estamos apaixonadas — responde Irene, piscando os cílios para mim.

— Pode descansar — falo para ela.

— Ótimo. — Ela volta ao seu tom de sempre. Agora que já passamos pelo resto do corredor, o nervosismo dela está visível novamente. — Te vejo depois. Ah, e se alguém perguntar, o que definitivamente vão — ela abaixa a voz e se inclina mais para mim —, foi *você* que *me* convidou pra sair.

Eu bufo. Ela abana a mão dela pelo ar e dá o fora, passando pelo mar de espectadores.

Tento evitar o olhar aguçado de Danielle, mas ela se move para bloquear o caminho do meu armário. Ela nem sequer me entrega meu café.

— Scottie. Mas. Que Porra. É. Essa.

— Quê? — pergunto inocentemente. — Só estou tentando algo novo.

— Você está chantageando ela ou algo do tipo?

— Por que todo mundo acha que eu estou fazendo chantagem?

— Qual é a sua? Você percebeu que o corredor inteiro está olhando pra você?

Dou a ela um sorriso presunçoso.

— Sim. E vamos torcer para que Tally já tenha visto os stories de todo mundo.

O queixo de Danielle cai.

— É sério, Scottie? Meu Deus, eu sei que você está chateada com o término, mas *isso* é um pouco demais. A Irene gosta de meninas mesmo?

Eu a puxo pelo corredor para um canto, para que possamos falar mais baixo.

— Sim — digo firmemente. Conto a conversa toda que ouvi entre Irene e Honey-Belle, e também a conversa que tive com Irene nos trilhos.

— Você está fazendo tudo isso só pra deixar a Tally com ciúmes? — sussurra Danielle, balançando a cabeça.

— Qual é, sou melhor do que isso. — Eu tiro o muffin caseiro de amoras que trouxe para ela nesta manhã. Nós duas sabemos que é o favorito dela. Ela pressiona os lábios, mas finalmente me entrega meu café. — Tally é só a ponta do iceberg — explico. — Você mesma disse que dar carona pra Irene trouxe mais atenção pro nosso time. Você não viu o quanto a gente jogou bem com uma torcida inteira no nosso treino? Você *sabe* que mais pessoas vão aparecer agora que elas acham que estou namorando com ela, ainda mais se forem torcer nos nossos jogos. É o impulso de confiança que a gente precisa. Vamos acabar com Candlehawk no Clássico de Natal, e então vamos massacrar elas no campeonato do distrito. Consegue discordar disso, capitã?

Pela primeira vez na vida, Danielle fica sem palavras. Eu a peguei nessa.

✳✳✳

Em um futuro distante, eu "assumir" Irene vai realmente ser uma coisa a entrar para a história. Pela primeira vez na minha carreira de estudante do ensino médio, as pessoas estão de fato *fazendo cerimônia* para mim. Consigo sentir entre as aulas, no refeitório e até mesmo no banheiro, quando uma caloura aleatória me deixa passar na frente dela na fila. É como ser uma subcelebridade, como foi depois do acidente de carro, mas ampliado mil vezes.

Quase todo mundo tem algo a dizer sobre o assunto. Os trigêmeos Cleveland montam uma armadilha para mim na biblioteca e exigem saber como eu convidei Irene para sair. Me sinto um pouquinho ofendida que, assim como Irene previu, todos presumam que fui *eu* que a convidei. Alguns garotos héteros me parabenizam por ajudar Irene a reconhecer a sexualidade dela ("vocês são *tão* corajosas") enquanto o pessoal queer me dá tapinha nas costas por aumentar nosso exército. Até mesmo Gino me puxa para o lado antes da aula de Economia para admitir que eu tenho mais potencial de pegadora do que as pessoas pensavam.

Gunther e Kevin parecem receosos de mim. Quando nosso professor de Física nos leva para a área externa para experimentar as catapultas que construímos nesse mês, os dois ficam fazendo um showzinho de olhar para a grama e as condições do tempo antes de finalmente me perguntarem o que está acontecendo.

— Então você está mesmo namorando com ela? — Gunther pergunta, colocando amendoins na catapulta.

— Por que isso é tão difícil de acreditar? — pergunto. Sei que poderia contar a verdade para eles se eu quisesse, mas parece mais seguro limitar esse segredo só a Danielle.

Gunther balança a cabeça.

— Ela é gata pra caramba.

— E eu não sou? — Dou um empurrão de brincadeira nele, fingindo que a insinuação não machuca. Penso nas poucas vezes que Tally me disse que eu era gata. Acho que nunca acreditei muito nela.

— Você sabe que a gente te acha bonita — Kevin fala, se inclinando para fazer as anotações no nosso caderno de laboratório. — Mas não seria meio chocante ouvir que eu estou saindo com ela? A última pessoa que eu namorei foi a Nina Bynes.

Nina Bynes é uma garota fofa, mas esquisitinha, que leva os livros dela numa mala de rodinhas. Gino a chama de "a aeromoça". Durante as três semanas que Kevin saiu com ela, as pessoas ficavam falando para ele apertar os cintos. Gino não parava de zoar que a bandeja de Kevin estava levantada.

— Entendi o que você quer dizer. — Suspiro, enfiando meu tênis na terra. — Ela é, como as pessoas dizem, muita areia pro meu caminhãozinho.

Eu me ajoelho para engatilhar o primeiro arremesso. O sol é ofuscante e preciso apertar os olhos no campo de futebol para mirar nos aros de plástico que a sra. King arrumou como alvo.

— Eu nem sabia que ela gostava de meninas — Gunther diz. — Eu já tinha ouvido esse boato, mas achei que era só a Charlotte Pascal falando merda.

Eu olho para ele.

— Espera. Qual boato?

— Que ela e Charlotte se odeiam porque Irene tentou pegar ela ano passado.

Me distraio com esse desenvolvimento repentino, mas antes que eu possa falar alguma coisa, Honey-Belle aparece do meu lado.

— Oi, Scottie — ela diz, alegre. — Como está a minha cunhada favorita?

Eu pisco.

— Quê?

— Ah, qual é — ela diz, fazendo uma voz fofa. — Irene é minha melhor amiga, e agora você é a namorada dela, então isso faz de você quase família.

Se eu não a conhecesse, acharia que ela está zoando comigo, mas ela parece inteiramente sincera.

— Oi, Honey-Belle — Gunther diz numa voz aguda. As bochechas dele ficam vermelhas. — Você está bonita hoje.

Ela vira o rosto para ele.

— Obrigada, Grover.

Kevin segura uma risada. Gunther lança um olhar mortal para ele.

— Eu queria te falar o quanto estou feliz por vocês — Honey-Belle prossegue, tocando meu braço. — Você é exatamente o que Irene precisa, mesmo que eu não tivesse percebido. Sabe, a tensão sexual era *óbvia*, mas eu nunca vi o carinho embaixo disso.

Eu a encaro, sem palavras.

— Tinha mesmo uma tensão sexual imensa entre vocês, hein? — Kevin comenta, me dando uma cotovelada.

— Ah, era impossível não notar — Honey-Belle diz, séria. — Tão espessa que dava pra espalhar como se fosse manteiga de amendoim.

— Acho que você talvez esteja interpretando mal... — começo.

— Mas é muito fofo ver vocês duas juntas agora — Honey-Belle continua. — Quando perguntei a Irene sobre o assunto, ela mal conseguia me olhar nos olhos. Ela só fica assim quando está tímida.

— Claro — digo.

— Enfim vejo você depois, Scottie. Tchau, Kevin. Tchau, Grover.

Ela dá pulinhos ao se afastar, deixando Kevin rindo da minha cara e de Gunther.

*** *** ***

Mais tarde naquela manhã, recebo uma única mensagem que valida a coisa toda.

Tally Gibson: Você tá mesmo namorando com ela?

Fico tão convencida naquele momento que é um milagre eu mesma me tolerar. Estou sorrindo satisfeita quando respondo a mensagem.

Eu: Sim, e daí?

Só uma parte pequena e distante do meu cérebro pensa em como Irene está lidando com tudo. Pelo que vejo, está sendo proveitoso: eu escuto alguém na fila do refeitório cochichar que ela sair do armário faz com que ela pareça mais "do povo". Quando a vejo na aula de Perspectivas mais tarde, ela parece tão majestosa e tão intocável quanto sempre. Ela lança um sorriso para mim que para qualquer outra pessoa que olhe deve parecer um flerte, mas para mim ele diz: *Isso é uma idiotice e essas pessoas são completas imbecis e eu talvez te mate, mas ainda não decidi.*

Sorrio de volta e até mesmo acrescento uma piscadela. Quase consigo senti-la se esforçando para não revirar os olhos.

***

Quando chego no treino naquela tarde, minhas colegas pegam mais pesado do que todo mundo.

— Então você finalmente superou a Tally? — elas perguntam, mas consigo sentir que para elas é uma vitória tanto quanto é para mim.

— Irene é bem mais gata de qualquer forma — Googy fala —, mas eu não sei como a gente deve se sentir sobre você trocar uma jogadora de basquete por uma líder de torcida. Você não queria ficar mais com atletas?

— Líderes de torcida *são* atletas — retruco.

— Uuuuuiii — as garotas dizem, trocando olhares.

— Chega de falar da vida amorosa da Scottie — Danielle diz, parecendo se esforçar ao máximo para simplesmente não deixar a verdade escapar. — Precisamos focar. Vamos praticar a jogada do marshmallow.

Eu jogo melhor do que joguei durante toda a temporada. Os olhos de Danielle estão brilhando quando consigo fazer a minha terceira cesta de três pontos. E claro, perto do fim do treino, Irene e uma dúzia de outras pessoas aparecem para assistir.

***

— Você é uma boa atriz — falo para Irene quando vamos para o carro dela naquela tarde.

— Hum. — Ela soa desinteressada. — Queria poder dizer o mesmo sobre você.

— Quê? Minha atuação está ótima.

— Duvido. Aquela piscadinha que você me deu na aula de Perspectivas foi exagerada demais.

— Você amou.

— Aham, tá — ela diz, seca.

Apesar de suas palavras, dá para ver que ela está satisfeita — e tão cansada — quanto eu. Nós entramos no carro e nos jogamos nos bancos, suspirando ao mesmo tempo.

— Sair do armário é exaustivo — Irene comenta de repente.

Eu olho para ela. Seus olhos estão embaçados, e ela respira lentamente.

— Se minha opinião vale de algo, eu acho que você lidou muito bem — digo, neutra. — Alguém foi um cuzão?

— Algumas pessoas perguntaram como você "me converteu".

— Babacas.

Ela dá uma espreguiçada, bocejando.

— Eu só queria que as pessoas fossem mais criativas com a ignorância delas.

Rio sem querer, mas abafo, transformando em uma tosse.

— Isso quer dizer que você tem que se assumir pros seus pais?

Ela faz um gesto como se estivesse afastando uma mosca.

— Meus pais já sabem.

— Sabem?

Irene pisca para mim.

— Por que isso é surpreendente? Os *seus* pais não sabem?

— Sim, mas… eu não fazia ideia de que você já estava tão avançada em, sabe, sua *jornada*.

— Ah, sim, minha grande jornada gay — ela diz, com falsa reverência. — Só porque eu não falei pra escola inteira não quer dizer que eu não me assumi em casa. Não é só gente branca que sai do armário pros pais.

Eu aperto a minha boca.

— Não foi isso que eu disse.

— E ainda assim suas orelhas estão ficando vermelhas — observa ela, com as sobrancelhas erguidas.

— Eu só fiquei surpresa porque… sei lá, sua mãe…

— Tem cara de quem comeu e não gostou? — Irene revira o pescoço contra o encosto de cabeça. Eu noto os fios úmidos de cabelo em sua nuca. — É, ela é bem difícil, mas é uma pessoa boa. Ela até fez uma doação pra caridade quando eu saí do armário.

Não sabia se estava testando demais minha sorte, mas tento do mesmo jeito.

— Então por que ela odeia a torcida?

O olhar de Irene oscila na minha direção. Tento não mostrar que estou perguntando sinceramente, mas não sei se funciona.

— Ela acha que não dá futuro — responde finalmente. — Quando comecei a ser líder de torcida, tipo, no quinto ano, ela pensou que só seria outra atividade extracurricular, então me apoiou. Mas comecei a treinar a sério e ela não conseguia entender o porquê. Ela quer que tudo que eu faça na vida leve pra algo no meu futuro.

— Mas você quer ser líder de torcida na faculdade. Isso não conta?

— Sim, por quatro anos, e depois o que eu vou fazer? Meus pais sempre pensam a longo prazo. Principalmente minha mãe. Ela quer que eu foque em ir pra algo acadêmico, e tipo, coisas que levem a uma carreira estável. Ela é oftalmologista. Meu pai é pesquisador no Centro de Pesquisa e Controle de Doenças. Os dois frequentaram a Georgia Tech, e também querem que eu vá pra lá. — Ela exala profundamente. — Eles acham que são mais progressistas do que meus avós, mas não são. A definição de sucesso deles é bem limitada.

— E qual é a sua definição de sucesso?

Ela me lança outro olhar de soslaio.

— Você acha mesmo que tem direito a toda a minha história pessoal, né?

Dou de ombros. Acontece que estou começando a pintar um retrato complexo dessa garota, e algumas partes não se encaixam.

— Tá bom. É só não falar. Mas eu tenho algo que pode te animar um pouco.

Ela ergue as sobrancelhas, em expectativa. Vasculho o bolso da frente da minha mochila até encontrar o cheque que escrevi ontem à noite.

— Aqui — falo, entregando para ela.

Ela pega cuidadosamente e estuda o papel. Tento não pensar no que aquilo representa: mil dólares do dinheiro pelo qual dei duro. Horas e horas raspando chiclete de debaixo de poltronas e enchendo copos de refris para pré-adolescentes.

Mas, por outro lado, é o meu ingresso de vitória contra de Candlehawk.

— Sua assinatura é horrenda — Irene diz. — Esse S parece um pino de boliche.

Eu ignoro a provocação.

— Você pode depositar isso a hora que quiser. Só, sabe. Cumpra sua palavra.

Ela olha para mim, séria.

— Eu sempre cumpro.

— Então a gente não tem por que se preocupar, né?

Irene suspira e coloca o cheque no bolso do moletom.

— Vamos dar o fora daqui — ela diz, e então ela me leva para casa.

8

O Halloween acontece em um borrão de doces e fantasias. Meus amigos e eu comemoramos no cinema, onde eles exibem uma seção de *Abracadabra* na telona pelo preço de três dólares. Eu secretamente espero encontrar a Tally — ela sempre amou o cinema Chuck Munny, e ficava comigo no balcão enquanto eu estava trabalhando nos dias mais parados —, mas quando olho no Instagram, vejo que está postando fotos de uma casa assombrada com seus novos amigos.

Minha família descobre sobre o meu novo "relacionamento" na primeira noite de novembro. Mamãe e papai estão se preparando para a noite da bolsa de faculdade, uma palestra entediante organizada pelo departamento de orientação escolar, quando Thora aproveita para jogar a bomba.

— Esse evento é só pros veteranos, certo? — ela pergunta, apesar de já saber a resposta. — Acho que significa que vocês vão encontrar a nova *namorada* da Scottie.

Papai congela no meio do gesto de colocar o seu Crocs. Mamãe para de tentar tirar pelos de gato da jaqueta.

— Namorada? — os dois dizem ao mesmo tempo.

Lanço um olhar mortal para Thora, mas o dano já foi feito. Explico o mais vagamente possível, mas ainda assim eles conseguem arrancar de mim o nome de Irene, a descrição e praticamente o signo dela.

— Mas é a garota do acidente de carro! — mamãe diz com um sorriso alegre. — E você disse que não gostava dela... que tal essa peça que o destino te pregou!

— É como dizem, Scots — papai acrescenta. — Coisas lindas podem nascer da merda.

— Querido, não fale "merda" na frente das meninas — ralha mamãe, olhando para Daphne.

— Mãe, eu estou no sétimo ano — Daphne reclama, exasperada. — Hoje ouvi um dos meus *professores* falar "merda".

— Quê? Por quê?

— Ele estava falando de Candlehawk.

— Bom, nesse caso pode.

— Vamos, ou a gente vai se atrasar — papai diz. — Quero conhecer o novo *amor* de Scottie!

— Tem certeza de que estamos felizes com isso? — pergunta Thora. — Estou preocupada que Scottie esteja sofrendo de Síndrome de Estocolmo.

— Tipo a Suécia? — Daphne pergunta.

— Não, tipo *A bela e a fera*. Scottie se apaixonou pela pessoa que a raptou.

— Ah, Thora, não seja desagradável — mamãe diz, dando um tapinha nela. Ela me leva na direção da porta, e lanço um último olhar feio para minha irmã. O *timing* dela não poderia ter sido pior. Eu ainda não estou com o meu carro, o que significa que tenho que ir com mamãe, papai e suas perguntas incessantes.

Encontro Danielle e a sra. Zander assim que entramos no auditório da escola.

— Me ajude a manter eles longe da Irene — sussurro de lado para ela. — Thora já entregou tudo.

Danielle revira os olhos, mas nos leva para uma fileira no fim do auditório, separados da maioria dos veteranos e de suas famílias. Mamãe e papai ficam conversando animados com a sra. Zander, mas os olhos deles continuam passando por todo mundo que chega, como se esperassem que Irene aparecesse do meu lado a qualquer momento.

Felizmente, ela não faz isso. Eu nem tenho certeza de que ela está lá até encontrar as tranças loiro-claras de Honey-Belle no meio do auditório. Irene está sentada perto dela, sussurrando em seu ouvido, os pais de ambas sentados nas cadeiras ao lado das filhas.

A palestra informativa dura cerca de 45 minutos. Eu basicamente ouço o que já sei: que meu plano de ir para Georgia State University definitivamente vai me fazer elegível para ganhar uma bolsa do estado. Eu meio que fico viajando depois disso, mas, quando os conselheiros começam a falar de bolsas para os atletas, observo Irene se endireitar na cadeira. Me pergunto se a mãe dela nota. Me pergunto se a mãe dela sequer *sabe* que Irene quer continuar sendo líder de torcida na faculdade.

A palestra termina com uma rifa para o público. Nós fazemos muito isso em Grandma Earl, sempre oferecendo coisas locais, tipo uma xícara do Doce Noelle, ou um pacote de escovas de dente da Hermey. Em Candlehawk, eles fazem rifas de iPad, ações da bolsa de valores e um jantar com o prefeito. Teve uma vez que doaram um buldogue francês.

Quando a palestra finalmente acaba, eu voo da minha cadeira antes de as luzes se acenderem.

— Hora de ir! — digo alegre, empurrando meus pais.

— Mas e a sua namorada? — mamãe pergunta.

A sra. Zander abre a boca em choque.

— Scottie está de namorada nova?

Preciso de toda a minha força para não enterrar minha cara nas mãos. Danielle parece resignada, mas me salva.

— A gente vai conhecer Irene da próxima vez, pessoal. Eu acho que ela estava, hum, doente hoje?

— Ah, que desperdício — papai fala. — Estive me preparando para agir como o Pai Constrangedor.

Danielle e eu levamos nossos pais para longe, mas eles ainda estão lançando olhares por cima dos ombros; até mesmo a sra. Zander resolveu se juntar a essa intromissão. Nós saímos na recepção em meio à muvuca de gente de nossa cidade. E bem quando eu jurava que íamos escapar...

A dra. Abraham aparece bem na nossa frente.

— Ancy! — mamãe exclama.

— Wanda! — a mãe de Irene diz.

É claro que elas lembraram da porra do *nome* uma da outra. E agora elas estão se *abraçando*.

— Esse é meu marido... — mamãe apresenta.

— E esse é o meu marido... — a dra. Abraham diz, materializando o pai de Irene do nada.

— E essa é a nossa querida amiga Harmony Zander, a mãe da Danielle...

A única coisa boa é que Irene não está por perto. Talvez ela tenha ido para algum lugar com Honey-Belle. Talvez já tenha saído no próprio carro...

— Ah, puta que pariu — uma voz murmura ao meu lado.

É. Irene ainda está aqui.

— Por que você não continuou levando eles pela rua? — ela pergunta, cerrando os dentes. Eu devia tê-la notado chegando perto de mim. O perfume amadeirado está ficando familiar demais.

— Levando eles pela rua? — zombo. — Eu não estou levando cachorros pra passear, Abraham.

— Ah, garotas! — As duas mães dão gritinhos. — Olha só pra vocês juntas!

Não podemos fazer nada a não ser sorrir e fingir que estamos empolgadas com essa apresentação de família. Mamãe e papai sorriem para Irene; os pais de Irene sorriem para mim. A sra. Zander literalmente aplaude. Danielle esconde a risada com a mão.

— Vamos tirar uma foto de vocês juntas — o pai de Irene diz, tirando o celular do bolso. Ele é esguio e fala com sotaque. Tem a mesma boca de Irene.

— Ah, a gente não precisa... — começo.

— Não, pai, tudo bem — Irene tenta.

Mas é claro que nossos pais conseguem o que querem. De repente, tem cinco celulares apontados para nós, porque até a sra. Zander está aproveitando o momento.

— Por que vocês estão tão rígidas? — a mãe de Irene dá uma bronca. — Se abracem! Façam alguma coisa!

Eu e Irene trocamos olhares.

— Hum, a gente não gosta dessa coisa de demonstração de carinho em público — falo.

— É, a gente não é muito de se abraçar. É tão cafona — Irene acrescenta.

— Sério? — Danielle diz. Eu reconheço o brilho no olhar dela: ela está prestes a me sacanear. — Eu vejo vocês duas se abraçarem o tempo todo. Eu *amo* ver vocês se abraçarem. É como se todo o amor do universo estivesse culminando em um ponto só.

Estou pronta para estrangulá-la.

— Vamos lá — minha mãe fala. — Só um abraço rápido e vamos deixar vocês em paz.

E é assim que Irene e eu acabamos com os braços ao redor uma da outra, forçando sorrisos para as câmeras. O ombro dela é quente. O cabelo dela faz cócegas no meu rosto. Eu seguro a respiração.

— Ah! Não se mexam! — outra voz grita para a gente. — Essa é pro jornal!

Os malditos trigêmeos Cleveland chegam para tirar fotos nossas. Agora os três estão batendo flashes que sem dúvidas vão acabar espalhados pelas mídias sociais.

Só que talvez isso não seja assim tão ruim, penso, *porque Tally vai ver tudo.*

— Tá bem, já deu — Irene fala, me soltando. — Foi ótimo encontrar todos vocês, mas tenho que, hum, terminar minha lição de casa da aula de Perspectivas para o Futuro.

— Eu também — falo.

E, com isso, nós duas vazamos.

Mamãe e papai estão obviamente empolgados na volta para casa. Eles não param de falar sobre como somos um casal fofo. Eles passam tanto tempo falando de Irene quanto da palestra.

— É bom ver você com alguém que te merece, Scottie — mamãe diz. Ela estica a mão para o banco de trás e aperta a minha. — Eu gosto de quão sincera essa menina é.

Solto uma risada pela garganta sem querer. Mas pensando no assunto, acho que mamãe está certa. Irene nunca foi nada além de ela mesma.

A JOGADA do AMOR   115

***

Finalmente pego meu carro de volta naquele fim de semana, graças a Deus. É muito mais fácil fingir que estou namorando minha arqui-inimiga quando a gente não tem que passar todas as manhãs e tardes juntas em uma caixa de metal que acelera.

Nosso primeiro jogo da temporada regular acontece no começo de novembro. Danielle nos faz treinar bastante, e eu pratico ainda mais em casa, refinando meus lances na calçada todas as noites. Googy toma a frente de fazer pôsteres para anunciar o jogo, mas é forçada a tirar depois que pinta um par de bolas de basquete dentro de um sutiã.

Mesmo assim, a notícia se espalha: de repente, há um burburinho antecipando o jogo do basquete feminino por causa do meu relacionamento com Irene. Quando ela muda o horário das líderes de torcida para que estejam nos nossos jogos em vez de nos do time masculino, o burburinho só aumenta. Para finalizar, dou a ela o meu botton personalizado antes da escola em uma manhã.

— Você espera mesmo que eu use isso? — ela pergunta, olhando para ele como se fosse a coisa mais horrorosa que já viu. — É tão *cafona*.

— Meu Deus, sua patricinha, só prenda na mochila. Você fica de propaganda ambulante pro meu time.

O botton obtém o efeito esperado: na noite do nosso primeiro jogo em casa, as arquibancadas estão lotadas de alunos e fãs. É a maior multidão que a gente já teve — talvez a única que conte como *multidão* de verdade. Quando minhas colegas vislumbram pela porta do vestiário, elas voltam com expressões radiantes no rosto. A única que parece irritada com essa demonstração de apoio é Danielle.

— Não consigo jogar com todas essas pessoas olhando — diz, nervosa. Ela começa a deslizar para dentro de si, afundando-se no banco do vestiário como se estivesse prestes a ter uma de suas Visões da Danielle. — Tem tanta gente. Tantos olhos.

— Você vai se sair bem — asseguro. — Você estava ótima no treino com um monte de gente vendo.

— Eram, tipo, doze pessoas — ela diz, encarando os armários. — Essa é nossa turma inteira.

— Ei. — Sacudo o ombro dela. — Não quero ser insensível, mas segura as pontas. Ou você quer que a gente seja como dinamite, o que significa mais pessoas torcendo, ou você quer que sejamos horríveis. Não dá pra ter as duas coisas.

Ela engole em seco e deixa que eu a levante do banco.

— Tá bom. Só… não deixa o narrador falar meu nome.

— Eu literalmente não tenho controle sobre isso — digo, rindo dela.

— Shhhh — ela murmura, andando até a porta roboticamente.

Quando nosso time entra na quadra, a multidão ruge. Eu coro, de um jeito bom. Irene e a equipe dela estão a postos nas laterais, fazendo a mágica. Quase desejo que ela se vire e me lance um sorriso convencido.

Googy ganha o pulo da bola, que cai nas minhas mãos, e antes de eu sequer raciocinar, estou voando pela quadra como se fosse dona dela. Antes do outro time ter tempo de finalizar a formação defensiva, passo a bola para uma das nossas ala-pivô, que a afunda em um arremesso de pulo fácil.

A multidão aplaude. Eu bato minha mão na de Danielle, que parece um pouco menos nervosa, e, enquanto voltamos para o outro lado da quadra para fazer a defesa, não consigo evitar sorrir.

***

Nós ganhamos aquele primeiro jogo, e então o segundo na semana seguinte, e de alguma forma conseguimos entrar em uma temporada sem derrotas. Novembro vira um turbilhão de treino-treino-jogo, treino-treino-jogo, e estou exultante com o ritmo, aquela exaustão adocicada depois de cada treino, o ar leve e fresco nas minhas bochechas quando Irene e eu saímos da quadra todas as noites.

Algumas semanas adentro da temporada — e no meu novo "relacionamento" —, eu recebo notícias de uma oportunidade pela qual estive me coçando.

— Na casa da Charlotte Pascal — Gunther diz abruptamente quando nos sentamos para almoçar. — Já ouviram?

— Não.

— Todo mundo só fala nisso. Ela vai dar uma festa no feriado de Ação de Graças.

— E daí? — Danielle pergunta.

— E daí que eu acho que a gente devia ir — Gunther diz, seguro de si. — Estou no clima para outra "arrecadação de fundos dos veteranos" para animar minha vida social.

Danielle se vira levemente para Kevin.

— O que você acha? Você vai?

— Sim, por que não? — Kevin diz, dando de ombros. — É uma coisa nova. A única outra festa que fui foi com o pessoal da banda e foi… abaixo das expectativas.

— Ouvi dizer que Charlotte ainda está namorando aquele cara de Candlehawk — Gunther diz, a boca cheia de sanduíche. — Honey-Belle estava me contando.

Eu o estudo.

— Desde quando você e a Honey-Belle conversam?

— De vez em quando — Gunther diz, a voz estrangulada.

— Ela ainda acha que seu nome é Grover? — Kevin pergunta.

Gunther o ignora.

— Ela diz que esse cara é um completo babaca. Ele falou pra Charlotte que só iria na festa dela se ela convidasse os colegas dele de Candlehawk também.

Minhas orelhas se erguem.

— Todos os colegas de Candlehawk?

— Por que isso é... — Danielle começa a perguntar, mas então para. A expressão dela fica sombria. — Scottie, *não*.

— Quê? — Kevin pergunta.

Eu coço a parte de trás do meu pescoço, tentando parecer casual.

— Só estava perguntando.

— Ela está se perguntando se a *Tally* vai estar lá.

— Quê? Por quê? — Gunther lambe a mostarda no canto da boca. — Você agora namora a Irene.

— É, eu sei, só estou considerando se ela vai estar lá — falo, cuidadosamente. — Quer dizer, não sou contra causar um pouco de ciúmes nela.

Kevin abafa uma risada com o Gatorade. Danielle aperta os olhos como se estivesse rezando por paciência. Eu não me importo; tenho uma nova missão.

Encontro Irene depois do almoço.

— Oi — digo, me inclinando contra o armário dela. — Você ouviu a história da festa da Charlotte?

Os olhos dela ficam tempestuosos.

— O que tem a festa?

— É no próximo fim de semana, no feriado. — Eu abaixo a minha voz. — Nossa primeira saída em público juntas.

— Eu não vou na festa da Charlotte — Irene diz, batendo a porta do armário dela.

Eu a sigo enquanto ela se afasta, segurando a mochila dela para fazê-la ir mais devagar. Meu botton de basquete me encara.

— Hum? Por que não?

— Porque odeio ela. O que você já sabe. *Todo mundo* sabe.

— O pessoal de Candlehawk vai estar lá — eu insisto. — A *Tally* vai estar lá.

— Quem liga? Dá pra gente exibir nosso relacionamento sexy na frente dela durante o jogo contra Candlehawk. Achei que esse era o objetivo.

— Não — falo, ficando mais irritada. — Nós concordamos que isso era parte do negócio: você ia me ajudar a fazer ciúmes na Tally.

Irene se vira nos calcanhares ao lado das salas de Língua Estrangeira. Ela me puxa para dentro de um cômodo a duas portas de distância.

— Essa é a sala dos professores — falo quando ela fecha a porta.

— Só os professores de idiomas usam, e todos eles têm aula no terceiro período.

Eu estreito meus olhos.

— Você já veio aqui antes?

Ela ignora a pergunta.

— Eu não vou na casa da Charlotte.

— Você não precisa falar com ela — digo, impaciente. — Pelo amor de Deus, vai ter tipo um milhão de pessoas lá. Você pode ficar comigo e com a Danielle e a Honey-Belle.

Irene parece pronta para me incinerar com o olhar.

— Não força a barra comigo nessa, Zajac.

— Qual é o seu problema com a Charlotte? — pergunto, mesmo tendo ouvido o boato de Gunther.

Os olhos dela relampejam.

— Não é da sua conta. Você não tem direito a saber ou entender como eu me sinto sobre outras pessoas.

Eu ajeito a postura, deixando meu olhar duro cair sobre ela.

— Isso fazia parte do acordo.

Irene se empertiga, resistente.

— Se você não consegue abrir essa única exceção, então o acordo acabou. Você não pode me tratar como se eu fosse um tipo de acompanhante de aluguel. Eu entendo que pra você eu só sou uma "garota gata" com capital social e, na maior parte do tempo, deixei você passar ilesa com isso, mas aí já é demais. Eu também tenho sentimentos e limites. Tira a cabeça da bunda e respeita isso, ou essa história acaba por aqui.

Ela escancara a porta e sai da sala. Fico parada na sua sombra, completamente atordoada.

***

Irene e eu nos damos bastante espaço depois disso. Nós mal cumprimentamos uma à outra e ela para de ir aos meus treinos, fazendo com que os trigêmeos Cleveland me perguntem se estamos com "problemas no paraíso".

A semana antes do feriado de Ação de Graças chega com um furacão de provas e prazos de projetos. A chuva cai em torrentes, escurecendo o céu do lado de fora das janelas da escola, e a árvore antiga atrás da biblioteca perde todas as suas folhas vermelhas brilhantes. É o nosso primeiro vislumbre dos galhos de inverno, despidos e parecidos com garras.

Na quinta-feira antes do feriado, estamos na aula da Scuttlebaum, matando tempo enquanto a chuva bate contra a janela. Danielle está rabiscando novas jogadas de basquete no canto do caderno. Gino está do outro lado da sala, lançando bolinhas de papel sempre que a Scuttlebaum vira as costas. Irene está sentada com a cabeça apoiada na mão, cutucando o esmalte e veementemente ignorando meu olhar.

Scuttlebaum está fazendo um monólogo sobre a série favorita dela, *The Masked Singer*, quando abruptamente muda o rumo e pega uma pilha de papéis da escrivaninha.

— Já dei as notas da lição de casa — ela anuncia. — Scottie, aqui.

Scuttlebaum nunca diz "por favor, distribua isso pra turma". Ela só gesticula vagamente e diz "aqui".

Pego a pilha de papéis obedientemente e começo a distribuir pela sala. É aí que eu noto Charlotte Pascal passando um bilhetinho para a amiga, Symphony Davi. Elas estão escrevendo furiosamente de um lado para o outro.

Quando estou prestes a entregar as últimas lições, ouço um estardalhaço: Scuttlebaum está confiscando o bilhetinho de Charlotte e Symphony.

— Passando bilhetes, senhorita Pascal? — Ela fica em pé, majestosa, na frente da sala. — Hum. Vamos ver o que é tão interessante que não pode esperar a aula acabar...

Ela estreita os olhinhos e chia para ler. Congelo onde estou, as últimas duas folhas de lição na minha mão.

— *Se ela acha que vai pôr um pé na minha propriedade, ela enlouqueceu* — Scuttlebaum começa, a voz áspera. Meus colegas de sala se aprumam nas cadeiras; todo mundo sabe que isso vai ser bom.

Scuttlebaum muda o tom de voz para indicar a resposta de Symphony.

— *Mas você disse que todo mundo foi convidado pra essa festa.* — Pausa. — *Não uma filha da puta assediadora igual ela.*

Todo mundo arfa, os olhos arregalados de felicidade. Um "iiiiih" estrondoso percorre a sala.

— Por que você falaria algo tão grosseiro? — Scuttlebaum dá uma bronca em Charlotte, mas continua lendo. — *Garota, uau, RI-SOS, o que ela fez pra você?*

Meu palpite a respeito de quem é a "filha da puta" da qual elas estão falando fica mais claro. Não consigo evitar notar o rosto de Irene escurecendo no lado oposto da sala.

— *Aff, não quero falar sobre isso. Nós estávamos naquela festa ano passado e ela começou...*

Há uma antecipação coletiva na sala; parece que todo mundo já entendeu sobre quem é a pessoa a qual o bilhete de Charlotte se refere. Algo sobre o qual todos nós temos nos perguntado por meses está prestes a ser revelado — e o olhar no rosto de Irene é o de alguém aterrorizado.

Scuttlebaum abre a boca de novo, e meu coração para no meu peito, e então —

Em um relampejo, alguém arranca o papel da mão de Scuttlebaum.

E esse alguém sou *eu*.

Antes que qualquer um possa registrar o que aconteceu, cuspo o meu chiclete no bilhete e o amasso na minha mão. Eu o jogo para dentro do lixo com um arremesso livre perfeito. A sala está tão quieta que consigo ouvir alguém estalar os dedos de nervoso.

Os olhos de Scuttlebaum estão arregalados. Eu me sinto encarando um basilisco. Faço a única coisa que consigo pensar: dou de ombros e me afasto dela, agindo como se eu tivesse acabado de fazer a coisa mais inocente do mundo.

— Que sorte — digo, casualmente. — O chiclete acabou de perder o gosto.

Há uma explosão de arfadas e risadas. Eu me jogo na minha cadeira, enquanto Scuttlebaum me encara com um rosto demoníaco da cor de um tomate.

— Detenção, srta. Zajac — ela rosna. — Que tal amanhã, só pra adiar mais o seu feriado?

Eu não dou a mínima para a punição, ainda que Danielle vá me encher o saco por faltar ao treino. Todo mundo está me olhando, e sei que meu rosto está de um vermelho flamejante, mas a única pessoa que eu encaro é Irene.

Ela me olha através da sala com a expressão mais curiosa do mundo no rosto. Sustento o olhar dela por um momento, e então olho para a minha lição de casa, marcada com um A+ perfeito no topo do papel.

***

Quando enfim termino o treino naquele dia, todos os veteranos parecem já ter ouvido sobre o meu gesto incrivelmente estúpido. Um número recorde de pessoas aparece para ver o fim do treino, e não consigo entender por que até eu perceber que Irene está de volta entre eles. Danielle, que mal falou comigo desde que o treino começou, parece deliciada de um jeito muito ressentido.

Irene se aproxima de mim quando estou tirando as tornozeleiras. Consigo sentir cada olhar na quadra grudado em nós duas. Eu não olho até o último segundo.

O cabelo escuro dela está em seu rabo de cavalo de sempre, a camiseta encharcada de suor, os bíceps levemente inchados.

— Eles acham que a gente vai ter uma reconciliação dramática — ela me diz.

— Nojento.

Nós ficamos paradas no mesmo lugar. Então Irene diz:

— Deixa eu te acompanhar até seu carro.

Nós deixamos nossos colegas enxeridos para trás e caminhamos juntas até o estacionamento. Nos ocupamos colocando as jaquetas e tomando água. É só depois que chegamos ao lado do meu carro que Irene resolve falar.

— Você não precisava ter feito aquilo, Scottie.

É a primeira vez que ela fala meu primeiro nome, e sinto um calor repentino no peito. Preciso desviar o olhar do dela.

— Olha, não foi planejado.

Ela pigarreia.

— Ela vai mesmo fazer você ficar até mais tarde amanhã?

— Não vai ser assim tão ruim. Ela quer que eu limpe o quadro-branco.

— Eu amava fazer isso. O cheiro do desinfetante era ótimo.

Nós ficamos em silêncio. O ar é frio, límpido e nítido. No letreiro do outro lado do estacionamento está escrito: FELIZ DIA DE DAR DE GRAÇA.

— O que eu teria que fazer na casa da Charlotte? — Irene pergunta.

Solto uma risada pelo nariz.

— Você está perguntando porque eu provei meu valor pra você, ou porque o bilhetinho horrível disse que você não poderia ir?

A boca dela estremece.

— As duas coisas.

A JOGADA do AMOR   125

— Meu Deus, você é tão teimosa.

— E você não?

Reviro os olhos.

— A gente não precisa ficar muito tempo. Só temos que fazer uma "presença", ficar um pouco com os nossos amigos, só pra ter certeza de que a Tally vai dar uma boa olhada.

Irene muda a mochila de um ombro para o outro, me observando.

— Você acha mesmo que ela vale todo esse esforço?

Chupo o meu lábio inferior.

— Eu sei que é mesquinho.

— Aham — ela concorda, mas não é como se estivesse me julgando. Há um silêncio até ela falar de novo. Consigo perceber pela expressão dela que vai ceder. — Se a gente chegar lá e eu disser que a gente precisa ir embora, nós vamos embora. Sem nenhuma pergunta.

— Combinado. — Estico minha mão para ela apertar.

Irene levanta uma sobrancelha. Nós trocamos um aperto de mãos firme por um instante. É esquisito que as mãos dela estejam começando a parecer tão familiares.

— Te vejo amanhã, babaca — ela diz, dando meia-volta.

— Vou te mandar uma cartinha de amor da detenção — grito para ela.

9

O começo do feriado de Ação de Graças significa que não tem aula, mas tem treino extra de basquete. Eu não me importo; estou tão animada com a esperança de destruir Candlehawk daqui a algumas semanas — ainda mais depois que Tally me vir com Irene nesse fim de semana — que eu treino com mais afinco do que nunca, chegando à quadra mais cedo e ficando até mais tarde que todas as minhas colegas.

Daphne e eu passamos nosso tempo livre no começo da semana assistindo a filmes. Thora se junta a nós sempre que ela pode, mas o Chaminé está mais lotado que o normal com o feriado, então ela está sobrecarregada com turnos. Em uma das manhãs livres, nós três dirigimos até o Chuck Munny para assistir à sessão dupla de *As patricinhas de Beverly Hills* e *Nunca fui beijada*. Quando saímos do cinema, eu recebo uma mensagem de Irene.

Irene Abraham: Planejando minha roupa pra festa. Vou de vermelho. Não me copie.

Não consigo evitar rir.

No Dia de Ação de Graças, nós comemos o peru de sempre, com o molho de cranberry. Thora nos traz hidromel que sobrou do restaurante e meus pais me deixam experimentar um pouco. Daphne fecha a cara e pega porções extras da torta de abóbora.

— Isso é uma puta sacanagem — reclama, enfiando o garfo na torta.

— Não use essa palavra — briga mamãe.

Thora aproveita a distração para pegar alguns pedaços de peru para Picles e BooBoo. Papai vê, mas se faz de desentendido. Depois que terminamos de lavar a louça, nos deitamos nos sofás e assistimos a uma série calma sobre pescadores no Alasca. É perfeito.

— Scottie, a gente estava querendo te dizer uma coisa — papai diz durante um comercial. — Estamos muito orgulhosos de você seguir em frente depois da Tally. Você está dando o melhor de si no basquete e no seu novo relacionamento. É uma lição e tanto de superação.

Mamãe afaga o meu cabelo para longe da testa.

— A gente sempre soube que você ia dar a volta por cima.

Faço uma piada para desviar a atenção dos elogios. Tomo cuidado para não olhar nos olhos das minhas irmãs; elas enxergariam a verdade. Sinto uma pontada de vergonha sabendo que eu vou ficar exibindo meu relacionamento falso para Tally no sábado à noite, mas bloqueio esse sentimento. Trabalhei duro demais nisso para chegar até aqui.

**

Se há um mês tivessem me falado que eu estaria chegando na festa de Charlotte Pascal com um grupo que consiste em Irene, Honey-Belle, Danielle e eu, eu teria rido na cara da pessoa.

Ainda assim, aqui estamos.

— Você me deve uma — avisa Irene, enquanto nos dirigimos até a calçada da frente. Ela sussurra perto do meu ouvido para que Honey-Belle não ouça. Uma parte de mim só queria que ela contasse tudo sobre o nosso acordo para a amiga.

— É mesmo? — pergunto com um sorriso inocente. — Até parece. Você esqueceu que está fazendo isso porque eu te impressionei com o meu grande gesto cavalheiresco de roubo de bilhetes?

— Sim, supergalante — ela retruca, seca.

A casa de Charlotte está frenética quando chegamos lá. Tem pessoas espalhadas com copos descartáveis, fazendo barulho e posando para fotos. Gunther e Kevin estão parados na parede do saguão, observando todo mundo como se não soubessem bem o que fazer. Os dois estão arrumados — ou, ao menos, a versão deles de arrumados. Gunther está usando a sua melhor blusa e Kevin está vestido com uma jaqueta estilo militar por cima do moletom de sempre.

— A gente acabou de vir do jantar — Kevin diz, nos cumprimentando com abraços. Ele aperta Danielle pela cintura e ela fica excepcionalmente quieta. — Pizza Perdiz.

— Trouxe sobras se vocês quiserem — Gunther diz, passando uma caixa na nossa direção. — Eles têm os melhores palitinhos de alho.

— Obrigada — digo, esticando a minha mão para a caixa, mas Kevin gesticula para eu parar.

— Talvez você queira dar uma checada no hálito desse cara primeiro — ele fala com uma careta.

— Não está tão ruim assim — Gunther reclama, mas agora que estou mais perto dele, definitivamente consigo sentir o cheiro forte e nauseante de alho.

— Ah, *uau*, está ruim mesmo.

— Eu avisei... — Kevin fala. — O cara botou uns pedaços de alho cru ali.

Irene observa essa interação com o nariz franzido. Quando eu me viro da caixa de palitinhos de alho, ela pega o meu cotovelo.

— *Obrigada*. Eu teria me recusado a falar com você a noite toda.

— Bom, então, *querida*, talvez você possa me levar até a cozinha.

— O jeito que elas flertam é tão fofo — Honey-Belle cochicha para Danielle.

— Eu concordo plenamente — diz Gunther, ficando o mais perto possível de Honey-Belle, enquanto cobre a boca com a mão.

Irene começa a ir na direção da cozinha, mas eu a puxo para trás.

— *Quê?* — ela sussurra.

— Você precisa ficar de mãos dadas comigo. A gente precisa vender esse peixe pra Tally, lembra?

— Meu Deus, você é uma psicopata. — Ainda assim, ela pega a minha mão.

Fazemos nosso caminho pela multidão, e todas param para encarar Irene e eu. Quando finalmente chegamos no meio da casa, meu coração está cantarolando, esperando o rosto de Tally aparecer a qualquer instante. Eu examino a sala com o canto dos olhos, mas não a vejo em lugar nenhum.

— E então? — Irene cutuca.

— Ela vai aparecer. Vamos pegar uma bebida.

Está quente e lotado na cozinha, mas o mar de pessoas se abre para nós até encontrarmos o balcão onde ficam as bebidas. Eu pego a vodca e a limonada para fazer uma bebida para mim.

— O que você quer? — pergunto a Irene.

— Água.

— Ha-ha. Vou fazer um desses pra você.

— Não, eu acabei de falar. Água.

Ela me empurra para o lado, pega um copo descartável e enche na torneira. Depois, coloca uma fatia de limão na borda do copo para parecer que é uma bebida elaborada.

— Que foi? — ela diz, vendo minha expressão. — Você acha que eu quero as pessoas me enchendo o saco porque não estou bebendo?

Balanço a cabeça. Essa garota não cansa de me surpreender. É uma distração bem-vinda para a minha preocupação com Tally.

— Então quer dizer que a Danielle tem uma crush no Kevin? — Irene comenta.

Meu coração para.

— Quê? Não tem, não.

— Por favor. É visível a um quilômetro de distância.

— Isso não é… não é…

Ela levanta uma sobrancelha.

— Tá bom — resmungo. — Mas não abra a boca pra ninguém.

— Pra quem eu vou contar? Além do mais, eu gosto da Danielle.

Estou prestes a responder quando o rosto dela muda. Os olhos arregalam, a respiração para.

— Merda. — Ela olha por cima do meu ombro. Eu tento me virar, mas ela segura meu braço.

— Que foi? — pergunto, me desvencilhando do aperto.

Eu me viro. Meus olhos encontram os maconheiros passando um baseado, as meninas do futebol dando em cima dos jogadores de beisebol, o garoto que está vomitando no canto, e então...

Tally.

No meio da sala.

Pegando outra menina.

Todo o ar se esvai dos meus pulmões. Parece que meu coração acabou de ser esmagado por uma chapa de concreto.

É uma menina que nunca vi antes, então ela provavelmente não é de Grandma Earl. Talvez seja de Candlehawk, a julgar pelo que está vestindo. E ela é *bonita*. Tally está beijando a garota com tanto entusiasmo que é quase como se estivesse tentando engoli-la. Tudo dentro de mim queima, dolorido.

Tem uma mão quente no meu ombro.

— Para de olhar — fala Irene, apertando a mão com firmeza até conseguir me fazer virar.

— Mas eu...

— Não, Scottie. — Ela me segura no lugar. Sua voz está mais suave do que o normal. — Não se tortura.

Nós fazemos contato visual. Ela parece preocupada de verdade, mas não estou em estado emocional para me importar. Eu me desvencilho do aperto dela e me apresso para o jardim dos fundos.

No último segundo, quando fecho a porta, olho para trás e vejo que Tally está me observando.

***

Não sei quanto tempo fico sentada lá. Está tão frio que preciso voltar para dentro logo, mas meu coração está dolorido, e não sei como fazer isso parar.

Eu não deveria estar esperando isso? Quer dizer, eu estou fingindo seguir em frente, mas por que Tally não teria *de fato* seguido em frente? Ela está namorando essa menina, ou só aproveitando para dar uns pegas? Está beijando várias garotas diferentes em festas?

A porta dos fundos se abre atrás de mim. Irene aparece, mexendo no colar comprido pendurado em cima do suéter escarlate. Ela pressiona os lábios como se estivesse tentando decidir alguma coisa.

— Não precisa vir se gabar — murmuro. — Eu já percebi que meu plano saiu pela culatra. Não preciso de você esfregando sal na ferida.

Ela se senta ao meu lado, chutando as botas de salto contra os degraus.

— É mesmo reconfortante saber que você sempre espera o melhor de mim.

— Então você *não* veio aqui se gabar?

— Eu vim aqui te dizer que a sua ex-namorada parece beijar *muito mal*, e a única pessoa de quem eu sinto pena é da coitada daquela menina que está tendo a cara chupada. Sério, foi horrível. Você *gostava* de beijar ela?

Não sei exatamente por que respondo.

— Eu achava que sim.

— É uma merda que você teve que ver isso. Ela podia ter feito isso em um lugar mais privado. Ela sabe que você está aqui.

Eu abaixo a cabeça até minhas mãos e puxo as raízes do meu cabelo.

— Ela estava esperando uma reação minha.

— Eu sei. Eu vi.

— Thora acha que ela é manipuladora — admito.

— Não brinca. É quase como se ela ficasse com tesão fazendo isso. — Irene solta uma risada irônica, voltando a soar mais consigo mesma. — Esquisitona da porra.

Sem querer, começo a rir.

— Mas, pra ser justa — a voz de Irene muda para um tom mais sério —, *você* estava tentando manipular ela também. Ela só conseguiu fazer isso primeiro.

Eu lanço um olhar mortal.

— Então você *está* se gabando.

— Não. Estou tentando mostrar pra você que essa competição não vai te fazer feliz.

— E desde quando você se importa com a minha felicidade?

— Não se faça de vítima, Zajac. Estou fazendo o papel de sua namorada por um mês. Eu posso fazer observações.

Eu exalo e dou as costas para ela. Não consigo nem começar a analisar se essa "competição" ainda vale a pena; já fui longe demais agora. Mas claramente subestimei Tally. Não importa quanto cuidado eu tome ao fazer o meu lance: ela sempre vai acertar a bola na cesta antes.

— Talvez você fique feliz em saber que ou a Tally está muito bêbada ou muito chapada, ou potencialmente as duas coisas — Irene comenta. — Ela estava com as mãos nojentas em todas as coisas da cozinha. Literalmente me empurrou pra fora do caminho pra pegar uns chips de tortilha.

— E daí?

— E daí que talvez ela nem goste dessa menina. Ela só está com a cabeça meio bagunçada agora.

— É. Talvez.

Irene me observa pelo canto dos olhos. Eu consigo sentir o seu olhar penetrante. Uma parte de mim deseja que ela pare. A outra parte só está grata por saber que tem alguém aqui fora comigo.

Irene toma um longo gole de água. Nós duas ficamos em silêncio. O ar é mordaz.

— Vamos dar uma lição nela — Irene declara.

Eu me viro para ela.

— Quê?

Ela estreita os olhos. Há um brilho neles.

— Isso aí — ela diz, mais para ela mesma do que para mim. — Tive uma ideia.

***

Lá dentro, encontramos os meus amigos parados no corredor. Irene não perde tempo marchando até eles.

— Gunther — ela chama, e ele congela. — Onde você colocou aqueles palitinhos de alho?

Ele aponta silenciosamente para a pilha de jaquetas no canto. A caixa de pizza está equilibrada no topo. Irene a abre, franze o nariz, e vai embora.

— O que ela vai...? — Gunther gagueja.

Nós a seguimos e viramos o corredor, de volta para a cozinha. Exatamente como Irene disse, Tally está ali, devorando um saco de pretzels. Os olhos estão enevoados, mas então ela ergue o olhar quando vê Irene entrando com os palitinhos.

— O que é isso? — Tally pergunta.

Irene se vira para ela, fingindo surpresa.

— Palitinhos de alho. Por quê?

Os olhos de Tally se iluminam.

— Posso comer uns?

Irene coloca a caixa no balcão e fica na frente dela como se fosse uma leoa tomando conta da sua matilha.

— Não, melhor não — ela diz, com um ar doce falso. — Não são meus. Eu não sei se posso sair distribuindo assim.

Eu conheço Tally bem o bastante para entender o tipo de desafio delicioso que isso é para ela. Não apenas porque alguém está tentando impedir ela de ter algo, mas porque esse alguém é uma garota popular de quem ela guarda ressentimento há muito tempo.

— Ah, é? — O seu ódio por Irene praticamente estala no ar. — E quem te deixou de guarda?

Irene dá de ombros.

— Eu só gosto de seguir as regras. Você não?

Meu pulso se acelera. É como um duelo do Velho Oeste, e a coisa louca é que eu quero que Irene ganhe.

Tally avança contra ela e pega um palitinho de alho. Irene finge que está indignada, mas não acho que a fúria em seus olhos seja falsa.

— Hmmm — Tally diz, mastigando alto. Ela inclina a cabeça. — Agora estou vendo por que você queria proteger isso.

— É, você entendeu tudo direitinho — Irene diz, com calma.

Ela se vira e marcha para fora, mas não antes de encontrar meu olhar.

Tally come outro palitinho de alho e então lambe as migalhas dos dedos e volta confiante para o meio da festa. Meus amigos e eu observamos atentamente, tentando entender o que vai acontecer em seguida. Aonde Irene queria chegar com isso?

Só quando Tally se esgueira até a garota bonita que estava pegando mais cedo é que eu entendo.

— Ah, merda...

Tally se inclina para beijar a menina de novo. Por um momento intenso, as duas estão abraçadas uma à outra, as bocas abertas, Tally a devorando, e então...

— ARGH! — a garota grunhe, dando passos para trás. Ela cobre a boca com a mão.

Tally parece devastada. Ela tenta dizer alguma coisa no ouvido da menina.

— Sai daqui! — a garota reclama, se afastando dela. — Credo, esse cheiro!

A festa inteira está olhando para elas agora. Um monte de gente está rindo; uma menina tirou o celular para gravar a humilhação. Um cara grita:

— Qual é, Gibson, escova os dentes uma vez na vida!

Tally congela, aterrorizada, antes de se virar nos calcanhares e fugir. Eu observo, boquiaberta, deslumbrada com o brilhantismo do plano de Irene.

— Merda. — Kevin está com os olhos arregalados. — Essa é a melhor coisa que vejo em anos.

— Você precisa admitir — Danielle comenta, balançando a cabeça. — A Irene sabe exatamente como lidar com a Tally.

***

Nós ficamos na festa só por tempo suficiente para chegar no ápice. Tally não volta mais, deixando a garota de Candlehawk para trás. Danielle e Kevin se juntam em uma conversa com um monte de outros garotos nerds que não param de falar sobre as suas inscrições na faculdade. Gunther, para minha surpresa, consegue captar a atenção de Honey-Belle. Os dois se sentam na mesa da cozinha, cochichando e rindo juntos, tão alheios a tudo ao redor deles que Gunther sequer estremece quando alguém derruba cerveja no ombro dele. Se Honey-Belle consegue sentir o cheiro de alho no hálito de Gunther, ela não parece se importar.

— Um plano bem diabólico o seu — falo para Irene quando a encontro no corredor.

Ela dá de ombros.

— Eu consigo ser má quando quero.

— E eu aqui pensando que você não tinha controle nenhum sobre isso.

— Rá, rá.

— Então matamos uma fera essa noite. Cadê a outra?

Irene procura pelas redondezas, buscando Charlotte.

— Não sei. Estou esperando ela dar o bote.

— Talvez ela não ligue que você esteja aqui. Ocupada demais sendo a dona da festa.

— Ah, ela liga. Provavelmente está planejando algo com os capangas dela.

— *As* capangas.

— *Capangas*, gênero neutro.

Eu dou de ombros e termino a cerveja que está na minha mão. Fico muito mais relaxada agora que Tally está fora de vista.

— Sei lá. Acho que você está sendo paranoica — digo, empurrando-a de leve com o ombro. Minha pele formiga, mas eu ignoro.

— Você está sendo arrogante. Você não conhece a Charlotte como eu conheço.

Infelizmente, Irene está certa. Poucos minutos depois, a música é interrompida e a festa fica em silêncio de novo.

Charlotte Pascal, com suas lindas madeixas castanho--avermelhadas e seus olhos verdes aguçados, sobe em uma cadeira. O namorado dela deu uma ajudinha, mesmo ela não precisando. Ele parece pomposo e entediado.

— *Olá*, todo mundo — Charlotte cumprimenta, no seu tom afetado de sempre. — Muito obrigada por virem aqui hoje à noite. Pessoal de Candlehawk, muito obrigada por dirigirem até aqui. — Ela pausa. — E o restante de vocês, por favor lembrem de votar em mim para Atleta Estudantil do Ano.

— Ai, Deus — Irene murmura baixinho.

— E falando em Atleta do Ano... — A expressão de Charlotte se torna maliciosa. — Eu sei que a gente tem ao menos uma outra candidata aqui essa noite: a recém-saída do armário Irene Abraham.

Cabeças se viram na nossa direção. Algumas risadas nervosas percorrem o salão. A maioria das pessoas aqui é covarde demais para desafiar a posição social de Irene, mas eles obviamente não se importam com outra garota popular fazendo isso. A expressão em seus rostos é sedenta. Os trigêmeos Cleveland ficam nas pontas dos pés para conseguir ver melhor.

Irene endurece e se inclina na minha direção, só um pouco. O cotovelo dela encosta no meu. Inclino meu peso na direção dela instintivamente.

— Eu fico *tão* feliz por qualquer um que encontre a sua verdade — Charlotte continua. — É tão importante celebrar a diversidade na nossa época. Mas também acho que a verdade deveria ser autêntica, e fico um pouco preocupada, porque Irene Abraham *não é nada disso*.

Meu sangue ferve. Do outro lado da sala, Danielle encontra meu olhar. Consigo sentir que estamos pensando a mesma coisa: a gente pode falar mal de Irene à vontade, mas, a essa altura, ninguém mais pode.

Charlotte gesticula cheia de floreios para a TV no meio da sala. O namorado dela de Candlehawk conectou o laptop no cabo e, com um gesto de Charlotte, ele abre um vídeo na tela. No começo, é só uma imagem congelada: Irene, o cabelo escuro e olhos enevoados, sorrindo para a câmera.

Ele aperta o PLAY.

A voz de Charlotte explode por detrás da câmera.

— *Você está tãooooo bêbada! Admite. Você bebeu.*

— *Não bebi* — Irene responde na tela, mas sua fala está enrolada. Ela não olha para a câmera, e não consigo distinguir se sabia que estava sendo filmada. Charlotte ri de maneira histérica fora da tela. O vídeo deve ter sido filmado pelo menos um ano atrás, antes de a amizade delas acabar.

— *Você estava super dando em cima de mim mais cedo* — Charlotte acusa. — *Você fica tão gay quando está bêbada.*

— *Quêê? Você tá louca, Char. Eu não sou gay.*

— *Não tem nada de errado em ser gay* — a voz de Charlotte responde. Mas o jeito como aquilo faz a minha pele arrepiar; é quase como se estivesse puxando Irene por uma isca.

— *Eu sei disso.* — A Irene do vídeo se enrola. — *Mas sou hétero.*

— *Tem certeza?*

— *Metade do pessoal da escola só é "gay" porque acha que isso faz eles serem mais interessantes. Todos são tão desesperados. É de dar vergonha.*

— *Então você nunca pegaria uma garota?*

A Irene do vídeo ri com escárnio. Ela esfrega a mão no rosto.

— *Não diria nem que sim nem que não. Mas você sabe que isso não significa nada pra mim.*

O vídeo acaba. O namorado de Candlehawk desconecta o computador e sorri torto para Charlotte. Um silêncio ensurdecedor recai quando todo mundo se vira na nossa direção. Eu nunca me senti tão exposta, e o vídeo nem foi sobre mim.

A Irene de verdade está imóvel ao meu lado, as bochechas queimando. Fico esperando que se recupere e dê uma resposta ácida como sempre, mas, pela primeira vez, ela fica calada. Por impulso, pego sua mão e a puxo para longe, atravessando o corredor, e saímos para o ar frio e mordaz.

10

A noite é silenciosa e desprotegida: um vácuo de sons. Deve estar frio, mas eu não noto, ou porque estive bebendo ou porque meu sangue está fervendo, ou talvez as duas coisas. Seguro a mão de Irene até termos atravessado a calçada na frente da casa de Charlotte. Ela para de repente e solta a mão.

Nós nos viramos, encarando uma à outra. O peito dela sobe e desce; o olhar é perfurante.

— Eu sinto muito — digo baixinho.

Ela desvia o olhar.

— É como eu disse. — A voz dela está estranhamente calma. — Você foi arrogante em pensar que conhece minhas inimigas melhor do que eu.

Engulo em seco.

— Tem razão.

Danielle e Honey-Belle nos alcançam no carro. Honey-Belle imediatamente se joga sobre Irene, afagando o cabelo dela e perguntando se está tudo bem.

— Estou ótima — Irene diz, categórica, afastando a amiga. — Por favor, pare de me sufocar.

— Charlotte Pascal é um lixo — Danielle diz. Os olhos dela ficam com aquele aspecto destrutivo que ela adquire quando está na quadra de basquete, mas ela olha inesperadamente para Irene. — Mas é melhor que você esteja falando sério sobre ser gay. Não dá pra fingir que você gosta de meninas pra ganhar uns votos.

— É claro que ela está falando sério — Honey-Belle retruca. — Você não sabe do processo que ela passou, não consegue imaginar a homofobia internalizada...

— Minha melhor amiga também é gay, Honey-Belle — Danielle diz, alto. — Então você vai me entender se eu quiser me certificar de que ela não está sendo enganada por essa coisa toda.

Irene dá uma risada forçada. Ela se encosta no carro, balançando a cabeça.

— *Enganada*. Esse é um jeito interessante de falar.

— O que você quer dizer com isso? — Honey-Belle pergunta.

Irene e eu nos olhamos. Eu me preparo para ela descartar nosso acordo por completo e, naquele instante, quase quero que ela faça isso. Esse negócio já nos causou mais problemas do que precisávamos. Para nós duas.

Mas, como sempre, ela me pega de surpresa.

— Nada. — Ela funga. — Vamos só embora daqui. Estou cansada de pensar. Estou cansada de fingir.

Honey-Belle assente em simpatia. Danielle pressiona os lábios, mas olha para mim, em deferência.

— Ok — digo, tentando me centrar. — Vamos embora. Mas outra pessoa precisa dirigir.

— Eu dirijo — Honey-Belle diz. — Não bebi hoje.

Eu assinto, passo as chaves para ela, e então me jogo no banco de trás. Quando Danielle desliza ao meu lado, encontro o olhar dela, encabulada.

— Você falou para os meninos que não vamos voltar?

— Aham — responde ela, curta. Danielle estava se divertindo bastante com Kevin, mas trocou isso por tomar conta da minha namorada falsa e de mim. Não pela primeira vez, eu me sinto indigna da amizade dela.

Irene se ajeita no banco do carona na minha frente. Observo a expressão dela pelo espelho retrovisor quando saímos do meio-fio. Ela parece inteiramente derrotada. Sei que não é por minha culpa, mas ainda assim sinto o peso disso.

Não foi sua culpa, mamãe tinha me dito no dia do acidente, *mas ainda é sua responsabilidade*.

Eu falo antes de pensar duas vezes:

— Talvez a gente devesse aproveitar a noite, só nós quatro.

Danielle me encara como se eu tivesse entrado em curto-circuito. Irene mantém o seu silêncio frio, mas Honey-Belle, que Deus a abençoe, exclama deliciada.

— Eu amo essa ideia! Tipo uma noite do pijama das meninas? — ela exclama de novo. — Dá pra fazer uma noite de autocuidado na minha banheira de hidromassagem!

O interesse de Danielle aumenta.

— Espera aí. Você tem uma banheira de hidromassagem?

— Sim, com sete tipos de bolhas e luzes que mudam de cor!

Danielle morde o lábio. Ela sempre amou banheiras. Eu encontro o olhar dela, e ela suspira, resignada.

— Foda-se, estou dentro.

— Ótimo! — Honey-Belle cantarola.

— Irene? — pergunto, esperançosa.

Irene pigarreia e ajeita o peso no banco.

— Tudo bem.

Honey-Belle solta uma exclamação e dá a volta com o carro na direção oposta.

***

A casa dos Hewett é exatamente o que se esperaria dos herdeiros do Empório de Natal da Vovó Earl. É como uma casa de pão de ló que ganhou vida, com espirais de cor e luz. Consigo ouvir a animação na voz da sra. Zander quando Danielle liga para avisar que vamos passar a noite aqui.

— *É verdade que eles têm uma biblioteca escondida?* — a sra. Zander pergunta. Danielle se apressa para diminuir o volume do celular, mas ainda assim conseguimos ouvir a voz empolgada da mãe dela. — *Teddy quer saber se eles têm uma piscina de bolinhas no porão.*

— Nós temos! — Honey-Belle sorri. — Seu irmão pode vir brincar aqui quando quiser!

Danielle cora e deseja um boa-noite apressado para a mãe.

Depois disso, é só uma questão de tentar encontrar roupas de banho pra banheira de hidromassagem. Irene tem o seu próprio biquíni guardado na casa dos Hewett — é vermelho como o diabo, o que não me choca nem um pouco — e Honey-Belle tem um biquíni florido que não serve mais nela, mas cabe bem na figura esguia de Danielle.

Mas e eu?

— Que tal essa parte de cima, Scottie? — Honey-Belle pergunta, me entregando um top de academia laranja flamejante que fica horrível com o meu cabelo.

Parece grande demais para mim, mas talvez o decote nadador ajude a mantê-lo no lugar. Eu o coloco e me viro para mostrar para as outras.

— Você está parecendo uma cenoura. — Irene solta uma risada. As mãos dela estão nos quadris, o abdome nu brilhando sob a luz das lâmpadas. Eu me pego encarando, e então me viro para Danielle para disfarçar.

— A salva-vidas aqui acha que é engraçada — zombo, apontando com o dedo para Irene.

— Ela é — Danielle responde.

Honey-Belle nos leva pela alegre casa com luzes piscantes e quebra-nozes de bochechas rosadas até chegarmos em um jardim de inverno com uma banheira de hidromassagem bem no meio. É uma dessas que ficam acima do chão e têm uma capa insulada, que Irene e Honey-Belle removem de um jeito que sugere que já fizeram isso um milhão de vezes.

— Tem... *glitter* — Danielle sussurra para mim. Não há nenhuma necessidade de ela apontar: as pedras brilhantes capturam a luz em cada parte da parede externa.

Não consigo evitar rir, porque quanto mais tempo eu passo com Honey-Belle, menos isso me surpreende.

Honey-Belle mexe no controle até a banheira rugir à vida, os jatos de água borbulhando até as bolhas surgirem à superfície. Nós nos afundamos na água quente e nos esticamos pelos quatro lados da banheira.

— Isso é como estar no céu — Danielle comenta, com os olhos fechados. — Foda-se a festa, era pra gente ter feito isso desde o começo.

Irene se afunda o bastante para que a água chegue no queixo dela. Sua expressão fica sombria, e imagino que ela ainda esteja ruminando a pegadinha cruel de Charlotte. Sinto outra pontada no peito.

Honey-Belle deve estar pensando a mesma coisa, porque ela acaricia o topo da cabeça de Irene e sugere:

— Que tal a gente brincar de Como Está Seu Coração?

Irene ri.

— *Você* pode brincar, Honey-Belle.

— O que é isso? — Danielle pergunta, desconfiada.

— É exatamente o que parece — Honey-Belle responde, alegre. — Todo mundo compartilha como o seu coração se sente nesse exato momento. Brinco disso com meu pai e minha mãe o tempo todo.

Danielle encontra meu olhar com uma expressão que diz *isso não pode ser real*.

— Eu começo. — Honey-Belle parece inabalada. — Meu coração se sente feliz por ter falado com Gunther hoje. Ele é tão fofo e interessante. — Ela morde o lábio, envergonhada. — Eu não sabia que ele era tão engraçado.

— E ele é? — murmuro para Danielle.

Danielle não me ouve; ela está encarando Honey-Belle atentamente.

— Como você admite isso com tanta facilidade?

— O quê? Que gosto do Gunther?

Danielle torce a boca, constrangida.

— É. E se não for recíproco?

Honey-Belle dá de ombros.

— Isso é problema dele, não meu. Eu sempre digo as coisas que eu gosto em voz alta pra que o universo me ouça claramente. Na verdade, foi assim que eu e Irene ficamos amigas! Eu disse a ela que gostava da aura dela. É cintilante e marcante, como vocês com certeza notaram. — Ela sacode o braço de Danielle. — Por quê? *Você* gosta de alguém?

— Não, não, com certeza não. — Danielle pigarreia. — Eu só estava perguntando hipoteticamente.

— Que pena, porque deve ter um monte de caras que gosta de você. Você tem um senso de liderança natural e é superinteligente, fora que tem olhos de Cleópatra. Você poderia comandar um reino inteiro com um cetro e um colar de rubis.

Danielle pisca rapidamente.

— Er... obrigada.

— Não tem de quê. — Honey-Belle sorri. — Sua vez: como está seu coração?

— Hum. — Danielle muda de posição para abrir mais os braços. — Meu coração se sente ansioso. É como se sempre estivesse na expectativa de alguma coisa. A próxima prova, o próximo jogo, a próxima carta de admissão da faculdade. Eu tenho dificuldade de ser feliz onde estou.

Eu nunca ouvi Danielle falar assim. Uma onda de afeição me domina. Quero me esticar na banheira e abraçá-la.

— Isso parece superestressante — Honey-Belle concorda. — Obrigada por compartilhar e ajudar a cimentar nossos laços de vulnerabilidade. Ok, Ireninha, você é a próxima.

Irene, que ouve tudo isso tão quieta quanto eu, balança a cabeça.

— Hoje não, Honey-Belle.

— Ah, vamos lá. A gente sabe que você está chateada por causa da festa.

— Eu estou bem.

— Sua aura está sombria e pontuda — Honey-Belle retruca, séria.

Irene inclina a cabeça para trás e olha para o teto.

— Tudo bem. Meu coração se sente traído. — Ela pausa. — E também estou com fome.

Honey-Belle sorri.

— Estava esperando por essa. Nachos?

— Nossa, sim, por favor.

— Já trago. Danielle, você vem me ajudar?

— Quê? — Danielle reclama. — Mas aqui está tão quente...

Honey-Belle a encara com um olhar significativo e dá um aceno de cabeça óbvio na minha direção; ela claramente quer que eu tenha um momento sozinha com a Irene emburrada.

— Tá, tá — Danielle resmunga, seguindo Honey-Belle para fora da banheira. — Espero que tenha pimenta...

Irene e eu somos deixadas em um silêncio carregado enquanto as vozes delas somem do cômodo. Nós nos ignoramos de lados opostos da banheira até que um minuto inteiro passa.

— É a sua vez — Irene diz, de repente.

— Quê? — pergunto, mesmo sabendo o que ela está querendo dizer.

Ela me encara na expectativa, sem se abalar com a minha falsa ignorância. Eu reviro os olhos e estico os meus braços para fora da banheira.

— Eu sinto...

— Não — ela me interrompe. Pelo olhar na cara dela, consigo perceber que está adorando o meu desconforto. — "Eu" não. Você já entendeu o formato.

Eu lanço um olhar mortal.

— *Meu coração* sente emoções conflitantes.

— Tipo?

— Acho que dá pra dizer que tem uma *pequena* parte do meu coração que se sente mal por submeter você a Charlotte. E *talvez* meu coração se sinta culpado por isso.

Irene estreita os olhos do outro lado da água.

— E aqui estava eu achando que você não conseguia admitir que estava errada.

— Acho que você pode dizer que fez uma *suposição* incorreta, então, hein?

A sombra de um sorriso torto aparece na boca de Irene. Acho que vamos terminar por aqui até que ela fala, de um jeito meio inconsequente:

— Você sabe que eu estava mentindo no vídeo, né?

Nós ficamos piscando, encarando uma à outra através da água que borbulha sem parar. Eu hesito, sabendo que é meio arriscado para mim falar isso. Mesmo assim, resolvo mergulhar.

— Você gostava dela, não gostava?

O jeito como ela aperta a boca me diz tudo.

— Mas ela não gostava de você... — continuo, tentando encaixar as peças. — E ela é obviamente uma sociopata, então sabia como usar isso contra você... Deixa eu adivinhar: ela foi te beijar "por diversão" e depois agiu como se você fosse louca por achar que tinha algo a mais nisso?

A expressão de Irene fica sombria. O peito dela sobe e desce embaixo da água. Eu me forço a focar o olhar apenas acima do seu pescoço.

— A primeira vez que a gente ficou foi na mesma noite que ela filmou o vídeo — Irene conta.

— Você tá zoando.

— Não estou.

— Então você sabia que ela estava te filmando?

— Eu estava bêbada demais pra ligar. — Ela pausa. — Eu bebia muito nessa época.

— E agora não bebe mais. — Não é uma pergunta. Eu já tinha entendido o bastante ao ver ela bebericando o copo de água a noite toda.

Ela se vira e olha para o céu escuro.

— Você e a Tally transaram?

A pergunta me faz perder o fôlego. Por um longo momento, não consigo responder.

150 KELLY QUINDLEN

— Agora quem é que acha que tem direito à minha história pessoal? — digo.

Irene não ri. Os olhos dela queimam na direção dos meus.

— E aí? — pergunta.

Desvio o olhar.

— Sim.

Ficamos em silêncio. As bolhas na banheira fervilham e estouram.

— Você e Charlotte transaram?

Irene passa um dedo pelo queixo.

— Só quando a gente estava bêbada.

— E ela ainda assim teve a audácia de fazer essa merda com você hoje à noite?

Irene fica quieta. Então ela diz:

— Charlotte me odeia porque eu a amava.

— Isso não faz nenhum sentido.

— Diz a garota que não consegue entender se quer comer ou matar a ex-namorada.

Eu fico em silêncio.

— Charlotte é a razão pela qual eu tenho essa cicatriz. — Ela toca na própria sobrancelha, alisando-a com o dedo como se isso pudesse torná-la inteira de novo. Mesmo na luz baixa da banheira, consigo ver onde a pele rompeu. — A gente foi nessa festa em Candlehawk ano passado — ela continua. — Foi a coisa mais porra louca que eu já tinha visto. Bala pra onde quer que você olhasse, meninas se pegando enquanto outras pessoas assistiam, um cara soluçando no canto porque estava chapado demais. Tudo que eu queria fazer era voltar pra casa pra ficar com ela, só nós duas, mas Charlotte viu Prescott do outro lado da sala e foi isso.

Prescott. O namorado de Candlehawk. O babaca pomposo que ajudou Charlotte essa noite.

— Ela pediu pra ele dar carona pra gente até a casa dela. Ele estava tão bêbado que mal conseguia ficar em pé. Eu me recusei a entrar no carro dele, ou deixar que *ela* entrasse no carro dele, mas a Charlotte estava tão ferrada que começou a brigar comigo. Ficou gritando sobre como eu era apaixonada por ela, mas que eu nunca poderia ficar com ela de verdade, que eu era uma otária ciumenta e que isso tudo era patético e... — Irene se interrompe. — Eu tentei segurá-la, mas ela me empurrou. Eu bati com a cabeça em um armário enorme e cortei a cara na quina.

Penso em todos os rumores que circundam a cicatriz na sobrancelha dela. *Ela ficou bêbada demais numa festa. Ela nadou direto para a quina da piscina quando estava bêbada. Ela caiu da cama enquanto estava transando loucamente com um cara aleatório.* Que versão cruel e insensível da verdade.

E então eu me lembro de quantas vezes quis agradecer à pessoa que colocou aquela cicatriz ali. Isso me deixa enjoada.

— Charlotte é uma cuzona — falo para ela. — Ela deveria estar agradecendo aos céus que você a impediu de entrar naquele carro.

— Mas eu não impedi — Irene diz. Tem um pouco de arrependimento no tom dela. — Eu também estava bêbada, e só conseguia pensar que minha cara estava sangrando. Eu a deixei ir com Prescott, e ele foi pego numa blitz a um quilômetro da casa dele. Ele devia ter levado uma multa, mas os pais dele são amigos do chefe de polícia de Candlehawk, então deixaram ele ir embora só com uma bronca. Charlotte foi levada de volta para casa, os pais dela surtaram e contaram tudo para a treinadora Banza e os outros treinadores de futebol, e ela ficou no banco de reserva nos primeiros cinco jogos do que deveria ter sido o grande ano de estreia dela.

— E ela te culpa por isso?

Irene sorri, irônica.

— Mas você tentou impedir!

— Ela acha que eu devia ter me esforçado mais. E, sei lá, talvez eu devesse. Mas às vezes doía demais.

Deixo que a história se assente entre nós.

— Me desculpa por ter te obrigado a ir hoje à noite.

Os olhos dela me observam.

— Você não me *obrigou* a fazer nada. Eu sabia no que estava me metendo.

— Ainda assim. Me desculpa por não ter levado a sério quando você falou o quanto a coisa entre vocês era tóxica.

— Tá tudo bem, Scottie — ela diz, deixando meu pedido de desculpas de lado. O jeito como ela fala meu nome é confortável e familiar. — Eu não sou a única que está lidando com um término tóxico.

Meu coração se aperta, lembrando de Tally na festa.

— É. Acho que sim.

Quero falar mais, mas Danielle e Honey-Belle irrompem com a bandeja de nachos. Irene se senta e se força a ficar entusiasmada, e eu me lembro do que ela disse quando saímos da casa de Charlotte essa noite. *Estou cansada de pensar. Estou cansada de fingir.*

Pela primeira vez, eu não pressiono mais. Nós aproveitamos para relaxar na banheira quente e comer bastante, até ficarmos tão enrugadas quanto ameixas secas.

***

Quando chega a hora de dormir, Honey-Belle nos surpreende oferecendo o quarto dela.

— Ah, não... — Irene e eu começamos a dizer juntas.

— Sério, quero que vocês fiquem com a cama! — Honey-Belle insiste, pegando as nossas mãos. — Danielle e eu podemos dormir no quarto com beliches.

Atrás dela, Danielle se esforça para manter uma cara séria. Eu consigo ver a risada tentando escapar da boca dela.

— Honey-Belle, não precisa se martirizar — Irene diz, com urgência. — Você ama sua cama.

— E eu também te amo — Honey-Belle diz, puxando um fio solto do cabelo de Irene. — *E* amo a sua namorada.

Irene olha diretamente para mim, mas estou sem palavras para tentar sair dessa.

— Parece aconchegante — Danielle opina. — Vocês duas podem ficar de conchinha sussurrando coisas bonitinhas uma para a outra até dormirem. Nada poderia ser melhor do que isso, né?

Eu lanço a ela o olhar mais mortal que consigo, mas ela só ri.

— Então está decidido. — Honey-Belle soa animada. — Deixa eu arranjar uns pijamas quentinhos pra ficar até melhor.

***

Algum tempo depois, eu me encontro no meio de um quarto que sem dúvidas pertence a Honey-Belle. Tem uma parede inteira de bichos de pelúcia, em sua maioria unicórnios. Conto nove caixinhas de música em cima de cômodas, escrivaninha e mesa de cabeceira. A cama, em formato de trenó, está coberta por um edredom amarelo fofo embaixo de um dossel branco alto.

Irene fica em pé de um lado da cama, olhando para ela como se fosse um bueiro que está com nojo de entrar. Fico em pé do outro lado e espero. Há um silêncio carregado enquanto nós duas adiamos o inevitável.

— Caralho — finalmente digo.

— Hum — ela grunhe, concordando.

— Não dava pra você convencer ela a colocar a gente no beliche? Ela é a *sua* amiga.

— Esse foi o *seu* plano idiota, e eu não vi você fazendo nenhum esforço.

Balanço a cabeça.

— É impossível discutir com ela. É tipo brigar com um bebê.

— Não seja condescendente com ela.

— Não estou sendo, mas você sabe do que estou falando.

— É óbvio que você está, mas tudo bem.

Ela arranca o pijama da bolsa de um jeito que sugere que essa conversa acabou. Eu deposito o meu em cima da cama. Nós ficamos imóveis. Outro silêncio carregado se alastra.

— Está nervosa de se trocar na minha frente, *mozão*? — pergunto.

— Você sempre projeta as suas neuroses nas outras pessoas? — Ela tira a toalha do corpo e reviro meus olhos para não olhar sem querer para a pele nua dela. Ela se vira, mas olha para mim no último segundo. — Não se atreva a bisbilhotar.

— Claro, porque é exatamente isso que eu estou pensando. Prefiro olhar um monte de caras.

— Engraçadona. — Ela bufa e se vira.

Irene começa a tirar as alças do biquíni; os músculos das costas se movem na luz fraca. Eu me pergunto qual seria a sensação de pressionar os meus lábios na nuca dela...

Não. Pare com isso.

Aperto os meus olhos e me viro rapidamente de costas. Eu me visto com o pijama emprestado — uma camiseta azul-bebê com um laço no colarinho e calças com estampa de doce em formato de bengala. O único som é o baque pesado de nossa roupa de banho molhada caindo no chão. Sinto o acelerar do meu coração no pescoço.

Quando estou tirando o cabelo de dentro da camiseta, Irene pigarreia.

— Acabou?

— Sim.

Ela se vira. Seus olhos examinam meu pijama brevemente, mas ela não diz nada, só pega a nécessaire de banho. Fico em silêncio quando ela sai do quarto.

Não vou lavar o rosto ou escovar os dentes do lado dela, então me jogo na cama para esperar. Olho para o celular que ela deixou na mesa de cabeceira e tento imaginar qual a senha. Deve ser 666, mas a piada não me entretém do mesmo jeito que normalmente faria. Foi uma noite confusa e estranha.

A última pessoa com quem dividi a cama foi Tally. Era verão e os pais dela tinham viajado. Nós ficamos de conchinha embaixo dos lençóis, e meu coração pulsava com cada toque da pele dela. Mas isso aconteceu há meses — muito antes de ela pegar outra menina em uma festa, muito antes de eu arrumar um esquema de namoro para deixá-la com ciúmes.

Será que eu a teria rejeitado pelo hálito fedendo a alho essa noite? Eu sei a resposta no mesmo instante: *não. Eu a amava demais pra isso.*

Mas será que ela teria me rejeitado?

— Eu sabia que você era do tipo que vai dormir sem escovar os dentes. Nojento.

Irene entra no quarto em um farfalhar, a camiseta larga do pijama em cima das calças pretas. Tento engolir a emoção inesperada na minha garganta e pensar em algo para usar como réplica.

— Você está de aparelho? — retruco. — Meu Deus. Por favor, não respire na minha direção hoje à noite.

— Tenho certeza de que você vai me sufocar com um travesseiro se eu fizer isso. É melhor você se apressar se quiser ir antes da Honey-Belle. Ela demora eras no banheiro.

Pego minhas coisas e me apresso para fora do quarto, feliz com a desculpa de ficar sozinha de novo. Uso a escova de dente que Honey-Belle me deu, notando que Irene apertou a pasta tão perfeitamente que ela faz uma curva na ponta. Que esquisitona. Lavo o meu rosto e respiro fundo várias vezes para me recompor.

Quando volto para o quarto de Honey-Belle, Irene já está deitada embaixo das cobertas, jogando no celular. O cabelo dela é longo e cheio de ondas, e a parte da frente roça nos óculos. Eu não fazia ideia de que ela usava óculos.

— Não toque em mim — ela diz quando rastejo para a cama.

— Em que mundo eu iria te tocar?

— Você parece alguém que gosta de abraçar. Ou uma aberração que curte entrelaçar os pés.

— Sem chance, sua esquisita. — É uma mentira. Eu sempre tentava abraçar Tally quando dividíamos a cama. *Realmente* espero que meu subconsciente não tente fazer isso esta noite. — O que você tem aí?

A menor das colorações floresce nas bochechas dela. Seus olhos ficam grudados no celular.

— Nada.

A JOGADA do AMOR   157

Parece uma camiseta velha ou só um pano de chão. O jeito como ela aperta o negócio embaixo do braço sugere que é um hábito.

— Não parece que é nada.

— Cala a boca — ela murmura, mas não se estende.

— Não, sério — insisto, virando a cabeça na direção dela. — O que é isso?

Ela fica em silêncio por um minuto; é extremamente irritante.

— É uma camiseta velha da minha mãe. Ela me deixava dormir com ela quando eu era pequena.

— Por quê?

— Porque era macia — explica, irritada. — Por que você está perguntando?

Eu dou de ombros, imperturbável.

— Eu só acho engraçado quando você é esquisita.

— Todo mundo é esquisito. — Ela rola para longe e desliga a luz. — Boa noite. Se você tocar em mim, vai morrer.

Do jeito como ela fala, é quase como se estivesse tentando me fazer rir.

— Bons sonhos pra você também.

Demora um tempo para eu pegar no sono. Consigo sentir que Irene também está tendo dificuldades. Parece íntimo demais, revelador demais, dormir uma ao lado da outra desse jeito. Não paro de prestar atenção na respiração dela, no som da sua bochecha encontrando a parte fria do travesseiro. Estou consciente demais do cheiro do cabelo dela, a meros centímetros do meu rosto.

11

Acordo muito cedo, tipo sete horas da manhã. A luz branca-azulada atravessa as cortinas, e o quarto está silencioso e calmo. Irene dorme de bruços, a camiseta velha da mãe agarrada ao lado. O cabelo ondulado se espalha pelo travesseiro. É *óbvio* que ela é linda até quando está dormindo.

Saio da cama e me esgueiro até a cozinha, na esperança de encontrar um pão para fazer uma torrada, mas não estou tão sozinha quando eu esperava.

Honey-Belle está lá, sentada de pernas cruzadas na mesa, olhando o celular, o cabelo despenteado em ângulos estranhos.

— Scottie! — Ela sorri animada. — Dormiu bem? Gostou do purificador de ar?

— A gente não usou — respondo em tom de desculpas. No fundo do meu cérebro, noto o quanto é estranho dizer *a gente*. Eu me sirvo do pão e encontro a geleia na geladeira.

— Fico tão feliz que Irene tenha você agora — Honey-Belle me diz quando eu me sento. — Ela precisava de uma vitória depois de tudo o que aconteceu ano passado.

Meus ouvidos se empertigam.

— Você está falando da coisa com a Charlotte?

Honey-Belle estremece.

— Eu sei que ela parece ainda estar meio na da Charlotte, mas prometo que ela gosta de você. Eu sei das coisas. Ela fala de você o tempo todo. "Ah, a Scottie tem duas irmãs. Scottie foi superbem no treino ontem. Scottie ama essa música."

Quase engasgo com a torrada.

— Sério?

— Não seja boba — diz Honey-Belle com uma risadinha. — É tão bom ver Irene com alguém que cuida dela. Ela é superleal. Se você é uma das pessoas com quem ela se importa, ela faz tudo por você. E tenho certeza de que você já descobriu que ela é muito romântica, mesmo que negue. Quer dizer, o filme favorito dela é *Dirty Dancing*. Ela ouve a música do fim sem parar. Tão cafona.

Não deixo de notar a ironia que é Honey-Belle chamar algo de *cafona*.

— Claro.

— Ai, minha nossa — Honey-Belle diz de repente. — Sabe o que a gente precisa fazer? Ir a um encontro de casais! Você pode me arrumar um encontro com o Gunther!

— Ah… ok?

— Vai ser perfeito! Que tal no fim de semana que vem?

***

Nós vamos embora assim que Danielle e Irene acordam. Os jogos de futebol americano das faculdades rivais acontecem hoje e queremos assistir com nossas respectivas famílias. Irene nos apressa para que ela consiga ver o jogo da Georgia/ Georgia Tech com o pai dela, mas, antes disso, serve uma garrafinha térmica de café. Para cada uma de nós.

No instante em que deixamos Danielle em casa, eu me viro para Irene e desato a falar.

— Honey-Belle me encurralou para um encontro de casais. Eu, você, ela e o Gunther. Fiquei tão chocada que não consegui dizer não.

A cabeça de Irene gira lentamente na minha direção.

— E?

— Então... isso... Tudo bem por você?

Ela suspira, cansada.

— Nós cavamos a cova. Melhor nos deitarmos nela logo.

Eu tamborilo os dedos na garrafa de café que ela me serviu. Irene sabia que devia acrescentar leite, mas não açúcar. Ela toma um gole relaxado da própria garrafinha e se espreguiça no meu banco do carona como se já tivesse feito isso um milhão de vezes.

E eu percebo, com um aperto no peito, que é verdade.

— Você roncou que nem um monstro ontem à noite — gaguejo. — Tipo um dragão. Ou um dinossauro. Ou sei lá, um mastodonte.

Ela dá de ombros.

— Eu estava cansada.

— Tá, bom... foi irritante.

— Desculpa — ela diz, como se não pudesse se importar menos.

— E você ficou roubando as cobertas. Tipo, a cada meia hora. Eu até te empurrei em certo momento, mas você nem notou.

Irene me lança um olhar de soslaio.

— Já acabou?

Não tem veneno na voz dela; ela soa meramente cansada. De um jeito como eu só me permito ser com minhas irmãs ou Danielle. De um jeito como nunca me deixei ser com Tally.

— Bom, foi... foi irritante — repito, fraca.

Irene respira fundo.

— Dá pra gente dar uma pausa nessa coisa toda de eu-te--odeio-mais-do-que-tudo? O bate-boca até que é divertido, mas seria bom eu poder baixar a minha guarda. Principalmente depois de ontem à noite.

Meu peito aperta novamente.

— Tá bom.

— Então sobre o que mais você e Honey-Belle conversaram? Ela mostrou a coleção de Furby vintage dela?

Odeio o jeito que ela fala como se fôssemos amigas desde sempre. Odeio saber como ela fica quando acorda. E odeio que ela ainda esteja usando os óculos na minha frente.

Quero falar para ela que Honey-Belle disse que ela me menciona o tempo todo. Quero perguntar para ela o que aquilo significa. O que tudo isso significa.

Mas não posso me deixar levar. Não posso. Tally pegou outra menina na minha frente ontem à noite, e então eu e Irene dividimos uma cama, e nem sei como processar nada disso.

— A gente fez os planos pro encontro — digo, dando de ombros. — Parece ridículo, mas sei lá.

— Não vai ser assim tão ruim. Com sorte a gente consegue assistir a um bom filme. — Ela recosta a cabeça e observa a paisagem pela janela como se não tivesse nenhuma preocupação. — Mas *você* dirige.

***

Pensei que a reputação de Irene fosse ficar manchada de alguma forma depois da armadilha de Charlotte, mas, se alguma coisa aconteceu, foi que as pessoas na escola ficaram ainda *mais* obcecadas por ela. Algumas — em sua maioria líderes de torcida e seus seguidores — insistem que Irene foi a vítima nessa situação. "A única verdade que importa é a dela!", ouço uma garota reclamar com a amiga. "Como que alguém ousa julgar a jornada dela?!" Outras pessoas, lideradas pelas garotas do futebol, estão convencidas de que Irene está manipulando a escola inteira com o único propósito de conseguir uma nominação para o Atleta do Ano. "Tipo, ela acha que a gente é uma espécie de rótulo conveniente que ela pode só pegar pra vestir e tirar depois?", a goleira queer diz para qualquer um que queira ouvir. "Nem fodendo que as pessoas estão comprando essa historinha."

As únicas pessoas que sabem da verdade — que está em algum lugar no meio desses lados opostos — são Irene, Danielle e eu. Irene não parece particularmente chateada com as fofocas constantes, e Danielle está nervosa demais com o Clássico de Natal para prestar atenção. E quanto a mim, fico preocupada checando meu celular a cada segundo. Achei que fosse receber uma mensagem de Tally depois da festa, mas ela não me mandou nada.

Na primeira semana de dezembro, eu e Irene prosseguimos com nosso encontro de casais com Gunther e Honey-Belle. Não parece uma ideia tão ruim agora que precisamos nos estabelecer como um casal "de verdade", principalmente porque Honey-Belle vai falar sem parar sobre isso na semana seguinte na escola. E deve fazer com que alguns babacas larguem do nosso pé por um tempo.

Então é assim que apareço na calçada de Irene numa sexta-feira à noite, vestida com as minhas melhores roupas e com o cabelo alisado à perfeição. Chego bem na hora de buscá-la. E por isso quero dizer que só estou quatro minutos atrasada. Ela nem se dá o trabalho de reclamar.

Dirigimos para o Chuck Munny quase em silêncio até Irene tomar a liberdade de colocar o próprio celular no cabo auxiliar.

— É o quê? — reclamo.

— É o quê? — ela zomba, piscando os cílios.

— Pelo menos coloca uma música boa.

— Desculpa, mas não estou com a playlist "Paizão dos Anos Oitenta" no Spotify.

— Ah, como você é *hilária*.

Quando chegamos no cinema, Honey-Belle e Gunther já estão lá, conversando perto da bilheteria. Irene pega no meu braço quando chegamos perto deles.

— Ótima noite pra um encontro, né? — ela diz. — Eu tive que obrigar a Scottie a sair do sofá. Ela estava aproveitando o chamego um pouco demais. — Irene aperta minha minha bochecha e tento não dar um tapa para afastá-la. — Você sabe como ela é. Tão grudenta.

Gunther sorri, incerto.

— É, acho que sim. — Ele coloca um braço na lombar de Honey-Belle. — Posso te pagar uma raspadinha?

Depois que eles viram as costas, Irene solta o meu braço como se pesasse uma tonelada.

— Isso doeu — sussurro, esfregando minha bochecha.

— Reclamona — ela murmura, checando o cardápio. — A gente vai pegar alguma coisa? Eu tomaria um refrigerante.

— Dá pra gente dividir — falo, sem pensar.

Tem um brilho no olhar dela.

— Ótimo. — Ela me empurra para a frente. — Dois canudos, galanteadora. Não quero seus germes.

Depois que nós quatro pegamos os lanches, entramos para a única sala de cinema no prédio. Hoje à noite, estão passando *Digam o que quiserem*, o clássico dos anos oitenta com John Cusack e Ione Skye. É o meu favorito, mas não ouso falar isso para nenhum deles.

A sala está lotada quando chegamos, e acabamos nos dividindo em duas fileiras. Gunther e Honey-Belle conseguem um par de cadeiras bem no meio, e eu e Irene pegamos um par na diagonal atrás deles. Nós nos ajeitamos na poltrona e colocamos os pés para cima ao mesmo tempo.

É meio estranho, ficar sentada ao lado dela no cinema escuro, ainda mais depois que começamos a trocar as balas azedinhas de um lado para o outro. Meus dedos ficam encostando nos dela quando pego o saco. Eu ignoro o formigar quente que toma conta do meu pescoço.

— Preciso ir ao banheiro — Irene avisa, perto do fim. Ela faz menção de se levantar, mas seguro seu braço.

— Não dá pra você ir *agora*! Ele está prestes a fazer a coisa com o toca-fitas!

— Eu já vi essa cena um milhão de vezes. — Ela revira os olhos sob a luz azulada da tela. — É tão brega.

— *Brega?* Você ficou louca?

— Zajac, eu vou fazer xixi no seu colo se você não me soltar.

De fato, ela acaba perdendo o momento icônico que John Cusack segura o toca-fitas do lado de fora da janela de Ione Skye, fazendo uma serenata com "In Your Eyes" no amanhecer. Tenho arrepios pelo corpo inteiro. Sem querer, acabo imaginando Tally segurando um alto-falante do lado de fora da minha janela, determinada a me reconquistar. Eu me pergunto se eu correria para encontrá-la.

— Me sinto tão melhor — Irene sussurra quando volta.

— Não acredito que você perdeu essa cena.

A JOGADA do AMOR   165

— Eu é que não ia perder a cena quando o pai dela é pego cometendo fraude. É a melhor parte.

Balanço a cabeça na escuridão, mas Irene apenas dá de ombros e rouba o copo de refrigerante da minha mão.

***

Gunther e Honey-Belle estão de mãos dadas quando saímos do cinema. Irene sustenta meu olhar e finge vomitar quando os dois não estão olhando. Quase me faz dar uma gargalhada.

— Que noite para o romance — ela diz quando estamos voltando para casa. — Honey-Belle e Gunther, o pai da Ione Skye e a prisão...

— Você é tão cínica.

— Não sou. — Ela mordisca outra bala azedinha. Irene insistiu para a gente comprar outro pacote quando saímos do cinema. — Eu só sempre odiei aquele momento da caixa de som. É melodramático por motivo nenhum.

Eu me viro para bufar na direção dela.

— É uma das cenas mais icônicas do cinema estadunidense. É perfeito pra cacete.

— É vazio e autoindulgente.

— É *romântico*. É sensível, marcante e impossível...

— É uma perda de tempo. Grandes gestos não significam nada sem um esforço de verdade. Ele devia só ter falado com ela. Sabe, *se comunicar* de verdade em vez de fazer uma atuação da versão fantasiosa do amor. Ele só queria aproveitar pra curtir os sentimentos dele.

Lanço um olhar feroz para Irene.

— Diz a garota cujo filme favorito é *Dirty Dancing*.

Irene fica em silêncio. Até mesmo na escuridão, consigo ver a vergonha que ela sente.

— Como você sabe disso?

— Tenho minhas fontes.

— É sério. — Ela estica o braço para beliscar o meu, e dou um gritinho. — Como você sabe disso?

— Meu Deus, relaxa, estou tentando dirigir! Honey-Belle me disse, tá?

Irene solta uma respiração irritada, mas consigo ver que há uma pontada de constrangimento por trás disso.

— O que mais ela falou?

— Isso é entre a gente.

— Scottie.

— Tudo bem, você quer mesmo saber? Ela me disse que você fala de mim o tempo todo.

Irene solta uma risada forçada.

— Ah, é?

— E você *está* falando de mim?

Ela estreita os olhos.

— O que foi? Acha que eu estou, tipo, fazendo fofoca? Passo metade do meu tempo com você agora. É óbvio que você vai ser um assunto.

— Ela disse que você fala das minhas músicas favoritas.

Irene solta uma gargalhada que vem do fundo da garganta.

— Está mais pra reclamar que você não para de tocar as mesmas cinco músicas.

Olho para ela quando fazemos a curva para a rua principal.

— Então você não está… tipo…

— Obcecada por você? — Ela ri de novo e se ajeita no banco. — Não. Está preocupada que eu esteja criando sentimentos?

— Não — respondo, apressada.

— Ok, ótimo. Porque não estou.

— Ótimo. Eu também não.

Nós ficamos em silêncio. Eu aumento o volume da música. Ela diminui de novo.

— Mas você não precisa agir como se fosse uma ideia tão horrível, sabe — ela comenta. — Parece até que você pegou gripe suína.

— Não foi isso que eu quis dizer — falo, rápido. — É só que... esse é puramente um acordo de negócios.

— Sei bem disso, Zajac. — Ela cruza os braços por cima do peito. — Eu não ia querer namorar você, de qualquer forma. Você ama demais fazer um drama.

— Quê? Eu não amo fazer um drama.

— Você ama, sim.

— De que jeito?!

— Hum. — Ela gesticula para nós duas de uma maneira significativa. — Tipo isso? Pagar uma pessoa pra ser sua namorada pra você poder manipular emocionalmente a sua ex que não dá a mínima pra você? Olha o tamanho desse fingimento. É bem o tipo de coisa que eu *odeio*.

Sinto meu batimento cardíaco acelerar, minhas bochechas corarem.

— Você está me irritando de verdade, sabe? O que foi mesmo que você disse depois da festa da Charlotte, alguma coisa sobre como eu estava sendo arrogante em achar que entendia seus inimigos?

Ela estala os lábios.

— Já entendi. Vou ficar na minha.

— *Obrigada*.

Quando chegamos na calçada dela, Irene enrola para sair do carro. Ela até me entrega o resto das balas azedinhas.

— Ok, tá, sabe de uma coisa? — Ela para ao lado do carro, as mãos nos bolsos do macacão. — Não entendo a sua motivação com essa coisa toda, mas eu até acho que é... *cativante...* que você ainda acredite no amor. Mesmo que seja do tipo que precisa de gestos melodramáticos.

Estreito meus olhos, fingindo desconfiança.

— O doce te estragou mesmo, né?

— Quê?

— A bala azeda sempre fica doce no fim — digo.

Ela deixa a cabeça pender para trás, enojada comigo.

— Uau. Isso foi a pior coisa que eu já ouvi.

— Ainda bem que você está ganhando bem pra isso.

— Pra ser sincera, preciso de um aumento.

Eu abro um sorriso.

— Boa noite, Abraham.

— Boa noite, Zajac.

Irene revira os olhos e bate a porta do carro.

12

Na manhã do Clássico de Natal, acordo com uma chamada de vídeo de Danielle, que ainda está na cama, o cabelo enrolado em um lenço.

— Estou surtando — ela diz, a voz áspera. — Meu estômago está embrulhado que nem um pretzel. Me diga que eu tenho permissão de sair do time.

— Não pergunte pra mim, pergunte pra nossa capitã — respondo, esfregando os olhos. — Mas só pra você saber, ela é durona.

— Rá, rá.

Nós saímos da cama e nos direcionamos para os nossos respectivos banheiros, nas nossas respectivas casas, continuando a conversa.

— Não consigo nem fazer xixi — Danielle grunhe, fechando a cara. — Eu odeio esportes. Odeio. Era pra eu ser só uma rata de biblioteca. Eu sou a Hermione, nunca vou ser a Cho Chang.

— Você pode ser *as duas* — prometo a ela. — Eu também estou nervosa, mas com uma sensação ótima sobre hoje à noite! Você não está nem *um pouquinho* empolgada?

Ela geme mais alto. Nós desligamos depois que ela me promete colocar músicas alegres para tomar banho.

Minhas irmãs fortalecem minha confiança ao escancararem a porta do meu quarto, cantando:

— DIA DE JOGO! DIA DE JOGO! VAI SE FODER, CANDLEHAWK, QUE É DIA DE JOGO!

— Daphne! — grito, fazendo teatro. — Você acabou de falar um palavrão?

Elas me amassam em um abraço. Thora deposita muitos beijos na minha cabeça, e não consigo fazer nada a não ser rir.

— Vou usar sua camisa velha de treino na escola! — Daphne diz. — Meus amigos vão ficar até enjoados de tanto que vou falar de você!

— Vou renomear nosso especial do almoço como Onze — Thora diz, se referindo ao número da minha camisa. — Você vai arrasar hoje à noite, Scots!

Irene vem me buscar antes da escola. Nós combinamos que é ela quem vai me levar para a festa pós-jogo, que, se tudo der certo, vai ser uma celebração sem precedentes depois que a gente ganhar. Ela está usando o botton com a minha foto preso na camiseta hoje, e quase pulo para trás quando vejo.

— Sério? — pergunto, nem tentando disfarçar a alegria em minha voz. — Fui promovida ao seu guarda-roupa agora?

Ela dá de ombros, e os cantos de sua boca se levantam.

— É uma ocasião especial. Eu consigo aguentar por um dia.

Na escola, sou cumprimentada com empolgação. As pessoas me parabenizam no corredor e colam bilhetes de boa sorte no meu armário. Os trigêmeos Cleveland imploram para tirar uma selfie com Danielle e comigo. Até mesmo Gino se esforça para ser visto falando comigo na fila do refeitório.

Quando o sinal toca para anunciar o fim do dia, estou me sentindo tão segura e esperançosa que abraço Irene quando a vejo.

— Ah. — Ela fica tensa com meu abraço. — Isso vai se tornar um hábito agora?

— Nós conseguimos — falo para ela. — Nem fodendo que a gente perde esse jogo.

Ela ri e, talvez pela primeira vez desde que nos conhecemos, é uma risada alegre e verdadeira.

— Sabe de uma coisa, Zajac? Uma vez na vida, eu vou concordar com você.

***

As arquibancadas estão lotadas de fãs quando meu time entra na quadra. Nunca vi o ginásio tão cheio, e a maioria das pessoas está vestida de vermelho. Dezenas usam as orelhas de rena que são o símbolo do nosso time, mas que normalmente são reservadas para os grandes jogos de futebol americano.

— Puta merda — Danielle sussurra, os olhos arregalados. — Tem até mais gente do que da última vez.

— O que quer dizer que vamos jogar ainda melhor — digo a ela quando pegamos nossos lugares no banco do time. — A gente vai ganhar hoje à noite, isso eu prometo. Olha só para as jogadoras do outro time, elas não conseguem nem entender como isso aconteceu!

Em oposição ao nosso banco, as jogadoras de Candlehawk, em seus uniformes dourados brilhantes, olham para a arquibancada com receio. Enquanto meu time está casualmente fazendo o aquecimento e sorrindo com o apoio da torcida, as jogadoras rivais estão paralisadas. Tally parece mais devastada do que todas elas juntas.

Nossas formações se encontram no meio da quadra para o início da partida. Danielle e eu vamos para nossas posições de cada lado do centro da quadra, o que quer dizer que estou a só alguns passos de Tally — o mais perto que já estive dela desde a festa de Charlotte.

Ela encontra meu olhar por um breve segundo. É difícil ler a expressão no rosto dela, mas parece algo próximo de arrependimento. É quase como se quisesse que eu a reconfortasse. Seus olhos azuis parecem perguntar se isso é uma pegadinha.

Eu pressiono meus lábios e desvio o olhar, e naquele instante, percebo que sou a pessoa que está com o poder agora. A sensação é incrível. E tá, talvez eu esteja com um pouco de nojo de mim mesma por causa disso, mas não fico remoendo o assunto.

Naquele último segundo, antes de o juiz jogar a bola para o alto, encontro o olhar de Irene. Ela está em pé com os pompons atrás das costas, o cabelo preso em um rabo de cavalo perfeito, a postura confiante e equilibrada. O time de torcida está cuidadosamente alinhado atrás dela, observando tudo com a respiração calculada. Ela me pega olhando e dá uma piscadela. Uma pontada estranha de afeição surge no meu peito.

O juiz lança a bola para o alto, e o jogo começa.

***

Alguns minutos dentro do segundo período, tenho a certeza de que nós vamos ganhar. É impossível negar o nosso dinamismo, nossa energia, a eletricidade que percorre os fãs. Danielle afunda dois arremessos seguidos, a ansiedade completamente evaporada. Googy pega um rebote direto das mãos de Tally. Eu consigo roubar duas bolas dentro de dois minutos e ouço minha família gritando meu nome.

E no terceiro período, quando estamos na frente por dezesseis pontos, intercepto um passe de Tally que era para ser para a armadora principal. É um roubo garantido que me faz correr pela quadra, o aplauso da plateia ecoando nos meus ouvidos, a bola certa e segura sob a minha mão. Faço uma bandeja fácil e dou a volta na cesta com um sorriso tão grande que minhas bochechas doem. Gunther, vestido com a fantasia de Rena Lutadora, irrompe na quadra e me pega para um abraço, e todo mundo grita, rindo, mesmo depois do árbitro ameaçar marcar uma falta técnica.

No fim, nós vencemos com uma vantagem robusta de onze pontos. Para mim, parece que acabamos de ganhar ouro olímpico. O barulho na quadra é tão alto que faz minha cabeça doer, mas não consigo fazer nada a não ser sorrir e me abraçar a Danielle, que começa a chorar de felicidade.

Quando fazemos fila para apertar as mãos das nossas oponentes, eu nem olho duas vezes para Tally. Naquele momento, estou tão longe dela que esqueço que é dela que eu estava tentando ganhar — e que ainda tenho um caminho a percorrer. Eu me desfaço da formação para encontrar a minha família, a família de Danielle, Gunther e Kevin descendo das arquibancadas para nos abraçar.

E atrás deles, logo depois de terminar a coreografia de vitória, está Irene.

— Incrível o que um pouco de confiança faz, hein? — ela me diz no meio da loucura. Seus olhos estão incandescentes; o rosto inteiro brilha. Meu botton está preso no uniforme de líder de torcida dela.

Não consigo me concentrar o bastante para responder; sou agarrada por todos os lados pelas minhas colegas, minha família, meus amigos. Só o que eu sei é que os sorrisos que estamos dando uma para a outra são tão verdadeiros quanto a contagem de pontos no placar.

***

A situação no Empório é selvagem. Do lado de fora, perto dos trilhos, pessoas estão acendendo fogos. Dentro da garagem, o ar é abafado e quente. Honey-Belle acendeu as luzes pisca-pisca, Gunther serve gemada em copos verdes, e alguém inflou os Papais Noéis do jardim. Tudo parece lotado, íntimo e vivo.

Danielle está eufórica. Ela trocou o short do jogo pelo seu favorito, da Adidas, mas ainda está vestindo a camisa como se fosse um distintivo de honra. Noto que ela lavou o rosto e se maquiou também. Os cílios, que são naturalmente longos, parecem ainda mais grossos e bonitos na penumbra da garagem. E talvez seja só minha imaginação, mas acho que Kevin está notando.

Honey-Belle está no modo anfitriã, o uniforme de líder de torcida incrementado com um boá de penas brilhantes. Ela me parabeniza pela quinta vez e me aperta tão forte que machuca meu pescoço. Gunther sorri para ela como um filhotinho.

Pela primeira hora da festa, minhas colegas e eu somos recebidas com abraços e bebidas e vídeos do jogo. Alguém bota chifres de rena na minha cabeça e me diz que fui a jogadora mais valiosa do jogo, e eu coro, sem me importar quando minhas bochechas ficam da cor do meu cabelo. Eu mal falo com Irene, mas fico com a sensação de que ela está me deixando curtir o momento. Quando eu a vejo do outro lado da garagem, ainda usando o uniforme de torcida, ela sorri e me lança outra piscadela nada característica.

— Oi! — Honey-Belle grita para a sala. — Oi! Parem a música! Quero fazer um brinde!

O baixo para e as pessoas se aproximam mais do centro do cômodo. Gunther passa uma gemada para Honey-Belle que transborda pela beira.

— Cadê a Irene? — grita Honey-Belle. Ela olha para mim. — Scottie, cadê a sua garota?

Algo faz meu rosto corar; eu não consigo respirar para respondê-la.

— Irene! — berra Honey-Belle. — Vem até aqui! Vamos fazer um brinde!

Irene percorre o caminho até ela, revirando os olhos, mas rindo do entusiasmo de Honey-Belle. Ela me entrega o copo de água como se fosse um gesto impensado, e percebo que a estou encarando sem querer. O rímel parece levemente borrado embaixo de seus olhos; sua pele está úmida e brilhante. O perfume amadeirado paira ao nosso redor.

— Um brinde às Renas Lutadoras! — Honey-Belle grita. — Nós com certeza vamos ganhar o campeonato esse ano! E um brinde maior para a nossa melhor jogadora da noite, Scottie Zajac!

Nunca me senti tão importante na vida. As pessoas batem nas minhas costas com tanta força que quase caio. Eu até ganho de Gunther um beijo na cabeça. Os aplausos param quando as pessoas tomam as bebidas. Então há mais aplausos e gritos e mais mãos me parabenizando.

— Irene, hora de demonstrar um pouquinho de amor! — proclama Honey-Belle.

Eu me viro com meu estômago embrulhado e vejo Irene encarando Honey-Belle boquiaberta, mas só dura um segundo. Ela se endireita e me puxa para o abraço obrigatório, o sorriso no rosto dela me dizendo que a gente devia ter no mínimo esperado uma coisa dessas. Os braços dela se apertam ao meu redor, e rezo para que ela não consiga sentir o meu coração acelerado contra sua pele quente.

Mas não é o suficiente para Honey-Belle.

— Ah, qual é, Irene, vai com mais vontade! — ela repreende. — Sua namorada arrasou no jogo! Ela não merece um beijo?

Irene parece encurralada. Meu coração bate mais forte do que na quadra.

A multidão concorda com Honey-Belle. Eles estão gritando para Irene se soltar, para demonstrar mais amor. Danielle congela entre o choque e uma risada. Charlotte Pascal exibe uma expressão peçonhenta.

— Puta que pariu, Irene! — Honey-Belle grita. — Aproveite a merda do momento!

Irene se vira para mim. Há um ar de desafio nos olhos dela, mas também uma pergunta. É como se estivéssemos tendo uma conversa sem palavras, e quando os olhos dela desviam para minha boca, eu sei o que vai acontecer antes mesmo do fato se concretizar.

E não faço nada para impedir.

Irene pressiona o corpo contra o meu, coloca a mão no meu pescoço. Eu sinto o seu toque como nunca senti o de ninguém antes. Tudo que consigo ver são os olhos dela, escuros e incandescentes, firmes e certos, quase desafiadores.

Ela me puxa e me beija.

Uma faísca acende na minha barriga, no meu peito. O beijo é mais gentil do que eu teria esperado, mas também bem firme. Sua boca é macia e quente. Ela tem um leve gosto de sal.

Irene se afasta e diz algo para a multidão, mas eu estou em meio a uma neblina. Meu corpo inteiro está quente e trêmulo.

Meus olhos encontram apenas Danielle, ali de boca aberta, e sei que ela consegue ver a sinceridade no meu rosto. Desvio o olhar antes que ela possa enxergar bem demais.

Honey-Belle solta um gritinho deliciado. Ela agarra Irene em um abraço que a amiga tenta resistir. Fico consciente das pessoas me observando, e eu me lembro que é para eu parecer feliz e apaixonada. Forço um sorriso e finjo que Irene já me beijou assim centenas de vezes. Só pensar nisso faz a minha cabeça girar.

Quando Irene finalmente encontra meu olhar, tem algo na expressão dela que eu nunca vi antes. Eu quero segurar e me afastar disso ao mesmo tempo. Enfatizo demais o meu sorriso e consigo dizer que vou pegar outra bebida, mas, quando eu me viro, consigo sentir os olhos dela me seguindo.

✳✳✳

Pela milésima vez no ano, eu desejo poder ir para casa com alguma outra pessoa. Só que esta noite, não é porque eu a odeio.

É porque não consigo mais negar que eu *gosto* dela.

— Pronta? — Irene pergunta, girando as chaves do carro no dedo. É um tique nervoso que não parece combinar com a sua personalidade de jeito nenhum, e quero fazer uma provocação, mas as palavras morrem na minha garganta.

Há um momento insuportável de silêncio quando entramos no carro dela, mas ela liga a música e coloca o volume mais alto que o normal. É uma música horrível que tenho quase certeza de que nenhuma de nós duas gosta. Ambas ficamos pigarreando e mudando de posição no carro enquanto esperamos no primeiro sinal vermelho.

Parece estranho dizer que existe algum tipo de cenário normal com Irene, mas se nós estivéssemos sendo normais, estaríamos superando esse estranhamento. Teríamos forçado o assunto do beijo, mesmo que fosse excruciante. Ficaríamos zoando a cara uma da outra sobre quão estranhas estamos sendo.

Mas alguma coisa mudou. Foi uma mudança que consigo sentir no ar entre nós. Quero muito voltar para o nosso bate-boca de sempre, mas minha língua parece pesar como chumbo contra os meus dentes.

É só depois que chegamos na minha calçada que Irene quebra o silêncio.

— Então… poderia ter sido pior.

Encaro o painel. Seja lá o que eu estava pensando que ela diria, não era isso. Será que eu estava esperando por algo mais real?

— Quer dizer — ela continua, respirando fundo —, acho que eles precisavam de uma prova em algum ponto, ainda mais depois daquela idiotice da Charlotte. Sem contar que Honey-Belle é sedenta por essas coisas.

— Certo.

A música continua tocando. O carro zumbe abaixo de nós.

— Hum — Irene diz.

Eu olho para ela, esperando.

— Sim?

Ela pisca no espaço entre nós. Eu odeio o quão linda ela é, com seus olhos escuros e lábios grossos. Odeio que isso faça meu coração estremecer.

— Você jogou muito bem hoje à noite — ela diz, dando de ombros. Está tentando soar distante, mas ouço o tremor em sua voz.

— Obrigada — consigo dizer.

— Foi do jeito que você achou que seria?

Que pergunta. Eu tinha fantasiado um milhão de vezes em vencer o Clássico de Natal, mas nunca tinha imaginado beijar Irene depois. E com certeza nunca imaginei que eu *sentiria* alguma coisa ao beijá-la.

— Aham — solto, sem fôlego. — Foi ótimo.

Há um silêncio carregado entre nós. Eu não consigo mais suportar.

— Então... te vejo mais tarde — falo, deslizando para fora do carro. — Obrigada pelo... pela torcida e tudo mais.

— Boa noite — ela diz, tentando encontrar meus olhos. — E, sabe, parabéns pelo jogo.

***

Já passa da meia-noite, mas a minha família ainda está acordada. Eles querem ouvir mais sobre o jogo, me falar sobre cada preocupação e triunfo que sentiram enquanto eu estava jogando, e por alguns minutos, isso me distrai com sucesso. Aproveito a rotina aconchegante de nós cinco deitados no sofá juntos, Thora com seu sarcasmo, Daphne com suas risadinhas e meus pais com suas piadas cafonas.

Mas então mamãe me diz o quão bonita Irene estava no jogo, e meu estômago faz uma montanha-russa de um jeito surpreendente.

— É, ela estava bonita — concordo vagamente. Tento não sentir o eco do beijo dela, mas os meus lábios estão formigando tanto que posso jurar que estão ficando inchados.

— Você parece cansada, Scots — papai observa. — Por que não vai pra cama e descansa os músculos?

Eu não discuto. No andar de cima, na escuridão fria do meu quarto, eu me enfio debaixo das cobertas e mexo no celular para me esquecer um pouco das coisas. O problema é que exatamente o oposto acontece. Um dos trigêmeos Cleveland postou um vídeo de Irene me beijando.

E nós parecemos... *um casal*. Parece real. Parece que combinamos.

Fico sem fôlego mais uma vez.

Mas, quase por reflexo, meu próximo pensamento vai direto para Tally. Ela sem dúvidas vai ver isso. Vai partir o coração dela, do mesmo jeito que o meu se partiu quando a vi beijando outra menina na festa de Charlotte? Ela vai ver os sentimentos estampados no meu rosto? Vai acreditar que segui em frente de verdade?

E, além de tudo, será que eu devia estar pensando em Tally?

Foi do jeito que você achou que seria?, Irene me perguntou no carro.

A minha resposta mais cedo talvez tenha sido sim, mas não é mais. Porque eu definitivamente nunca teria imaginado que, poucas horas depois de ganhar de Candlehawk no Clássico de Natal, eu fosse dormir chorando.

13

As férias de Natal começam com uma tempestade. Nunca esfria o suficiente para nevar antes do Natal, mas acho que *alguma coisa* precisa cair do céu. Por dois dias, a chuva bate contra as janelas e empurra as nossas decorações infláveis de bonecos de neve contra a grama. Nós ficamos dentro de casa e tentamos matar o tédio com filmes natalinos. Quando nos cansamos disso, Thora insiste para que tiremos uma foto para um cartão de Natal que ela quer mandar da família dela.

— Você quer dizer *nossa* família? — pergunto.

— Não, eu tô falando de mim, Picles e BooBoo.

Ela se veste em veludo verde e se posiciona à frente da lareira com os gatos no braço. Daphne consegue capturar um total de três fotos decentes até Picles arranhar o suficiente para conseguir escapar.

Quando o tempo finalmente abre, Danielle e eu vamos às compras para os presentes de família. Daphne vai junto, pelo que sou grata, porque isso significa que Danielle não vai ter nenhuma chance de perguntar sobre Irene. Nós damos uma volta na cidade, indo no shopping, na livraria, na loja de antiguidades. Nenhuma de nós sugere ir para Candlehawk.

— Thora trabalha hoje? — Danielle pergunta depois de entrarmos na loja de cosméticos para comprar bombas de banho. — Nós deveríamos passar no Chaminé. Estou morrendo de vontade de comer picles frito.

— Acho que eu tomaria uma piña colada sem álcool — Daphne diz. — Fazer compras é estressante. Eu preciso de algo para relaxar.

— Sim, senhora — digo, passando meu braço no ombro dela.

Para falar a verdade, já estou de saco cheio de fazer compras há pelo menos uma hora. Eu já escolhi presentes para mamãe, papai e Thora, e agora tudo começa a me lembrar ou de Tally ou de Irene. Não posso comprar um presente para nenhuma delas, ainda que por razões inteiramente diferentes.

Nós entramos na taverna quente e agitada que é o Chaminé. Thora nos vê e acena para a garçonete nos levar para nossa mesa favorita, que fica perto do jukebox. Nós deslizamos nos assentos altos da cabine e recebemos uma cesta de picles frito dentro de dois minutos.

— Thora é a melhor — Danielle diz, devorando o lanche. — Ela sempre sabe exatamente o que a gente quer.

— Ela é boa com pessoas — Daphne diz, astuciosa. — Isso é o que mamãe sempre diz.

— Como é que eu fiquei sem esse gene? — pergunto.

— Você é boa com pessoas — Danielle diz. — Talvez não do mesmo jeito que Thora, mas você é boa o suficiente.

— Uma confirmação exultante. Obrigada.

Danielle dá de ombros.

— Irene é a única outra pessoa que sei que chega no nível de Thora.

Eu não digo nada, tentando manter a minha expressão neutra.

— É por isso que Thora não gosta dela? — Daphne pergunta.

Eu olho para minha irmã.

— Ela disse isso?

— Hum. — As orelhas de Daphne ficam vermelhas, um gene que eu e minhas irmãs definitivamente compartilhamos. — Então, acho que ela só quer te proteger.

— Thora não gosta de ninguém que eu namoro — resmungo.

Como se fosse a sua deixa, Thora aparece do nada, trazendo duas piñas coladas sem álcool para Daphne.

— Ouvi meu nome?

— Não — digo, evitando os olhos dela.

— Estamos falando da vida amorosa de Scottie — Danielle diz. Por cima da porção de picles, eu a fuzilo com o olhar.

— Ah, sim, a vida *amorosa* — Thora diz.

— Por que você tem que falar desse jeito? — pergunto.

— Porque eu não sei se envolve amor de verdade?

Meu rosto queima. Cerro meus dentes e tento não perder a compostura.

— Nem mesmo com Irene? — Daphne pergunta. O sorriso dela fica travesso. — A irmã da minha amiga mostrou o vídeo dela te beijando no Empório. Foi tão romântico.

— Isso foi... Ah, que seja. — Estou muito consciente dos olhos de Thora em mim.

— *Foi* romântico? — Daphne pergunta sem fôlego.

— Não — digo, curta.

Ao mesmo tempo em que Danielle diz:

— Sim.

Eu a encaro para valer dessa vez, mas ela retribui o olhar em desafio.

— Eu só não quero que Scottie se machuque — Thora afirma, categórica.

— Irene não vai machucar ela — Danielle garante.

— Dá pra gente parar de falar de mim como se eu não estivesse sentada bem aqui?

Thora e Danielle se contêm, as duas suspirando. Daphne dá um tapinha nas minhas costas e desliza a piña colada extra pela mesa.

— Pode beber — ela diz, sábia. — Vai ajudar nos nervos.

Inalo a bebida açucarada e deixo a conversa me embalar. Meu corpo todo parece que foi agredido, como se minhas emoções estivessem lutando sumô umas com as outras. Não importa o quanto Danielle a traga para conversa: eu *não quero* falar sobre Irene. É confuso demais. Como posso estar gostando dela e em luto por Tally ao mesmo tempo? Porque é isso que estou sentindo: luto. Eu posso até ter pensado que estava finalmente superando Tally, ainda mais com toda a alegria do basquete, mas beijar Irene trouxe toda a sensação de coração partido de volta. O beijo dela foi o primeiro desde o término e, mesmo sendo ótimo, foi *diferente*. Fez todos os outros sentimentos aflorarem de novo.

Eu só queria poder colocar todos esses sentimentos novos por Irene numa caixinha, colar uma etiqueta de "não abrir até o luto pelo término acabar" e guardar a caixa no sótão, longe da vista, longe do pensamento. Quer dizer, eu nem sei se essa tremulação de empolgação que eu sinto *significa* que gosto dela. Não penso em Irene o tempo todo como fazia com Tally. Não checo as redes sociais dela de maneira obsessiva. Eu sinto a falta dela, mas não estou prestes a explodir de saudades. Eu nem falo com ela há dias. Isso é normal?

E por baixo de todos esses sentimentos confusos, tem uma vozinha maldosa que aparece cada vez que eu me imagino beijando Irene de novo. Uma voz que é profundamente interligada com a mesma insegurança que Tally me fazia sentir.

Irene fez seu carro ser guinchado. Ela te humilhou. Ela ficou lá, te observando friamente, enquanto você chorava.

Como posso conciliar ter sentimentos por alguém que fez bullying comigo? Se eu me sinto atraída por garotas que me machucam, o que isso diz sobre minha autoestima?

***

Na noite da véspera de Natal, minhas irmãs se amontoam nas japonas enquanto visto uma blusa de lã e insisto que está quente o bastante mesmo não estando. Mamãe está usando seu lindo casaco cor de creme, e papai veste a jaqueta marrom velha que tem cheiro de menta. Nós saímos de casa e começamos a caminhada para a igreja de São Gabriel para a missa da vigília. O ar está estaladiço e estagnado, frio o bastante para parecer romântico.

Daphne aponta para as guirlandas nas portas dos vizinhos. Mamãe e papai esnobam as ideias de decoração dos Haliburton-Rivera, que se resumem a uma única bengalinha doce de cerâmica solitária pendurada na janela do saguão. Thora tira uma foto de mamãe mostrando a língua.

Nós viramos para a rua principal e passamos na vizinhança de Irene. Tento não pensar nela, mas é como tentar não visualizar a cor vermelha.

A igreja está começando a encher quando nós chegamos. Flores bico-de-papagaio se alinham na entrada e um presépio de madeira adorna o altar. A igreja cheira a incenso e perfume de gente velha, e o eco das vozes é feliz e caloroso. Nós deslizamos para um banco vazio nos fundos e tiramos nossos casacos.

— Olha só, a Regina George está aqui — Thora diz, seca.

— Quê?

Eu sigo o olhar dela para o lado oposto da igreja. Irene está ajoelhada em um banco com a família dela, vestindo um suéter verde-jade, com o cabelo escuro cascateando ao lado. Meu sangue esquenta; minha respiração falha.

— Você não sabia que ela ia estar aqui? — Thora pergunta.

— Eu nem sabia que a gente frequentava a mesma igreja.

— Vamos jogar água benta nela. Talvez ela entre em combustão.

Irene deve sentir o meu olhar, porque vira a cabeça e encontra meus olhos. Eu me sinto corar, mas não desvio o olhar. Ela abre um sorrisinho e ergue uma das mãos para me cumprimentar.

Retribuo o aceno. Então abaixo a cabeça e finjo estar rezando solenemente. Mesmo do outro lado da igreja, consigo vê-la revirando os olhos.

***

Quando a missa acaba, fico ansiosa para ir embora e conseguir alcançar Irene no estacionamento. Passei os últimos dez minutos pensando no que eu faria. Posso estar confusa sobre meus sentimentos por ela, mas isso não quer dizer que vou perder minha chance de lhe desejar um feliz Natal.

Lanço um olhar para os meus pais, me perguntando quando vão estar prontos para sair, mas eles estão cantando o último verso de "Eis dos anjos a harmonia" como se a vida deles dependesse disso. Finalmente, depois que o coral acaba e a maioria das pessoas já foi embora, mamãe e papai pegam seus casacos e gesticulam para irmos também. Estou tão agitada que pulo na ponta dos pés.

Porém, eu não precisava ter me preocupado. No segundo que saímos, sinto um puxão pelo cotovelo.

— Não sabia que você curtia tanto os hinos de Natal — Irene diz. Ela está sozinha, e a família não está por perto. O batom dela brilha contra a luz do lado de fora.

Eu pisco, tentando achar minha voz.

— Eu sou muito devota.

— Aham.

— Não dava pra sentir as minhas orações indo na sua direção? *Querido Deus, por favor abençoe minha inimiga cruel nesse Natal, mesmo que ela* seja *uma líder de torcida…*

— Hum. Acho que minha oração pra você conseguir um senso de humor melhor não funcionou. — Os olhos dela brilham enquanto observa meu rosto. — Ei. Você quer dar uma volta por aí e ver as luzes?

— Ah. Hum. — De repente, fico atrapalhada. Por algum motivo, meu cérebro foca na logística. — Estou sem meu carro. A gente andou até aqui.

— Eu estou com o meu. — Os olhos dela ganham aquele aspecto desafiador que ela tinha na festa no Empório. — Dá pra gente ir tomar chocolate quente. Eu pago.

Minha família nos observa agora. Thora está com os braços cruzados. Daphne parece encantada. Mamãe e papai sorriem animados.

— Oi, Irene! — mamãe cumprimenta.

Agora é a vez de Irene de ficar desconcertada.

— Ah, ei, oi! Bom ver vocês. Feliz Natal. *Feliz Navidad*. Boas festas.

— Você está tagarelando — digo baixinho.

Ela me olha diretamente.

— Chocolate quente?

— Hum, sim. Mãe, pai?

— Chegue em casa antes da meia-noite — mamãe avisa, com uma piscadela.

— Aproveitem o cenário romântico! — papai diz, mas já estou puxando Irene pela mão e a levando para longe.

— Desculpa por isso — murmuro.

— Eu amo seus pais — ela diz, tranquila.

Por algum motivo, ainda estamos de mãos dadas. Eu solto a dela e pigarreio. Nós entramos no carro de Irene, que liga o ar quente e ativa o aquecedor do banco. Parece familiar e novo ao mesmo tempo.

— Não sabia que você era católica — comento, enquanto saímos do estacionamento da igreja.

— Também não sabia que você era.

— Os dois lados da família. Irlandês e polonês.

— Os meus dois lados também. Meus avós são de Kerala.

— Legal — digo, mesmo sem fazer ideia do que aquilo significa.

Ela sorri torto porque sabe bem disso.

— Como está indo aquela aula de História Europeia, hein?

— Cala a boca. Eu vou jogar no Google depois.

No Doce Noelle, ela passa pelo drive-thru e pede dois chocolates quentes com chantilly.

— Eu posso pagar o meu... — falo.

— Não começa. — Ela saca a carteira. Sua voz é quase carinhosa, mas ela pigarreia e corrige. — Estou com uma

A Jogada do Amor   **189**

grana extra no momento. Tem uma nerd me pagando pra namorar com ela.

— Rá, *rá*. — Não consigo dizer mais nada porque ela está sustentando o meu olhar com um sorriso que só pode ser descrito como *flerte*, e sinto que meu estômago está cheio de raios de sol.

— Sabe qual é a melhor rua para ver decoração de Natal? — Irene pergunta. Ela está dirigindo com uma mão só, tomando o chocolate quente com a outra. As unhas estão pintadas de um vermelho da cor da roupa do Papai Noel. Me pergunto o que aconteceria se eu esticasse meu braço e pegasse na mão dela de novo.

— Não sei — respondo, tentando soar calma.

— Bom, pra sua sorte, eu sei.

Nós acabamos do outro lado da cidade, perto da praça. Irene vira em uma esquina, então em mais outra, completamente no controle da direção. Imagino a família dela dirigindo para cá todo ano para ver as luzes. Será que é uma tradição deles? Será que ela compartilhou isso com mais alguém? Será que trouxe Charlotte aqui?

— Olha só — ela diz, virando na última rua.

Somos bombardeadas por uma fileira reta de pisca-piscas, tão brilhantes que a própria rua fica iluminada com o reflexo. Ao menos uma dúzia de casas compartilha essa magia, algumas delas cobertas por bulbos incandescentes de ouro sólido, outras, como joias brilhando em cores diferentes. É estímulo demais, do melhor jeito.

— Uau. — Eu me inclino para a frente no banco. — A Honey-Belle sabe que isso existe?

— Quem você acha que me mostrou isso?

— Eu devia ter imaginado. É bem a cara dela.

Irene ri, contente.

— É por isso que eu amo Grandma Earl. A gente faz o que quiser, sem nenhuma pretensão nisso.

Olho para ela.

— Nem todo mundo se sente assim.

— Pois deveriam. — Ela diz isso com a convicção de sempre, os olhos fixos na ambientação deslumbrante na nossa frente. — Esse lugar é especial. As pessoas são especiais. Sinto isso cada vez que fazemos a torcida de um jogo de futebol americano. — Ela olha para mim. — Ou de basquete feminino.

— Boa.

Ela finge que faz uma reverência. É tão ridículo, tão diferente dela mesma que eu solto uma gargalhada.

Nós seguimos em frente lentamente, observando cada casa por onde passamos. Irene decide que sua favorita é a brilhante que parece um rancho e tem bonecos de papelão do Charlie Brown patinando no gelo. A minha é um sobrado ofuscante com silhuetas de renas no telhado. O rádio toca "Last Christmas" do Wham!, e nós duas esticamos a mão para aumentar o som ao mesmo tempo. Nossos dedos roçam e sinto a eletricidade correr pela pele, forte o bastante para energizar essa rua toda cheia de luzes.

✳✳✳

— Você está com pressa de voltar pra casa? — pergunta Irene quando dirigimos de volta.

— Não, por quê?

— Vamos parar na minha casa um minuto. Eu tenho uma coisa pra você.

Meu coração acelera.

— Tipo um presente?

— Não, tipo uma infecção. — Ela me olha de soslaio. — Claro que é um presente.

Nós paramos na calçada, um lugar no qual já estive tantas vezes, e entramos na casa dela, um lugar que só imaginei. Uma parte desconjuntada do meu cérebro, a que vive em um universo alternativo onde nada disso jamais aconteceu, não consegue processar o que estou fazendo aqui, me esgueirando na casa de Irene Abraham na véspera de Natal.

A casa é aconchegante e tem luzes baixas. O esquema de cores é diferente da casa da minha família: mais tons sépia e tangerina, madeira e superfícies de mármore. Há um baú ornamentado na cozinha com um elefante de porcelana como peça de centro. Eu conto duas máquinas de café no balcão. Irene tira as botas e as coloca na sapateira perto da porta, e então gesticula para que eu faça o mesmo. Um golden retriever vem até nós e Irene se abaixa para acariciar as orelhas dela.

— Oi, Mary.

Eu dou risada.

— O nome da sua cachorra é *Mary*?

Ela revira os olhos.

— Meu irmão que deu o nome quando ele estava aprendendo sobre o presépio. Meu pai a chama de "Santa Maria, mãe do Cão".

— Eu estou obcecada pelo seu pai. Aquela jaqueta bomber que ele estava usando na igreja? Icônica.

Ela me observa por um instante.

— Vem ver a árvore.

Ela puxa meu punho, mas rapidamente o solta. Eu a sigo para a sala de estar, onde ela se senta em cima dos pés ao lado da árvore de Natal brilhante. Eu hesito antes de me abaixar ao lado dela.

— É de plástico — ela fala. — Minha mãe se cansou das folhas.

— É linda mesmo assim.

Eu toco em uma lâmpada dourada do pisca-pisca. É calorosa, e depois me queima. Estico a mão para uma bolinha de ornamento. É feita de papel de reciclagem. O tipo de coisa que uma criança traz para casa da escola.

— Ai, meu Deus — murmuro, encontrando a foto que está grudada no meio. — Por favor me diga que essa é você.

— Claro que é. Olha só para o estilo.

A pequena Irene usa uma tiara com strass, um suéter de bolinhas e um sorriso banguela. Ela devia ter seis ou sete anos. Não tem a cicatriz na sobrancelha, mas os olhos são exatamente os mesmos.

— Chega disso — Irene fala com uma risada meio constrangida. — Aqui.

Ela me entrega uma caixa muito bem embrulhada. Eu abro o papel da maneira mais gentil que consigo, extremamente consciente de seus olhos me observando. Quando termino de abrir a caixa, encontro um relógio preto de tira grossa, exatamente do estilo que eu escolheria para mim.

— Eu...

— Guardei a notinha caso você queira trocar.

— Não, eu amei — falo, sem fôlego. — Eu não tenho relógio.

— Eu sei. — O tom dela muda para algo mais familiar. — Achei que seria útil pra te ajudar a chegar na hora.

Os olhos dela estão dançando. Quero desviar deles, mas a chance para isso já passou. Estou olhando para ela, e ela olha para mim, e é tarde demais para fingir qualquer outra coisa.

Ela morde o lábio.

— Bom… vamos ver como fica.

Irene prende o relógio no meu punho. Os dedos dela na minha pele são como fogo. Nunca parei para notar nossas mãos juntas, o contraste nos tons de pele, na interação dos dedos dela cheios de anéis polidos e minhas unhas roídas. Ela tem uma cicatriz branca no nó dos dedos que brilha tão clara quanto a da sobrancelha. Sem pensar, passo o dedo em cima dela.

— Babyliss — ela conta. — Sétimo ano.

Irene entrelaça nossos dedos.

— Minhas mãos estão suadas — sussurro, como se estivesse dando a ela um motivo para soltar.

— Não brinca — diz, com o mesmo brilho no olhar.

Encaro a boca dela. Quero tanto me inclinar, mas aonde isso iria me levar? O que isso significaria?

— Scottie — ela diz, baixinho. — Não pense demais.

— Pensar demais no quê?

— Em me beijar.

Solto uma risada inesperada, porque essa é a suposição mais Irene do mundo.

— Meu Deus, você é tão convencida.

— Eu estou certa.

— Não sei o que você quer que eu diga.

— Diga que vai em um encontro comigo. Em um de verdade.

A sugestão paira no ar entre nós. Observo seus olhos, e ela permite. A sinceridade neles me assusta tanto que preciso desviar.

— Scottie. — A voz dela é um sussurro. — Eu gosto de você. É louco e inesperado, mas é isso. Alguma coisa está funcionando aqui.

— Você não pode gostar de mim. Isso não é... A gente não é...

— O quê?

Eu balanço a cabeça.

— Essa coisa toda começou porque a gente se odiava, então a gente teve um acidente de carro e eu te paguei pra ser minha namorada.

— Sim, vai ser uma história ótima pra contar pros nossos filhos. Dá pra você descontrair? É permitido a gente gostar uma da outra.

Viro o meu rosto.

— Eu não entendo. Você poderia ter *qualquer uma*.

— Você também, sua babaca. Por que qualquer pessoa gosta de outra? A gente só gosta. É bem simples.

— Mas eu... eu sou...

— Ruiva? — Ela solta um muxoxo. — É, também foi surpreendente pra mim, mas eu meio que tinha um crush na Anne de Green Gables no segundo ano.

Solto uma gargalhada.

— Cala a boca — digo.

Ela sorri. É um sorriso aberto, sincero e cheio de desejo.

— Eu amo quando faço você rir.

Nós nos encaramos de novo. Meu coração está batendo forte embaixo do meu suéter. Irene se inclina levemente, e eu também, e nós hesitamos só por um instante.

— Não pense demais — sussurra de novo.

Nossas bocas se encontram com facilidade. É tão incrível quanto o beijo no Empório, mas dessa vez é só para nós. Ela pousa a mão no meu queixo e me beija com tudo, e perco o fôlego, leve e atordoada com a mera existência dela. Lábios e boca e dentes; seu cabelo, sua pele, seu perfume; mas mais do que tudo, sua própria essência, o fogo e as falhas e a determinação de aço de ser a melhor, de sempre ser a melhor.

Não me permito pensar nas coisas que não resolvemos: o guincho, a crueldade dela e a mágoa que não consigo conciliar. Mas, ainda mais complexo do que isso, tem a dor que venho carregando, que não tem nada a ver com Irene e tudo a ver com a última garota que eu amei e a cratera que ela deixou dentro de mim.

— Está tudo bem? — Irene pergunta.

Eu me afasto e limpo as lágrimas das minhas bochechas.

— Desculpa. São só… umas emoções idiotas.

Os olhos dela relampejam sob o brilho das luzes da árvore.

— Quer conversar sobre isso?

Nós ficamos pairando à beira de algo. Está tudo tão silencioso que consigo ouvir o tique-taque do meu relógio novo.

— Posso te perguntar uma coisa? — peço. — Você superou a Charlotte?

Ela inclina a cabeça, buscando algo em mim. Eu me pergunto se ela pode ver a verdade no meu rosto: que quero que ela diga que não. Quero saber que não estou sozinha com essa dor, com essa confusão. Quero saber que ela entende a sensação de estar se apaixonando por um amor novo enquanto ainda sangra por um amor velho.

— Sim, superei. — Ela afasta uma mecha do meu cabelo da testa, seu toque muito gentil. — Mas você ainda não superou a Tally, né?

Meus olhos queimam com mais lágrimas. Dou a ela a única verdade que posso.

— Eu quero superar.

Ela engole em seco e assente, solene.

— Do que você precisa?

— Não tenho certeza.

— Pense um pouco nisso.

Nós ficamos imóveis. Minhas emoções estão completamente embaralhadas. Traço meu dedo pela cicatriz do babyliss de novo, mas, antes de ela pegar minha mão, eu me afasto.

— Você pode me levar pra casa?

A expressão de Irene desaba.

— Tá, claro.

Ela oferece a mão para me levantar do chão. Ficamos em silêncio enquanto colocamos os sapatos, abotoamos os casacos e faço um carinho de despedida em Mary. Entramos de novo no carro dela e percorremos o caminho de trinta segundos até minha casa.

— Scottie — Irene chama quando faço menção de sair do carro.

— Hm?

— Leve o tempo que precisar. Vai ficar tudo bem.

Eu dou a ela o sorriso mais corajoso que consigo. Não tenho certeza de quando vou vê-la de novo.

— Feliz Natal, Abraham.

Ela me devolve um sorriso triste.

— Feliz Natal, Zajac.

14

Minhas irmãs me acordam na manhã de Natal colocando BooBoo e Picles em meu peito. A princípio, enquanto saio do meu estado de sono, tudo o que sinto é a pressão gostosa de patinhas de gato. Só que aí Picles decide colocar a bunda na minha cara.

— Ai! Qual é! — grito, atirando as cobertas para longe. Picles sai correndo e se esconde embaixo da minha escrivaninha. BooBoo continua na cama, lambendo as patas.

— Feliz Gatal! — Daphne diz. — Você acha que o Gato Noel veio?

— É isso mesmo, BooBoo, não deixe ninguém te assustar — Thora diz, acariciando onde ele está se espreguiçando no meu travesseiro extra. — Vamos lá, Scots, hora de abrir presentes!

— Ainda não estou a fim — digo, virando as costas. — Me deixem dormir.

Não quero levantar e encarar o dia, não quando ainda estou sentindo o peso de ontem no coração, mas minhas irmãs praticamente me arrancam da cama. Daphne enfia uma touca de Papai Noel na minha cabeça e as duas me levam para o andar de baixo, onde mamãe e papai tomam café com pijamas combinando.

— Olha só como estamos fofos! — papai diz, esticando os braços para que eu veja a estampa de elfo na blusa verde do pijama.

— Feliz Natal, querida! — mamãe diz, me embalando em um abraço. — Você e Irene se divertiram ontem? Se beijaram embaixo do visco?

Minhas bochechas coram, mas não pela razão que eles acham.

— Vocês duas são um casal bonito — papai fala. — Ano que vem vamos arrumar pijamas combinando pra vocês também.

— Podem parar? — Meu tom é azedo mesmo quando não quero que seja. Sinto que posso chorar a qualquer momento.

— Toma, sua pirralha — Thora diz, pressionando uma xícara de café e um biscoito de canela na minha mão. — É melhor tomar isso. Vire essa cara feia de Grinch para o outro lado.

Nós abrimos os presentes em turnos. Daphne se espanta com o seu primeiro perfume, um presente meu e de Thora. Mamãe solta um gritinho com o chapéu novo de jardinagem que papai escolheu para ela. Thora fica com os olho cheios d'água quando desembrulha os gorrinhos que Daphne tricotou para Picles e BooBoo.

Quando pego um presente grande e macio, mamãe se inclina para a frente na poltrona.

— Aaah, esse é o nosso favorito!

Rasgo o papel de presente, que revela uma jaqueta jeans vintage, que tem até botões de cobre, com um colarinho de pelo de carneiro.

— Uau — falo, passando a mão no material. — Eu realmente amo...

— Vire do outro lado! — papai diz.

A parte de trás foi bordada com o desenho de uma bola de basquete. Em uma letra cursiva, as palavras *eu dou a volta por cima* flutuam ao redor.

— Nós mandamos fazer especialmente pra você! — mamãe conta.

— É *fofo*, não é, Scottie? — Thora pergunta, em um tom de ameaça que diz "não acabe com a alegria deles".

Passo meus dedos pelo bordado cursivo. Para minha vergonha, minha garganta se fecha e meus olhos enchem d'água. As lágrimas caem antes que eu possa escondê-las.

— Scottie? — minha mãe chama. — Está tudo bem, amor?

Preciso dar tudo de mim para me controlar. Eu *não vou* arruinar a manhã de Natal admitindo que a minha resiliência é de fachada, que eu literalmente comprei a confiança pela qual eles estão parabenizando.

— Eu só fiquei emocionada. Obrigada, gente.

Mamãe e papai sorriem um para o outro. Minhas irmãs trocam um olhar curioso, mas não dizem nada. Forço um sorriso e coloco a jaqueta por cima da blusa do pijama. Cabe quase perfeitamente.

***

Os últimos três dias de dezembro são os dias em que os Earl-Hewett colocam todo o estoque de decoração de Natal em promoção, então eu e Danielle nos planejamos para ir comprar coisas a preço de banana no Empório. Estamos na metade da prateleira de itens especiais, distraídas por um suéter de Chanucá que talvez Gunther goste, quando ela diz algo que me assusta:

— Então... eu vi Honey-Belle ontem no Munny, e ela me disse que Irene e você resolveram dar um tempo.

O tom dela é pesado, como se ela estivesse esperando para falar sobre isso a tarde toda. O ar entre nós muda imediatamente. Eu abaixo o suéter de Chanucá e me esforço para encontrar os olhos dela.

— Você vai mesmo me obrigar a falar sobre isso? — pergunto. — *Aqui?*

— Sim. — Ela tira o suéter da minha mão e o coloca de volta na prateleira. — O que tá acontecendo? Pensei que você gostasse dela. E é óbvio que ela gosta de você.

Engulo em seco.

— Eu gosto mesmo dela.

— Mas?

Eu sei que Danielle não vai ficar feliz com o que digo a seguir.

— Mas ainda estou tentando superar a Tally.

Danielle faz uma careta.

— Sério? *Ainda?*

— Dá pra você não me humilhar por isso também, por favor? Eu estou tentando ser sincera com você. — Minha voz estremece. — Sei que você a odeia. Sei que todo mundo odeia. Eu estou tentando odiá-la também, mas não *consigo*.

Deslizo até o chão, puxando os punhos da minha jaqueta jeans nova por cima das mãos. O piso de azulejo é frio sob as minhas calças.

Danielle desliza para se sentar ao meu lado. Nós ficamos encarando os globos de neve na estante à nossa frente.

— Você tem razão. Isso foi insensível da minha parte. Me desculpa. — Ela pausa. — Eu não odeio a Tally. Só odeio o jeito que ela fez você se sentir. E odeio que tudo que você fez nos últimos meses tenha sido por causa dela. É como se você nem fosse mais você inteira. Você é só essa... *reação*.

Ela soa como Thora. *Você é uma insegurança ambulante...* Eu mantenho meu olhar nos globos de neve e tento relaxar minha mandíbula.

— Uau, Dani, que ótimo sermão. Muito obrigada mesmo.

Os olhos dela encaram o meu perfil.

— Eu não estou tentando passar sermão. Estou tentando te falar a verdade.

— Você quer falar da verdade? — Eu me viro para ela. — Ótimo. Vamos falar sobre isso. Vamos falar sobre o Kevin.

As pupilas dela dilatam.

— Não tenho nada pra falar sobre o Kevin.

— Você tem muito o que falar sobre o Kevin.

— Kevin é nosso *amigo*. Eu não posso gostar dele assim do nada.

— É claro que você pode, você só não está se permitindo isso. Você tem literalmente tudo a seu favor. É a capitã do nosso time, tem notas ótimas, vai ser aceita por um milhão de faculdades, mas está se segurando quando se trata do Kevin mesmo que ele obviamente também goste de você.

— Você não sabe se ele gosta de mim — ela retruca.

— Nenhum de nós vai saber até você chamar ele pra sair. Pare de ficar com tanto medo.

— Pare de ser palestrinha, cara.

— É você que está sendo palestrinha *comigo*!

Nossas vozes ficam aceleradas. Nós nos afastamos uma da outra, bufando. A respiração de Danielle fica muito alta e irritada. Eu não consigo parar de cerrar meus dentes.

— Olha — Danielle diz por fim, o tom sério de novo. Ela cruza os tornozelos magrelos. — Você está certa. Eu sou uma covardona quando se trata do Kev. Eu não sei como fazer isso. Eu não sou boa em fazer coisas em que não sou boa naturalmente.

Isso me faz rir, o que quebra um pouco a tensão.

— É o *quê?* — pergunto.

— Namorar! — ela exclama. — Não sou boa em namorar! Escola é fácil. Basquete é fácil. As candidaturas pra faculdade são até *divertidas*. Mas como diabos eu vou entender *romance* quando parece a porra de uma língua estrangeira?

— Ai, meu deus. — Não consigo evitar, ainda estou gargalhando. — Você é uma CDF total que não sabe como ser ruim em alguma coisa.

Ela desce uma das mãos pelo rosto.

— Cala a boca.

— Como é que alguém pode ser *ruim* em namorar, Danielle?

— Foi difícil pra você, não foi? Eu não quero me machucar assim.

Isso me faz calar a boca. Nós voltamos encarar os globos de neve. Uma mulher mais velha com um colar de contas roxas passa por nós com o carrinho de compras, sorrindo como se fosse completamente normal ficar sentada no chão no meio de um corredor do Empório.

— Me desculpa — Danielle fala de novo. — É só que… às vezes parece que seu namoro com a Tally te transformou em algo que você não é. Você sempre foi tão certa de tudo e, de repente, você não era mais.

— É — concordo, pousando a cabeça em minhas mãos. Eu não estou mais brava. Sei que ela está certa. — É verdade.

— Você entende que ela é ruim pra você, né? Tipo, sabe, você consegue objetivamente ver isso?

Meu peito parece pesado de repente.

— Eu não sei como superar ela.

— Isso é porque ela fez com que fosse impossível pra você seguir em frente — Danielle diz, gentil. Ela pausa. — Mas você também tornou isso impossível.

Olho para ela. Nós duas temos olhos castanhos, mas os de Danielle sempre foram de um tom mais escuro, mais sólido do que a minha cor desbotada. Vê-los agora me faz sentir segura.

— O que eu faço?

— Você corta o laço — ela diz, simplesmente. — Seja lá o que isso significa pra você. Se tiver que bloquear o número dela, faça isso. Se precisar escrever uma carta dramática e queimar depois, faça isso. Mas você *tem* que superar, cara.

Minha garganta se aperta do mesmo jeito como tem acontecido nesses últimos dias.

— Não sei se consigo. É tipo… eu estou agarrada nesse último retalho dela e, mesmo que eu saiba que é um retalho ruim, ainda é *alguma coisa*. No instante que eu largar esse retalho, não vou ter mais nada.

Danielle se aproxima mais. Ela dá um chutinho no meu tênis.

— Você não vai ter nada *dela*, Scots, mas ainda vai ter você mesma.

Eu inspiro, expiro. Minha resposta automática é dizer "eu mesma não é o bastante", mas não consigo dizer isso em voz alta. Não quero a pena da minha melhor amiga e não quero que a minha fossa seja um peso para ela. Não é trabalho dela preencher o buraco no meu coração.

— Vamos — chamo, me levantando. — Vamos pegar um café. A gente prometeu pro Teddy um doce da Doce Noelle.

Dá para ver que Danielle está preocupada comigo, mas ela não força a barra. Eu não falo mais sobre Kevin também.

Nós entramos no carro dela e colocamos a playlist com as melhores músicas dos anos oitenta e noventa a caminho da doceria, mas não estou muito presente. Estou presa na minha própria mente, tentando descobrir como deixo a memória de Tally para trás.

***

Não consigo me lembrar da última vez que dirigi até Candlehawk. Provavelmente no verão, quando Tally queria experimentar aquele restaurante novo que oferecia lámen caro demais. Dirijo pelas ruas impecáveis, sabendo que meu Jetta usado parece não pertencer ao lugar. O município está decorado para as festas de fim de ano com luzes pisca-pisca na praça e guirlandas prateadas nos postes. É elegante, bonito, perfeito. Exatamente o oposto da rua em Grandma Earl que Irene me levou para ver as luzes.

Não sei bem onde deixar o carro quando vou para o estacionamento da escola. Tudo parece formal e estruturado demais. Tem um segurança dirigindo um carrinho de golfe, mas ele não diz nada quando paro em uma vaga aleatória na frente. O letreiro é quase um gêmeo do nosso, mas a mensagem diz DESCANSO DE INVERNO — APROVEITEM. Tenho um impulso repentino e malicioso de zoar com o texto, mas não quero que o segurança me pegue. Não é por isso que estou aqui, afinal.

O jogo de basquete já começou quando finalmente entro. Era o que eu planejava. Não queria que Tally me notasse.

As arquibancadas estão lotadas com os torcedores de Candlehawk. Está mais cheio do que eu esperava, mesmo na noite de Ano-Novo. Eu me esgueiro para o lado das arquibancadas, passando por uma família arrumada e um cara da faculdade com um bigode reto. Ninguém nem pisca para mim, o que é exatamente o que eu quero. Pela primeira vez em meses, não tenho nenhum papel para atuar. Estou livre para me sentar aqui e observar a menina que eu costumava amar. Não sei bem se era isso que Danielle estava pensando quando me disse para fazer qualquer coisa que precisasse fazer para cortar o laço, mas isso *é* o que preciso, então é isso o que faço.

O cabelo de Tally está penteado com tranças duplas. Eu me lembro de uma manhã na casa dela, sentada em sua cama com nossos pijamas, contando histórias engraçadas enquanto os dedos de Tally trançavam seus cachos distraidamente. Aqueles eram meus momentos favoritos com ela: quando eu conseguia ver o relance de uma Tally suave, simples e reservada, que não prestava atenção nos seus hábitos e tiques. A versão dela que podia simplesmente *existir*.

Ela está jogando bem hoje. Não é o melhor que já a vi jogar, mas ainda assim é uma performance boa. Ela afunda algumas cestas e consegue pegar alguns rebotes. Tally parece completamente em casa, e eu preciso lembrar, com um baque agridoce, que ela está mesmo.

Quando o jogo acaba com uma vitória decisiva para Candlehawk, eu me esgueiro para fora das arquibancadas e espero ao lado da quadra. Tally e as colegas de time estão apertando as mãos das oponentes. Elas se demoram um pouco, contando piadas enquanto bebem das garrafas de água. É só depois que elas vão na direção do vestiário que Tally me nota.

Ela para de imediato. Fico plantada onde estou, as mãos caídas ao lado do corpo, esperando. Não sei se ela vai vir até mim. Sei que é escolha dela. Mas se ela sente apenas um grama da conexão que ainda sinto, não vai conseguir ficar longe.

Quando ela finalmente vem na minha direção, solto a respiração que estava segurando. Tally caminha até mim naquele seu típico jeito fácil e lânguido. Alguma coisa repuxa em meu peito.

— Oi — digo, torcendo para parecer mais segura do que me sinto.

— Oi — ela responde, hesitante. — O que você tá fazendo aqui?

Ela me encara com aqueles olhos azuis impressionantes, os que sempre me faziam sentir que ela me via, me conhecia e me amava, de um jeito que eu nunca tinha sentido antes. Meu coração acelera. Minha respiração falha. Faz meses, mas a tristeza ainda me atinge como uma onda violenta. Achei que tivesse conseguido sair dessa água, ainda mais depois de ganhar dela no Clássico de Natal. No fim, eu só estava surfando entre tempestades.

A expressão de Tally se suaviza. Ela me conhece bem — ela *sempre* vai me conhecer bem — e entende as coisas que eu não estou dizendo.

— Precisa de um desfecho? — ela pergunta.

Engulo em seco.

— Algo do tipo.

Ela me examina. Eu a deixo fazer isso.

— Vamos lá — diz por fim, gesticulando para que eu a siga. — O outro ginásio deve estar livre.

***

No ginásio auxiliar, que é, como esperado, melhor do que o ginásio principal de Grandma Earl, nós ficamos treinando arremessos livres e bandejas. Tally ainda está aquecida do jogo, mas demora alguns minutos para eu conseguir entrar no ritmo. Fico hiperconsciente de cada movimento que ela faz, cada olhar, cada estremecer de sorriso.

— Você jogou muito bem no clássico de Natal — ela comenta de repente. — Você estava, tipo, pegando fogo. Foi incrível de ver.

O elogio me percorre como uma onda de calor. Tem a mesma sensação de quando começamos a sair, quando tudo que ela me dizia fazia eu me sentir especial, como se ela fosse o sol iluminando a minha lua.

— Obrigada. Você foi bem também.

Ela sorri sem humor.

— Não fui, não. — Os olhos de Tally percorrem o meu rosto. — Sempre amei esse seu lado intenso. Queria ter visto mais disso quando estávamos juntas.

Minhas entranhas ficam gélidas tão rapidamente quanto ficaram quentes. Por que todo elogio dela parece uma faca de dois gumes? Por que eu deixo que faça isso? E por que isso não é um motivo forte o suficiente para eu me afastar?

— Você viu, sim — falo. — Mas você nem sempre gostava dele.

A boca dela enrijece. Nós duas ficamos em silêncio, e estou pronta para encerrar a conversa antes mesmo de conseguir o que eu precisava.

Mas então ela me passa a bola e diz:

— Eu sinto saudades de Grandma Earl, sabe?

Jogo a bola de volta para ela.

— Você ainda mora lá.

— Tá, mas estou falando... da nossa escola. Sinto saudades. Sinto saudades das pessoas.

Nossa escola. Ela parece sincera. Não consigo entender.

— Achei que você odiasse Grandma Earl.

Ela lança um arremesso livre. Erra.

— Eu achava isso também.

Pego o rebote e seguro na frente do abdome. Ela encontra meu olhar. Tem uma docilidade na sua expressão que não vejo há muito tempo. O lado mais brando, que ela revelava somente para mim.

Devolvo a bola para ela.

— Que tal a gente jogar alguma coisa? Arremessos?

— Tá bom.

Ela arremessa primeiro: um tiro fácil bem abaixo da cesta. A bola afunda. Dou um passo para tentar a mesma coisa. A bola bate no aro e cai dentro.

O próximo arremesso é um gancho. Nunca fui tão boa nisso quanto ela. Enquanto a bola de Tally faz a cesta, meu arremesso pula para fora do aro.

— Ponto para mim — Tally diz, mas não está se gabando. Está apenas constatando, do mesmo jeito que anunciaria se ela própria tivesse errado. Ou só estou imaginando que esse é o tom? Talvez ela *esteja* se gabando.

Nós continuamos, Tally determinando a posição dos arremessos no jogo até perder uma cesta. Então é a minha vez de ditar o ritmo. Eu afundo um lance livre. Ela segue. Eu me alinho para fazer o próximo arremesso.

— Você gosta mesmo dela? — Tally pergunta do nada.

Eu congelo, a bola na mão.

— Quê?

— Da Irene. — É como se ela tivesse que se forçar a falar o nome. — Você começou o namoro tão rápido. Eu pensei que... deixa pra lá.

— Tally, você terminou comigo. — Não digo isso de forma dura. Sai de mim como se fosse uma pergunta.

Porque isso — *isso* — é o que eu preciso entender.

— Eu sei — ela diz, baixinho. — Mas não era porque eu não te amava mais.

Paro de quicar a bola. Meus sentimentos estão alvoroçados. Meu corpo está quente, mas minhas mãos estão geladas. Preciso que ela continue falando mesmo que eu não *queira* precisar.

— Mudar de escola foi a coisa certa a fazer — Tally diz. — Ou acho que foi, pelo menos. Talvez eu só saiba uns anos depois que nos formarmos, mas, na época, parecia a decisão certa. Eu não gostava de Grandma Earl. Eu estava me afundando lá. Senti que precisava... não sei, de um *empurrão*. Uma chance de recomeçar.

— Mas por quê? — insisto.

— Porque eu... — Ela dá de ombros, na defensiva. — Eu queria mais do que estava recebendo lá. Queria ir pra um lugar onde o basquete importasse. Onde *eu* importasse.

— Você importava pra mim — digo, minha voz falhando.

— Scottie, eu juro que você era a única coisa que tornava essa decisão difícil.

Meu coração se parte em dois. Nós nos encaramos. Tally pigarreia e diz:

— O arremesso é seu.

Respiro fundo e bato a bola de novo. Meu arremesso livre afunda sem encostar no aro. A única coisa que ele toca é a rede. Tally suspira, e aponto para os meus pés até ela estar alinhada exatamente na mesma posição.

O arremesso dela erra a cesta por quase quinze centímetros, mas ela ignora isso e se vira para mim.

— Scottie — ela diz, e, meu *Deus*, eu senti tanta saudade do jeito como ela diz meu nome. — Eu realmente achava que estava fazendo a coisa certa em terminar com você, de verdade. Pensei que seria muito difícil mudar de escola e continuar em um relacionamento. Não parecia justo com você.

Nenhuma de nós se adianta para pegar o rebote. A bola rola até as arquibancadas.

— Você não acha que eu poderia ter decidido isso por mim mesma? — pergunto. — Se era justo pra mim?

Tally dá um puxão nas pontas duplas da trança. Ela olha para mim.

— Você ainda queria que estivéssemos juntas?

Minha garganta se fecha. Tenho um ímpeto doloroso de estender a mão e tocá-la. Em algum lugar do meu cérebro, uma voz baixinha diz: *Irene Irene Irene*. Mas no meu corpo, no meu coração, tudo que consigo sentir é a vontade excruciante de apaziguar essa dor no peito.

— Não — respondo, sincera. — Mas eu também não sei como desistir de você. Estou tentando e tentando e isso está acabando comigo.

O peito de Tally sobe. Ela vem na minha direção e me aperta em um abraço forte. Está repleto de anseio, pesar e arrependimento. Eu não consigo me desvencilhar. É como tocar em um ferimento sabendo que vai machucar, mas precisando sentir aquela dor mesmo assim.

Quando as lágrimas escorrem dos meus olhos, ela as seca com as costas da mão.

— Eu sinto muito, Scottie — sussurra. — Sinto muito mesmo. Eu nunca quis machucar você.

Será que isso é verdade? Ela está sendo sincera agora? Preciso continuar com a minha armadura mesmo que seja exaustivo?

— Eu queria poder te mostrar o meu mundo — Tally diz. — Mostrar a você por que vim pra cá. É o lugar certo pra mim.

— Eu acredito em você.

Ela limpa minhas lágrimas de novo.

— Você não respondeu minha pergunta. Está mesmo namorando com ela?

Olho para aqueles olhos azuis cheios de anseio. Nesse instante, eles são tudo que consigo ver.

— Não. — Eu hesito. — Não nesse momento.

Tally respira fundo. Tem um cílio dela na bochecha, e não me impeço de tirá-lo dali. Talvez isso seja bom. Talvez seja disso que eu precisava.

— Vai ter uma festa hoje à noite — Tally diz. — Pra comemorar o Ano-Novo. Você vem comigo?

Meu corpo fica tenso, tentando me dizer não, mas meu cérebro fala: *Está tudo bem. Talvez essa seja a chance de você se resolver.*

O que mais posso dizer a não ser que estarei lá?

15

A festa é numa casa chique, quadradona e monstruosa, com janelas que vão até o teto, e a decoração que parece saída direto de *Mad Men*. É o epítome do estilo de Candlehawk. Consigo até imaginar o que meus amigos e minhas irmãs diriam se estivessem aqui. Danielle iria me dar aquele olhar de soslaio que ela aprendeu com a mãe. Thora franziria o nariz como se estivesse cheirado um peido. E Irene iria...

— Bem-vindas — diz um cara alto e taciturno com uma cerveja artesanal na mão. Eu o reconheço na hora. A camisa de linho parece amassada de propósito, e o cabelo, deliberadamente bagunçado, penteado com alguma marca de mousse para babacas. — Eu não te conheço. Meu nome é Prescott. Essa é a minha casa.

Ele não aperta a minha mão, quase como se a nossa apresentação dependesse do que posso oferecer em troca. *Eu sei que você não me conhece. Meu nome é Scottie. Essa é a minha ex-namorada.*

— Scottie — digo, acenando com a cabeça.

— Você é de Candlehawk?

— Não. Grandma Earl.

Ele ri. Ele simplesmente *ri*. Tally olha para mim, coloca a mão no meu braço como se eu fosse dizer alguma coisa...

— Você não namora uma menina de Grandma Earl? — pergunto, categórica. — Ou você só apaga essa informação quando está chupando a cara dela?

— *Scottie* — Tally sibila.

Prescott me olha como um bicho de estimação engraçado que acabou de fazer xixi no tapete dele. Os olhos são enevoados; ele já bebeu demais. Mas então ele começa a rir de novo, inclinando a cerveja na minha direção.

— Você é descarada — ele diz. — Pode ficar.

Eu não faço ideia de como responder a isso, mas Tally me afasta de lá antes que importe.

No meio da casa, ao lado de uma lareira que deveria pertencer a uma estação chique de esqui, um monte de gente de Candlehawk está esperando em fila. Não consigo entender o porquê até ver uma parede cheia de vinhas com pequenas velas e cactos que pontuam as estantes. É um fundo para tirar selfies. Estão fazendo fila para tirar foto.

— É tão legal — Tally diz. — A estética da foto fica perfeita.

Um grupo de amigos entrega os celulares para os outros e se aglomeram na frente da parede de selfies. Um dos caras bagunça o cabelo, mantendo a mão ali como se estivesse no meio do movimento. A menina ao lado dele abre a boca para rir, mas não ri de verdade. Só fica na pose como se estivesse prestes a fazer isso. Eu me sinto como se tivesse acabado de entrar na quinta dimensão.

— Nós podemos tirar foto depois — Tally diz, alheia ao meu espanto. — Drinques primeiro.

Ela pega minha mão e eu a deixo fazer isso. Nós vamos para a cozinha, onde várias pessoas obviamente analisam nossa roupa de cima abaixo. Tally finge não perceber, mas alisa a camiseta embaixo da jaqueta de couro. Ela me leva até um balcão cheio de garrafas de bebidas alcoólicas.

— Aqui — ela diz, entregando uma lata na minha mão. Não é uma sugestão. Penso em Irene indo para todas essas festas de Candlehawk com Charlotte ano passado, e consigo entender por que ela sempre queria ficar bêbada. Mas eu sei bem aonde isso a levou.

— Eu estou bem, na verdade — falo para Tally. — Hum. Minha garganta está meio arranhada. Vou só pegar uma água.

Tally parece surpresa, mas não insiste. Ela faz uma mistura e toma um gole longo.

Estou pegando água do filtro quando ninguém menos do que Charlotte Pascal se esgueira ao meu lado. Sinto os olhos dela em mim como um laser.

— Nós temos água mineral, sabe — ela fala arrastado.

Deliberadamente tomo um gole da água do filtro.

— Estou bem assim, obrigada.

Ela estreita os olhos.

— Por que você está aqui? — pergunta.

— Queria ver como era a vida do outro lado.

Ela me encara, sem traços de humor.

— Acho que a sua *namorada* não vai ficar nada feliz em saber que você está aqui com Tally Gibson.

De repente, me ocorre o quanto é perigoso que Charlotte me veja aqui com Tally. Ela pode contar essa história do jeito que quiser. Como é que eu achei que podia justificar isso?

— Irene sabe que eu estou aqui — minto. — Concordei em ser a motorista da rodada pra Tally.

Charlotte bufa.

— Essa menina precisa bem mais do que uma motorista da rodada.

— E quem é *você* para julgar? — retruco, pensando na multa por dirigir alcoolizado que ela e Prescott quase tomaram ano passado.

A Jogada do Amor   215

As bochechas de Charlotte coram. As narinas dela inflam.

— Por que você está aqui *de verdade*?

— Acabei de falar.

— Ah, não tente ser engraçadinha, *Scottie* — ela sibila. Charlotte lança um olhar desdenhoso na direção de Tally. — Você está aqui com a maior pretensiosa que eu já conheci, e vai me dizer que a Miss Popularidade não se importa? Me fala: como é que você consegue "namorar" com ela, ainda mais depois daquela história do guincho ano passado? Ou você *também* está tão desesperada para ficar popular que simplesmente apagou isso da memória?

Minhas bochechas coram. Não consigo pensar em nada para dizer.

Charlotte me dá um sorriso torto convencido. Ela joga a minha água na pia e vai embora.

***

Tally está bebendo muito, de um jeito que sugere que faz isso com frequência. Ela conversa com algumas meninas que reconheço como sendo do time, mas os olhos delas não parecem brilhar com a presença de Tally como acontecia antes. Elas parecem estar tentando encontrar uma saída para a conversa. Quando uma delas muda o assunto para as férias de esqui, Tally fica em silêncio e dá um passo na minha direção.

— Por que você estava falando com Charlotte? — ela pergunta. Consigo ouvir aquele anseio na voz dela, o desejo desesperado de ser merecedora. Uma combinação de mágoa com viver através da minha experiência. É isso que eu estou fazendo com ela também?

— Ela é que veio falar comigo. Olha, dá pra gente ir embora daqui?

— Mas a gente acabou de chegar — Tally responde. Ela parece bêbada, de repente. — Você não quer conhecer meus amigos? Não está se divertindo?

Olho em volta. As meninas do basquete nos largaram. Todo o resto está alheio a nossa presença; um cara bate no ombro de Tally e continua andando. É assim que tem sido para ela ultimamente? Se eu tivesse descoberto isso uma semana atrás, teria me sentido vingada. Agora, eu só me sinto mal por ela.

— Que tal fazermos uma pausa, só por uns minutos?

Tally olha em volta também. Consigo ver o exato momento em que percebe que fomos abandonadas, porque ela arruma a jaqueta de couro e evita o meu olhar.

— Vamos lá — digo, gentil. — Vamos encontrar um lugar pra conversar.

***

No andar de cima, nós encontramos um quarto aberto que serve mais como sala de TV. Guio Tally para se sentar no sofá comigo, nossos joelhos mal se tocando através dos jeans. Nós encaramos as janelas grandes que dão para o quintal escuro. Tally dá outro gole na sua bebida. Eu examino a expressão no rosto dela, a apatia nos olhos que já foram iluminados.

— Tem certeza de que está feliz, Tal? — Pela primeira vez, não estou perguntando por mim. Estou mesmo preocupada com ela.

— Não. Eu estou me sentindo uma merda — ela murmura. — Eu não gosto de nenhuma dessas pessoas. Não confio em nenhuma delas do jeito que confio em você.

Aquela sensação de compaixão toma conta de mim novamente. Eu quero reconfortá-la. Não consigo me lembrar por que já tive ressentimentos dela.

— Eu odiei ver aquele vídeo — Tally continua. — Você beijando a Irene no Empório. Parecia que alguém tinha arrancado meus órgãos com as unhas. Eu não conseguia parar de assistir, mesmo que estivesse me deixando enjoada.

Respiro fundo, e pego a mão dela para reconfortá-la.

— Eu sei. Eu me senti do mesmo jeito vendo você beijar aquela menina na festa da Charlotte. Foi difícil pra nós duas.

— Eu não sei como você superou tão rápido. Uma hora estou conversando com você depois do amistoso, no minuto seguinte você está namorando essa vadia completa.

Eu estremeço. Minha mão esfria na dela.

— Você se tornou alguém que eu não conheço mais. — Ela engole em seco e esfrega os olhos. — Achei que te conhecia. Achei que a gente se amava.

Tenho uma sensação estranha e repentina como se estivesse fora do meu corpo. Eu não bebi nada, mas meu cérebro parece nebuloso, desconectado. Como é que fui me colocar nessa posição, sentada em um sofá de couro nesta mansão vistosa em Candlehawk, ativamente tentando machucar a menina que eu amava e sacrificando minha própria integridade no processo?

— Tally... eu preciso ir. Eu não pertenço a esse lugar.

Tally balança a cabeça. A bebida espirra no chão.

— Não, Scottie, fica, por favor. Você é a única pessoa com quem eu me importo.

— Não, sério, a gente deveria ir embora. Essa festa não é um lugar bom pra você. — Dou um puxão de leve na mão dela, mas ela não se mexe.

Tally funga. Ela está chorando de verdade agora.

— Você ainda me ama?

Abro minha boca, mas nada sai.

— Por favor, Scottie? — ela implora, o olhar bêbados nos meus. E então, antes de eu conseguir reagir, ela me puxa para perto e me beija. Forte.

Primeiro, eu congelo. Então meu corpo acorda. Eu fantasiei com esse cenário um milhão de vezes. *Uma última chance. Um último beijo.* Ela tem gosto de álcool, mas os lábios são quentes e familiares contra os meus. Eu me pressiono contra ela. Ela abre a boca e a língua passa pela minha.

Não. Para. Isso não é mais o que você quer.

— Tally, eu não posso — digo, afastando-a. Eu esfrego a minha boca com uma das mãos, trêmula.

O que eu estou fazendo? Por que ainda estou aqui? Estou desesperada para ir para casa, mas não posso deixá-la. Não quando ela está bêbada desse jeito. Não quando está sozinha desse jeito.

— Vamos lá, Tal — chamo, puxando-a do sofá.

No andar de baixo, tudo está mais caótico do que estava antes, mais barulhento e menos controlado. Em uma sala escura, um grupo está inclinado na direção de uma mesa de café, sem dúvida cheirando alguma coisa. Na sala principal, um cara mija na parede de vinhas, e os amigos estão rindo como hienas.

Ajudo Tally a colocar o casaco, guiando-a pela porta dos fundos, e a coloco no meu carro. Ela adormece na mesma hora, e sinto uma punhalada agridoce quando olho para ela no banco do carona, do jeito que já fiz um milhão de vezes antes. Eu a levo para casa e a acordo quando chegamos. Tally pisca, despertando, os olhos cansados e confusos. Ela não me abraça; apenas assente e sai do carro.

A JOGADA do AMOR   219

16

Danielle marca um treino de aquecimento na sexta-feira antes do novo semestre começar. É um bom jeito de voltar com calma para a escola depois da loucura das férias, e estou pronta para ter uma bola de basquete nas mãos e nada na cabeça exceto o jogo.

Até eu entrar no ginásio e perceber que Irene marcou um treino das líderes de torcida para a mesma hora.

É a primeira vez que a vejo desde o nosso beijo na véspera de Natal, e a visão inicial que tenho dela é um momento em que alguém claramente a fez rir, porque há um sorriso grande e radiante em seu rosto. Ela cortou o cabelo — só alguns centímetros que aparecem no comprimento do rabo de cavalo — e está usando uma camiseta regata vintage do Tears for Fears com uma legging. Mesmo suada, desarrumada e sem nenhuma maquiagem, minha respiração falha quando a vejo.

Ela nota que estou ali e uma expressão curiosa toma conta do seu rosto. Os cantos da boca de Irene se curvam para cima só um pouquinho.

Começo a sorrir de volta, mas, naquele momento, a porta do ginásio se abre. Nós nos viramos para encontrar o time de futebol marchando até nós, Charlotte Pascal na frente do grupo. Ela parece furiosa.

— Que porra é essa? — ela pergunta. — Não era pra nenhuma de vocês estar aqui. Eu reservei a quadra pro treino de futebol.

— Desde quando? — Danielle diz. — A sexta-feira antes do semestre começar sempre foi o dia do basquete.

— Não este ano — Charlotte diz, a mão no quadril. — Você não olhou a lista de reservas?

— Treinem lá fora — Danielle diz, desdenhando. Ela dá as costas para Charlotte e se vira para nosso time. — Tudo bem, comecem com bandejas. Dividam-se em grupos para que tenham rebotes.

Ela se adianta para passar a bola para Googy, mas Charlotte a intercepta, a bola batendo na palma dela com um barulho seco. A energia na quadra muda na mesma hora. Todo mundo fica imóvel.

Danielle parece pronta para cometer um assassinato.

— Me dá a bola, Charlotte.

— Não, *treinadora*, acho que não vou, não — diz Charlotte, segurando a bola de basquete debaixo do braço.

Eu quero estrangulá-la. Minhas colegas estão espumando de raiva. As companheiras de Charlotte estão sorrindo torto, apesar de algumas parecerem desconfortáveis.

— O que houve? — alguém interrompe.

Lá está ela. Irene, cheia de confiança, o rabo de cavalo no alto, os olhos incandescentes percorrendo a cena. Meu coração vai parar na garganta.

— Ninguém precisa de você aqui, *Ireninha* — Charlotte desdenha. — Essa discussão é para *atletas*.

Os olhos de Irene fervem.

—Ainda bem que estamos aqui então, *Char*. Porque não só somos atletas, como também *muito* boas em determinar para quem se deve torcer em uma situação dessas.

O ar chia com a tensão. Charlotte dá um passo para a frente, a bola de basquete ainda segura embaixo do braço. O foco dela se volta para Irene.

— E pra quem você está torcendo? — ela pergunta em uma voz perigosamente baixa. Ela se vira e gesticula para mim. — Sua namorada?

Meu coração pulsa em tom de presságio.

— Porque eu ouvi que vocês duas não estão mais juntas — Charlotte continua. — Pelo menos foi isso que pareceu quando vi Scottie com a Tally Gibson na festa de Ano-Novo do meu namorado.

A mandíbula de Irene estremece de maneira quase imperceptível. Os olhos dela viram na minha direção por um instante breve.

Faço tudo em meu poder para impedir que meu corpo core por inteiro, mas não adianta de nada. Minha pele está pegando fogo quando todo mundo olha para mim. É exatamente o sinal que Charlotte precisa.

— Espera aí — ela diz, com uma surpresa falsa na voz. O olhar maldoso dela encontra o meu. — Achei que você tinha dito que *avisou* a Irene que estaria lá com a Tally. — Ela gira os calcanhares para encarar Irene. — A Zajac não te falou?

Meu corpo queima com tanta intensidade que acho que vou desmaiar. As bochechas de Irene ficam de uma cor mais escura. Nossos olhares se encontram por um segundo fragmentado.

Charlotte tira o celular do bolso.

— Sabe Deus que tivemos nossas diferenças, *Ireninha* — ela diz —, mas, pelos velhos tempos, vou te fazer um favor. É justo que você saiba.

Ela deixa a bola de basquete cair e vai na direção de Irene com o celular. Meu coração está martelando; estou suando como se estivesse em um pesadelo. Não faço ideia do que está naquele celular, só sei que é ruim.

Charlotte se inclina na direção de Irene para que ninguém mais veja o que as duas estão olhando. É fácil saber o instante em que Irene vê a tal da coisa *ruim*, porque a mandíbula dela cerra e a boca se transforma em uma linha fina e firme.

Ela olha para mim por um segundo rápido e devastador. Então pigarreia.

— O treino acabou — diz, numa voz trêmula. — Todo mundo pra casa, já.

Irene dá meia-volta e vai embora de cabeça erguida.

***

Corro atrás dela até o estacionamento. Ela está completamente sozinha, até mesmo sem Honey-Belle para reconfortá-la. Eu a alcanço no momento em que está jogando a mochila de treino no carro.

— Irene! Espera!

Ela vira para mim com aqueles olhos escuros e expressivos. Meu coração se aperta quando vejo que estão cheios de lágrimas.

— Que foi, Scottie? — O nariz dela escorre, mas ela não se dá o trabalho de limpar.

— O que ela te mostrou? — pergunto, em voz baixa.

Ela me encara como se estivesse tentando decidir se sequer vale a pena conversar comigo.

— Uma foto sua beijando a Tally.

Fico petrificada. Charlotte deve ter se esgueirado para nos espiar quando estávamos no andar de cima, enquanto eu tentava cuidar de Tally. O que ela fez, nos seguiu pela escada? Rastejou no escuro até nós? Essa ideia me faz sentir náusea.

— Irene, não é o que parece. Ela estava bêbada e eu estava tentando ajudar...

— Por que você estava lá, pra começo de conversa?

Minha boca se fecha.

— Porque... porque eu...

— Eu não tenho tempo pra isso — corta Irene, fazendo menção de entrar no carro.

— Não, espera, por favor — peço, agarrando o braço dela. — Eu estava me apaixonando por você e isso me assustou pra cacete. Meus sentimentos pela Tally não tinham ido embora e eu... eu pensei que se conseguisse algum tipo de desfecho... — Balanço a cabeça. — Eu fui atrás dela e ela me convidou pra festa do Prescott. As coisas saíram do controle. Ela ficou bêbada e estava muito infeliz e eu... deixei que ela me beijasse. Mas então eu parei. Eu a levei de volta pra casa só pra garantir que ficasse bem. Eu não a vi mais depois disso.

Irene se deixa cair contra o carro.

— Não dá pra eu ser parte da sua bagunça, Scottie.

— Não, mas aí é que está — digo, frenética. Não quero que ela se afaste de mim. — Eu estou tentando dar um *jeito* na bagunça! Estou tentando consertar tudo para que eu possa ficar com você!

Ela me encara, dura.

— Você não podia ter me *contado* isso? Não dava pra você ser sincera sobre como ainda estava nessa merda tóxica e idiota de gostar dela?

— Não fala assim comigo — digo, minhas defesas voltando. — Não aja como se você fosse muito melhor em términos quando a *sua* ex ainda está fazendo merdas tipo a que ela acabou de fazer...

— Eu não fico *atrás* dela procurando por uma oportunidade — Irene diz, ríspida. — Eu pelo menos *tentei* cortar ela da minha vida...

— Você não cortou ela, ela cortou *você*. Mas tá, claro, bom pra você que conseguiu ficar com a sua dignidade em vez de se arrastando. Mas isso não significa que você pode ficar agindo com superioridade como se nunca tivesse feito nenhuma cagada na sua vida. Você... chamou a *porra do guincho*... pro meu carro — minha voz agora está trêmula, e as lágrimas caem dos meus olhos —, porque você era exatamente como a Charlotte, zoava as pessoas só porque podia. Isso não te faz melhor do que eu. Isso nem te faz melhor do que *ela*...

— Cala a boca! — Irene grita, batendo a porta do carro e passando por mim. — Cala a boca *agora*. Você não tem *ideia* do que está falando!

Ela anda em círculos na calçada como uma maníaca, os olhos arregalados, o corpo inteiro tremendo. Eu nunca, nunca a vi desse jeito.

E então ela se curva e vomita na grama.

— Mas o quê? — falo, espantada.

Irene respira fundo, as mãos apoiadas nos joelhos. Ela fica em silêncio por um momento, e não sei o que fazer.

— Você... — Ela engole com dificuldade. — Você sabia que o Prescott costumava dirigir o mesmo carro que você?

Eu pisco.

— Quê?

Ela se deixa cair no meio-fio, abraçando as próprias coxas.

— Os pais do Prescott confiscaram o Audi depois que ele foi pego dirigindo bêbado, então o carro "extra" que ele usava quando começou a namorar com a Charlotte era um alugado. Um Jetta verde. Quando ela o convidou para aquela festa no ano passado, fiquei completamente louca. Eu liguei para um guincho e li a placa. — Ela olha para mim, os olhos úmidos. — Mas a placa não era do carro dele. Era a sua.

Eu só fico parada ali, fustigada por essa revelação.

— Eu já estive onde você está, Scottie. Esse tipo de dor insana e canibal que consome cada parte de você. Eu entendo querer revidar. Querer a atenção, mesmo se for de um jeito negativo. Só que a merda é que isso nunca te ajuda a se sentir melhor. Só deixa você numa situação pior, tipo chamar o guincho para o carro de uma garota muito legal que não tinha nada a ver com a dor que você estava sentindo.

O mundo fica em silêncio. Eu tento sentir meu corpo. Meu estômago está gelado.

— Essa coisa toda foi um erro — diz Irene, ficando de pé. Ela recosta no carro de novo, as lágrimas escorrendo pelas bochechas.

Uma parte distante do meu cérebro diz *vá até ela*, mas estou paralisada.

— O nosso acordo acabou — Irene avisa, a voz vazia. — Eu te devolvo o dinheiro se quiser. Você só tem que me dar um tempo até eu encontrar um emprego.

Um caco de vidro corta o centro do meu corpo. Não é isso que eu quero, mas ainda assim não consigo falar nada.

Irene abre a porta do carro dela e se ajeita no banco do motorista.

— É melhor você se afastar. Não quero te bater com o meu carro.

Ela fecha a porta com um baque surdo. O motor dá a partida, as luzes da ré relampejam em vermelho e o carro começa a se mexer. Dou um passo para trás, entorpecida dos pés à cabeça, e observo enquanto ela vai embora.

***

— Está tudo bem? — minha mãe pergunta quando passo, inexpressiva, pela porta da frente uma hora inteira depois.

Eu queria ter voltado direto para casa, mas acabei soluçando no meu carro até me sentir tonta. Fico grata por ter meus dois pais hoje aqui, já que mamãe está trabalhando de home office e papai só trabalhou metade do dia na clínica. Sei que está na hora de contar tudo a eles, e só quero que acabe rápido.

Engulo em seco. Preciso de toda a minha força para não começar a chorar de novo.

— Eu fiz merda.

Mamãe e papai precipitam-se sobre mim. Daphne olha do sofá, os olhos arregalados.

— Que foi? — papai pergunta. — Você se machucou? Está tudo bem?

— Eu estou bem — falo, a voz vazia. — Mas menti sobre uma coisa.

Meus pais trocam olhares.

— Está bem — mamãe diz em sua voz firme e tranquilizante. — Vamos nos sentar e conversar sobre isso.

A JOGADA do AMOR   227

Mamãe e papai se ajeitam no sofá juntos, uma frente unida, e esperam na expectativa. Eu me aconchego no sofá na frente deles. Daphne coloca BooBoo no meu colo, mas antes de se sentar ao meu lado, mamãe e papai pedem para que ela nos deixe a sós. Ela me lança um olhar assustado e sobe as escadas para o quarto dela.

Uma vez que a porta está fechada, mamãe e papai focam toda a atenção em mim. E antes que eu perca minha coragem, começo a falar.

Eu conto tudo. A angústia que senti depois que Tally mudou de escola. A atenção que recebi quando dei carona para Irene. O plano que eu tinha bolado para "namorar" ela e o dinheiro que eu tinha guardado do trabalho e usei para pagar o seguro. O relacionamento falso que usei para fazer ciúmes em Tally. A confusão profunda dos meus novos sentimentos por Irene e os sentimentos que ainda tenho por Tally, se é que eu mereço ser amada por qualquer uma das duas. E, quando eu acabei de falar quase tudo, Thora chega em casa do turno do almoço, dá uma única olhada para nós na sala de estar e pergunta:

— Quem morreu?

Mamãe respira fundo. Todas nós sabemos que ela e Thora não escondem nada uma da outra, principalmente quando se trata de mim e Daphne. É um resquício dos tempos em que só existiam as duas. Eu já sei que mamãe vai falar tudo para Thora mesmo se eu não contar.

— Senta aqui — minha mãe chama, a voz dela é controlada. Então ela vira a cara e chama Daphne, que abre a porta na mesma hora.

Minhas bochechas ficam vermelhas. Falar isso para Thora é uma coisa, mas para Daphne?

— *Mãe* — digo, significativamente.

— A gente não guarda segredos nessa família — mamãe diz. — Quando um de nós se machuca, todos sentimos a dor.

Engulo em seco e evito o olhar das minhas irmãs enquanto elas se ajeitam na sala com a gente. Há um silêncio prolongado, mas ninguém se adianta para preenchê-lo. O foco fica todo em mim. Não tem escapatória.

Eu respiro fundo e conto toda a história de novo, terminando com a festa de Ano-Novo e a foto que Charlotte mostrou a Irene hoje.

Quando finalmente acabo, o silêncio é ensurdecedor. A mandíbula de Thora está apertada. Daphne parece devastada. Mamãe respira devagar enquanto papai esfrega a boca de maneira mecânica.

— Isso foi uma coisa bem fodida, Scottie — Thora fala por fim.

— *Thora* — mamãe reclama.

— Obrigada pelas palavras sábias e cheias de compaixão — digo mal-humorada. Eu me viro para minha mãe. — Entendeu por que eu não queria falar nada pra ela? Ela julga *tudo*.

— Estou julgando porque essa não é a Scottie que eu conheço — Thora retruca.

— Tá, beleza, a Scottie que você conhece estava de coração partido e machucada, mas você não queria ficar ouvindo sobre isso. Você só queria ficar falando de como a Tally era uma escrota.

— Porque ela *era* escrota.

— Do seu ponto de vista, talvez sim. Mas dá pra você considerar que talvez eu tenha visto alguma coisa nela que valia a pena amar? Que, antes de partir meu coração, ela me fez ser a melhor versão de mim mesma?

— Eu não entendo — Daphne interrompe. A voz dela é baixa e suave. — Eu sempre achei você incrível. Por que você precisava da Tally pra te mostrar isso?

É aí que eu começo a soluçar de novo.

Mamãe e papai vêm até onde estou no sofá. Papai me deixa chorar no ombro dele enquanto mamãe acaricia meu braço. Minhas irmãs ficam no chão e esperam. É um momento íntimo e contundente: nós cinco grudados uns nos outros em um raio de um metro, a árvore de Natal acesa no fundo, Picles dando patadas nas minhas meias.

Quando finalmente consigo parar de chorar, estou suando através da minha camiseta de treino. Mamãe tira o cabelo dos meus olhos. Daphne dá um aperto no meu pé.

— É de partir o coração ouvir você falar essas coisas — mamãe diz. — Não só porque estamos decepcionados, mas porque tem coisas muito mais profundas do que pensávamos. Desde quando você parou de se sentir merecedora, Scottie?

Eu fungo e viro a cara.

— Eu não sabia que tinha parado. — digo. Thora levanta e me traz uma caixa de lenços, e eu pego um sem encontrar os olhos dela. — Tally me deixou e esse buraco enorme se abriu.

— No seu coração? — Daphne pergunta.

Passo o dedo pelo meu esterno.

— Por toda parte.

Papai esfrega a própria boca de novo.

— Acho que você se perdeu um pouco na Tally.

— Eu não queria — digo, ainda tentando voltar a respirar normalmente. — Eu a amei tanto. Eu achava que ela era perfeita. Quando comecei a perceber algumas coisas estranhas, achei que o problema fosse *eu* e o meu jeito de ver as coisas. Era como se eu não soubesse o que era o chão e o que era o teto.

— Você tem uma intuição boa, querida. Você pode confiar nela — mamãe diz. — E você é muito, muito merecedora. Você é merecedora de um amor com o qual você se sinta bem. Não só vindo de uma garota, mas vindo de você.

— Sua mãe está certa — papai diz. — E podemos repetir isso o dia todo, mas essa convicção tem que vir de você.

— Mas como eu faço isso?

Os dois ficam quietos, pensativos.

— Mãe — Thora diz de repente —, lembra quando você começou a fazer jardinagem?

Mamãe sorri, sábia. Ela assente como se estivesse dando permissão para Thora.

— Eu não lembro do divórcio — Thora diz. — Eu tinha só, tipo, três anos. Mas lembro que a mamãe estava sempre lá fora, plantando coisas no jardim, e sempre ficava com o maior sorrisão depois. — Ela abre um sorriso para nossa mãe. — Lembra o que você me falou?

— Sim. Você perguntou por que eu gostava tanto de jardinagem, e eu disse que estava passando tempo comigo mesma porque eu me amava.

— Isso me marcou. E, quando Buck chegou, você continuou cuidando do jardim do mesmo jeito.

— Aquilo iluminava ela de dentro para fora — papai diz. Ele sorri para minha mãe como sempre faz: como se ela fosse a responsável por fazer o sol nascer. — É isso que o amor é, Scottie. É deixar que a outra pessoa seja ela mesma.

Engulo mais lágrimas.

— Eu não acho que eu e Tally fizemos isso uma pra outra.

— Não.

— Mas eu a amava tanto. Eu sempre tinha um friozinho na barriga quando ela estava por perto. Meio que ainda tenho.

— E esse friozinho é bom? — mamãe pergunta. — Ou é do tipo que machuca às vezes?

Eu mordo meu lábio. Minha família assente, compreensiva.

— Na minha experiência — papai diz —, esse friozinho nem sempre é a melhor forma de medir isso.

— Então você não teve friozinho quando começou a namorar a mamãe?

Mamãe ergue as sobrancelhas de um jeito que diz "toma cuidado com o que você vai dizer, colega". Papai simplesmente beija a mão dela.

— Eu achava que não tinha nenhum jeito de eu ficar com a sua mãe — ele conta. — Não fazíamos o tipo um do outro. Ela era dez anos mais nova do que eu, *muito* mais bonita e amava me dizer exatamente quem é que mandava.

— E eu tinha uma filha de cinco anos — mamãe acrescenta. — E seu pai não queria filhos.

— Eu *achava* que não queria. Mas, assim, havia algo entre mim e sua mãe que simplesmente funcionava. Cada vez que eu a via, cada hora que passávamos juntos, cada vez mais era como estar em casa. Ficar com ela era como um zumbido aconchegante e caloroso. — Ele pausa, os olhos brilhando em satisfação. — Não era bem um friozinho, estava mais para um calorzinho bom.

Daphne solta uma risada.

— Boa, pai.

— E sabe o que mais? Quanto mais tempo passava com Thora, mais eu gostava de ser pai. Ela era a criança mais fofa e corajosa que eu já tinha visto, mesmo quando fazia birra.

Thora dá um sorriso torto, o queixo apoiado na mão.

— Então, antes mesmo de me dar conta, não tínhamos só uma garota preciosa, mas três! E aqui estão elas, crescendo rápido demais, aprendendo como o coração delas funcionam.

Mamãe acaricia o meu cabelo para longe da testa. Eu me derreto no ombro dela, fungando e esfregando os olhos.

— Eu gosto de verdade da Irene — confesso. — Mas acho que estraguei tudo. De jeito nenhuma ela vai sequer me olhar de novo.

Mamãe dá um sorrisinho.

— Não se dê por vencida, amor. Deixe que as feridas respirem um pouco e depois veja o que dá pra fazer.

— Estou cansada das feridas. Eu ainda fico triste pela Tally mesmo depois de todo o trabalho que tive pra superá-la. Sinto que dei um pedaço de mim a ela que nunca vou recuperar.

— Minhas lindas meninas, deixa eu falar uma coisa pra vocês — mamãe diz, olhando para cada uma de nós. — Vocês vão passar pela vida e se apaixonar e amar muitas pessoas diferentes, e, às vezes, vão ter o coração partido. É inevitável. O segredo é nunca ter medo disso. As pessoas partem nossos corações, mas, primeiro, eles abrem mais espaço, e esse espaço faz com que seja possível que nos tornemos um pouco mais nós mesmos.

— Eu não acho que tenha me tornado mais eu mesma — sussurro.

— Não dá pra ver o processo enquanto ele está acontecendo — papai rebate. — Mas talvez daqui a um ano você vá perceber onde as peças se encaixam. Tome um tempo para se curar, Scottie. Dê um tempo para você mesma.

Eu assinto, esfregando os olhos. BooBoo pula no meu colo e ronrona perto da minha barriga.

A JOGADA do AMOR   233

— Está bem — mamãe diz. — Chega de conversas pesadas por hoje. Hora de deixar as coisas descansarem.

— É, hora de deixar essa merda toda pra trás — Daphne diz, inesperadamente.

— *Daphne...* — mamãe começa, mas, quando nos vê gargalhando, ela esconde o rosto com as mãos e ri junto.

***

Acordo exausta no dia seguinte. Parece que todas as emoções pesadas que estive carregando nesses últimos meses finalmente me nocautearam e mandaram eu continuar no chão. Senti algum alívio falando com a minha família ontem, mas também sei que ainda tenho um longo caminho de cura pela frente. Porque essa é a verdade que preciso encarar: é hora de enfrentar o meu luto e deixar que ele passe por mim.

Uma batida gentil ecoa pela porta do meu quarto. Três pessoas colocam as cabeças pela fresta: Thora, Daphne e, para minha surpresa, Danielle. Elas aguardam no batente, as sobrancelhas erguidas como se não soubessem direito em que estado vão me encontrar. Quando dou um tapinha na cama, todas elas abrem sorrisos. Minhas irmãs se aconchegam cada uma de um lado enquanto Danielle se senta de pernas cruzadas no pé da cama, equilibrando uma xícara de café nas mãos. Daphne me entrega meu próprio café, na minha caneca favorita, uma antiguidade com estampa do Pedro Coelho que temos desde criança.

— Quando você chegou? — pergunto para Danielle.

Ela franze o nariz.

— Uma meia hora atrás. Thora me mandou uma mensagem. Mostrei a Daph como fazer café.

Eu sorrio grata para Thora. É mais fácil encará-la hoje.

— Como está o café? — Daphne me pergunta. — Botamos leite o suficiente?

Eu me inclino na direção dela. Daphne cheira a xampu floral, o que eu só uso quando o meu acaba.

— Está perfeito, Daph. Você é perfeita.

Thora me cutuca até eu olhar para ela de novo.

— Eu acordei me sentindo uma péssima irmã — ela diz baixinho. — Me acertou em cheio quando você disse que nunca te escutei direito sobre a sua dor. Me desculpa, Scots. Eu não devia ter ficado falando merda da Tally sem entender direito como você se sentia primeiro.

Eu assinto.

— Está tudo bem.

— Não está, não, mas fico feliz que sempre possamos contar a verdade uma pra outra.

— Eu amo nossas irmãs — Danielle diz, e todas rimos. — Então... eu fiquei sabendo da festa de Ano-Novo. E da foto de você e Tally se beijando.

— Nós contamos tudo — Daphne explica.

Arrisco um olhar para Danielle, com medo do que ela vai dizer de mim, mas ela só parece preocupada.

— Está tudo bem, Scottie? A Irene está bem?

Tomo um gole do café, considerando.

— Posso perguntar uma coisa nada a ver pra vocês? O que vocês acham daquela cena em *Digam o que quiserem*, quando ele ergue a caixa de som do lado de fora da janela dela?

— É tão romântico! — Daphne suspira.

— Icônico — Thora diz.

— Ele é muito forçado — Danielle opina.

Eu aponto para Danielle.

A JOGADA do AMOR   235

— É isso que a Irene acha. Ela odeia essa parte porque acha que o cara está pegando a saída mais fácil. Tipo, que o John Cusack fez esse gesto cafona porque queria se aproveitar do sentimentalismo dele. Ela diz que ele deveria ter feito um esforço para conversar com a Ione Skye em vez disso.

Thora e Daphne franzem o cenho, cogitando essa perspectiva.

— Ela está certa — Danielle diz, simplesmente.

— Eu não quero ter essas conversas difíceis — admito. — Prefiro ficar do lado de fora da janela dela e tocar uma música romântica bem alto.

— Isso com certeza *soa* mais romântico — Daphne diz, tamborilando os dedos no queixo —, mas qual das opções teria mais significado para Irene?

Eu sei muito bem qual é a resposta.

— Aff. A conversa difícil.

— Vocês já tiveram conversas difíceis antes — Danielle diz. — Vocês já saíram juntas de lugares muito mais difíceis. Do armário, por exemplo.

Thora solta uma risada pelo nariz e dá um chutinho no quadril de Danielle.

— Você fala com ela de um jeito que nunca falou com Tally — Danielle continua. — Você é... sabe... *você*.

Eu assinto.

— É. E eu não era eu quando estava com Tally.

— Sim. Sabe, lembra quando as pessoas começaram a aparecer nos nossos jogos e eu surtei e você disse que eu não podia ter as duas coisas? Ou eu parava de me importar que não estivéssemos recebendo atenção, ou aprendia a jogar com a atenção em mim? Você estava certa, então agora vou retribuir o favor. *Essa* não é você. Essa coisa de arrumar uma

236 KELLY QUINDLEN

namorada de mentirinha, zoar a cabeça da Tally, se esgueirar em Candlehawk? Não chega nem perto da Scottie de verdade. A Scottie de verdade é autêntica e genuína e tem o pé no chão. Ela se importa com as pessoas. Não só com uma ideia metafórica, mas as pessoas em si.

Nós ficamos em silêncio até Daphne se virar para mim.

— Sem ofensas, mas sua melhor amiga é mais inteligente que você.

— Não estou ofendida. — Eu sorrio e estico a mão para pegar meu celular. — Ei, a Charlotte mostrou a foto pra mais alguém?

— Não — Danielle responde. — Quer dizer, todo mundo sacou que você estava com a Tally e fez alguma coisa que magoou Irene, então…

— É. Soa mesmo ruim. — Eu estremeço. — A escola inteira me odeia?

Danielle dá de ombros.

— Pode ser que sim? — Ela me encara, direta. — Mas não acho que você precise se preocupar com isso agora.

Eu suspiro.

— Tá. Autenticidade. Só não sei se *gosto* da eu autêntica agora. Ela é uma bagunça.

Thora suspira e passa um braço pelo meu ombro.

— Olha só, Scots — ela diz, gentilmente —, você vai se curar e você tem que parar de evitar as merdas difíceis. Confia na sua capacidade de lidar com as partes ruins de você mesma. Confia que Irene pode fazer isso também.

Eu mordo o lábio.

— Mas e se ela não quiser?

— Ela vai querer — Danielle responde. — Pode confiar em mim quando digo isso.

A JOGADA do AMOR   237

***

Quando ligo para Irene no dia seguinte, não tenho certeza de que ela vai atender.

Ela atende.

E quando pergunto se podemos conversar, ela diz que sim. Pego minhas chaves e corro porta afora.

Quando paro na calçada da casa dela, Irene está na garagem, tremendo em um casaco marrom com a gola larga, de óculos, o cabelo empilhado em um coque bagunçado. Meu coração estremece sob a minha jaqueta jeans.

Eu tiro meus sapatos quando entramos na casa dela. Mary, a cachorra, vem até mim e se esfrega na minha coxa. Um menino com os olhos de Irene, de talvez onze ou doze anos, olha para nós do sofá enorme.

— Esse é o meu irmão — Irene apresenta, gesticulando para o menino. — Mathew, nós vamos subir. Não entre no quarto.

Mathew franze o nariz.

— Vocês duas vão transar?

Irene o ignora e sobe a escada apressada. Eu a sigo, tentando decodificar a linguagem corporal dela. Ela não parece brava, mas é como se tivesse erguido um muro entre a gente. Irene está de volta ao seu patamar intocável.

O quarto dela é exatamente como eu imaginava que seria: limpo, organizado e bonito sem nenhum esforço. O papel de parede escuro combina com ela. As fotos nos porta-retratos são surpreendentemente velhas. Pego uma foto 10x15 que mostra Irene com um casal indiano mais velho.

— Esses são seus avós? É em Kerala?

— Você tem boa memória — ela diz, séria. Sobe na cama, estica uma perna na frente dela.

Fico pairando, incerta.

— Eu posso…?

Ela gesticula sem abrir a boca.

Eu me sento na frente dela e encaro aqueles olhos escuros e expressivos. Meu coração pulsa na garganta. Quero tanto conseguir fazer isso do jeito certo.

— Eu posso pedir desculpas de novo, mas não acho que é isso que você queira ouvir — começo. — Posso fazer uma declaração dramática de amor, mas você merece mais do que uma pessoa com uma caixa de som do lado de fora da sua janela. Porque você está certa: seria bom pra *mim*, não pra você.

Ela me olha, atenta.

— Então o que eu mereço?

— Um milhão de coisas. — Encaro os olhos dela, tentando mostrar minha sinceridade. — Mas, de mim, você merece a verdade. Eu não queria ser tão aberta com você sobre como eu estava me sentindo confusa, machucada e sem chão. Eu te afastei com a desculpa de que você era a garota popular que não se importava comigo. Mas você se *importa* comigo. Você se importa com um monte de coisas. Você tem um coração enorme e é engraçada e decidida. Você é uma das pessoas mais incríveis que eu já conheci.

Engulo em seco e remexo no punho da jaqueta.

— Você foi verdadeira desde o instante da batida de carro. Quero ser verdadeira com você também. — Eu limpo a garganta e, nessa hora, tenho que desviar meus olhos. — Eu não estou bem. Não estou bem há meses. O término com Tally me machucou de um jeito que me deixa envergonhada, porque acho que eu já *deveria* ter superado. Não sei quanto disso é minha culpa. Tipo, se é minha culpa por não ter visto todos os sinais ruins. *Ainda* é minha culpa acreditar que ela tem um bom coração, lá no fundo. Eu sei que ela é tóxica. Sei mesmo. Mas sinto falta dela de um jeito que *dói* fisicamente. É como se meu cérebro entendesse, mas meu coração ainda estivesse rastejando atrás dela. Estou de luto mesmo quando não quero estar.

Eu conto para ela tudo que aconteceu na última semana: minha conversa com Danielle sobre precisar de um desfecho, minha decisão de ir ver Tally no jogo de Candlehawk, minha experiência na festa de Prescott. Eu até falo sobre a conversa com minha família que tive outro dia.

Quando termino, o silêncio reina. Noto meu peito subindo e descendo, minha respiração entrando e saindo. Mathew está com a televisão no último volume lá embaixo.

— Você ainda sente saudades dela? — Irene pergunta.

Demoro um pouco para responder.

— Eu sinto saudades de quem ela costumava ser, mas essa pessoa já não existe mais. Talvez nunca tenha existido, pra começo de conversa. Você me disse esse tempo todo que tentar revidar de alguma forma não me deixaria feliz, e você estava certa. Eu estava competindo com ela, mas tudo que consegui fazer foi me machucar. E acabei machucando *você* também. Eu nunca devia ter te arrastado nessa comigo. Essa é a parte que está me matando. Eu sinto muito, Irene.

A sombra de um sorriso aparece no rosto dela.

— Você não me *arrastou* pra lugar nenhum. Eu tomei essa decisão sozinha.

— Ainda assim. Eu devia ter analisado tudo melhor. Eu devia ter me impedido de desenvolver sentimentos.

Ela balança a cabeça.

— Não dá pra controlar o que sentimos. Se minha grande jornada gay me ensinou uma coisa, foi isso.

Dou um pequeno sorriso para a ela.

— Verdade.

— Eu sabia que você não tinha superado. Eu sabia que você estava mal. Acho que eu só esperava que as coisas já tivessem mudado a essa altura. — Ela olha para mim. — Me desculpa se te pressionei ou apressei.

— Você não fez isso. — Com cautela, estico meus dedos na direção dos dela. Ela me deixa segurá-los. — Eu quero namorar com você. Namorar de *verdade*. Mas ainda não estou pronta pra isso e não quero te dar nada menos do que a melhor versão de mim.

Ela assente.

— Eu entendo.

Sustento o olhar.

— Irene? — Minha voz estremece de leve. — Por que você nunca me falou a verdade sobre o guincho?

O olhar dela é penetrante.

— Porque eu era orgulhosa demais para admitir que tinha cometido um erro. Eu não te conhecia e não sabia como me explicar pra você, então deixei que você lidasse com as consequências em vez de eu mesma lidar com isso. Fui uma covarde. — Ela aperta meus dedos. — Me desculpa, Scottie. Pelo que aconteceu com o seu carro, mas também pelo jeito como fiz você se sentir. Sua família está certa: você é incrível. Você é mais do que suficiente. Eu odeio ter feito você questionar isso.

Coloco a mão no joelho dela.

— Eu sinto muito que você estivesse sofrendo tanto.

— Sinto muito que você ainda esteja.

— Isso passa mesmo? Algum dia?

— Sim. — Ela sorri, triste. — Olha, vou provar pra você. — Ela pega o celular e mexe nele até encontrar uma foto.

— Sei que é meio esquisito mostrar isso, mas fiquei encarando essa foto todo dia por uns seis meses depois que a Charlotte começou a namorar o Prescott.

Ela me entrega o celular. É uma selfie das duas, Irene e Charlotte, se beijando com as cabeças no mesmo travesseiro, os cabelos bagunçados e emaranhados. Irene está sorrindo do jeito que ela só sorri durante as coreografias de torcida: como se tivesse achado o motivo de sua existência.

— Ah. — Eu sinto uma pontada de ciúmes, mas tento me lembrar de que isso não é sobre mim; é sobre Irene e o sofrimento dela. — Ela sabe que você tem essa foto?

— Não. A gente estava bêbada. Eu só achei no dia seguinte.

— Você parece tão feliz — sussurro.

— Eu estava. — Ela se aproxima mais, pousa o braço na minha coxa. — Eu amei Charlotte com todo o meu coração. E sei que ela também me amava. Quando olho pra essa foto, ainda consigo ver as melhores partes dela. Consigo lembrar exatamente como era a sensação de amá-la.

Ergo meu olhar para ela.

— E como você conseguiu superar?

— Com tempo. Espaço. Aceitação. — Ela examina meus olhos. — E sabendo que eu merecia mais do que isso.

Eu sorrio. Nós encostamos nossas testas, respirando juntas.

— Quero chegar em um nível em que esteja pronta para ficar com você — sussurro.

— Chegue em um nível em que você saiba o quanto é incrível — ela sussurra em resposta. — É a mesma coisa.

Ela sai da cama e me puxa para ficar em pé. Antes que eu consiga descobrir como vou dizer adeus — por enquanto —, ela pega alguma coisa da cabeceira e pressiona na minha mão.

Meu botton de basquete.

Tento dizer alguma coisa, mas as palavras grudam na minha garganta. Nós ficamos lá por um momento, respirando fundo, dando a essa decisão o espaço que ela merece. Então assinto e vou embora.

Eu não choro quando chego em casa. Em vez disso, pego minha bola de basquete e faço bandejas por uma hora. Não penso em nada além do meu coração e do processo de cura pelo qual ele vai precisar passar.

Porque, antes de se preocupar com quem está no banco do carona, você precisa aprender a dirigir.

17

Nunca imaginei o quanto o processo de cura seria mundano. Minhas semanas seguintes são preenchidas com ajudar mamãe no jardim, aprender a tricotar com a Daphne e trabalhar no Chaminé para Thora. Eu lavo a louça, pratico arremessos livres e faço uma lista dos meus filmes favoritos na ordem para discutir sobre isso depois com as minhas irmãs. Eu ajudo Danielle a devolver presentes de Natal e falo sobre os meus sentimentos sem ela precisar me pedir. Não há nada de glamoroso nisso, mas digo a mim mesma que preciso continuar.

A escola vira um buraco do inferno. Boatos sobre a acusação que Charlotte fez no ginásio se espalharam, e mesmo que ninguém tenha visto a foto que ela mostrou para Irene, todo mundo encaixou as peças sobre nós termos "terminado" porque eu estava com Tally. As pessoas ou desviam de mim ou me lançam olhares fulminantes nos corredores. Minhas próprias colegas se recusam a me passar a bola durante os treinos. Só os trigêmeos Cleveland estão dispostos a ficar por perto, mas só porque querem uma entrevista para o jornal. É uma experiência muito sóbria e esclarecedora, ver como as pessoas podem rapidamente mudar de adoração para ódio.

A própria Irene é cordial, mas distante, e imito o comportamento dela. Nós sorrimos com educação uma para a outra no corredor, mas no geral ficamos na nossa. Charlotte, é claro, fica feliz em incentivar os boatos sobre o que deu errado entre nós. Ela planta mais sementes sobre a sexualidade "falsa" de Irene, mas Irene não está nem aí. Não sei se é porque ela não se importa mesmo ou se é porque está ainda mais focada no prêmio de Atleta do Ano agora que estamos perto das indicações. Torço para que eu não tenha arruinado as chances dela.

Danielle e os meninos são leais até a alma. Nós nos sentamos no meu carro em uma tarde e conto tudo a eles. Danielle já sabe, claro, mas é um alívio finalmente me explicar para Gunther e Kevin. Confesso toda a verdade sobre os últimos meses, mesmo que eu ainda tenha vergonha do que aconteceu. Já contei essa história várias vezes, mas não fica mais fácil.

— Desculpa ter mentido pra vocês — digo, me forçando a manter contato visual. — Me desculpa por ficar tão bitolada com a minha ex. Sinto que isso atrapalhou nossa experiência do último ano. — Esfrego meus olhos. Danielle me passa um guardanapo do porta-luvas. — Vocês são meus melhores amigos. Quero que nosso último semestre seja incrível.

Kevin se inclina para a frente e entrelaça os dedos dele com os meus.

— Nenhum de nós é perfeito, Scottie. Bom... exceto a Danielle. — Ele sorri sincero, e ela estreita os olhos, entrando na brincadeira. — Obrigado por falar a verdade. Sinto muito que você estivesse sofrendo tanto. Eu te amo e quero que você seja feliz.

— É, é isso — Gunther acrescenta. — Sem contar que eu conheci a Honey-Belle por causa dessa coisa toda, então como é que vou ficar bravo?

Danielle dá um tapinha nele, e a risada que se segue é exatamente o que eu preciso.

Nós quatro passamos todos os sábados no cinema. Na noite em que passa *Além dos limites*, Gunther traz Honey-Belle junto e a beija na fila da entrada. Eu me viro para Danielle e Kevin para trocar olhares, mas eles nem estão prestando atenção; estão rindo de alguma coisa no celular de Kevin. Quando Danielle estica o braço para dar um soquinho de flerte no braço dele, os olhos de Kevin se acendem. Finjo que não noto quando ele insiste em pagar pelo refrigerante dela. Estou tranquila em ficar de vela essa noite.

Quando temos o dia de folga na escola por causa do feriado de Martin Luther King, eu me sento de pernas cruzadas no chão do meu quarto e leio cada carta que Tally já me mandou. Algumas delas me fazem chorar. Deixo que as lágrimas venham e digo para mim mesma que não tem problema que meu coração ainda esteja dolorido. Depois de ler todas elas, Thora e Daphne me ajudam a queimá-las no quintal. Eu respiro fundo, para dentro e para fora, e observo as faíscas que restam flutuarem ao vento.

***

Os esportes de primavera começam no fim de janeiro, porque aparentemente janeiro já se qualifica como primavera aqui. Observo as meninas do futebol correndo pelo gramado toda tarde quando saio do treino, os pulmões delas certamente ardendo com o frio. O início da temporada de futebol sinaliza o fim da minha, o que é difícil de acreditar. Significa que estamos chegando ao fim da minha carreira de esportes na escola. Também significa que estamos a apenas algumas semanas do campeonato do distrito e, considerando o recorde de vitórias de Grandma Earl, parece que definitivamente vamos participar — e que Candlehawk, cujo time permanece invicto exceto pela vez em que perderam para nós no Clássico de Natal, vai ser nosso oponente.

Danielle e eu ficamos até mais tarde no treino em uma noite, passando a bola de um lado para o outro enquanto ela estuda uma nova jogada que quer tentar com nosso time. Nós não vemos a treinadora Fernandez há duas semanas, Danielle tem liderado o time sozinha. Essa noite, ela alterna entre consultar a jogada no celular, me direcionar nos passos e desaparecer em meio às Visões de Danielle. Eu observo com um novo interesse, deslumbrada pelo modo como o cérebro dela funciona.

— Você já terminou de escrever a redação da sua candidatura geral? — pergunto quando estamos andando pelo estacionamento. Está um frio congelante do lado de fora, e minha respiração faz fumaça no ar quando falo.

— Sim, acabei, mas ainda não mandei. Por quê?

— Sobre o que você acabou escrevendo?

— Uma anedota sobre minha família visitar o Museu de Arte Ruim e sobre como Teddy fingiu ser um guia turístico em uma pintura de polvo… Que foi? Que cara é essa?

— Danielle, você tem que escrever sobre ser a treinadora do nosso time.

— Eu já falei que não quero me gabar. Eu não quero ser só "eu eu eu".

Eu paro de andar. Ela para também. Nós nos encaramos perto dos nossos carros.

— Que foi? — Danielle repete, os dentes batendo de frio.

— Eu te amo — falo com firmeza. — Você é uma força da natureza. Acho que você devia parar de se esconder das pessoas.

Ela pisca, parecendo completamente atordoada.

— Quê?

— Você sabe que pegar o lugar de treinadora sendo uma aluna e guiar seu time para uma temporada de vitórias é bem extraordinário, certo? E ainda mais porque você continua tirando nota máxima em tudo. É isso o que você precisa falar para os avaliadores das faculdades. Precisa deixar que eles te vejam de verdade. A você real, a você genuína. Autenticidade, lembra?

Danielle engole em seco e desvia o olhar, envergonhada.

— Tenta — imploro, meus braços tiritando no frio. — Só *tenta* escrever a redação. Prometo que vou falar se parecer que você está se gabando demais. Mas imagine se, tipo, eu ou Kevin ou Gunther escrevêssemos a redação! A gente ia se gabar de você a porra do tempo inteiro!

— Você acha que Kevin se gabaria de mim?

Eu reviro os olhos.

— Me diz você.

Ela dá um sorriso torto.

— É. Ele faria isso.

— Então você vai tentar?

Danielle respira fundo.

— Vou tentar. Provavelmente vou te odiar o tempo todo, mas vou fazer.

— Eu adoro ser odiada. Tem sido meio que a minha especialidade nos últimos tempos…

Nós somos interrompidas por um apito alto por cima do meu ombro. Alguém destranca o carro ao longe. Irene está arrumando a mochila em cima do ombro. Ela usa uma japona ridiculamente grande.

Eu olho de volta para Danielle.

— Eu acho que vou…

— Isso. Vai lá.

Ela não precisa falar duas vezes. Eu me apresso pelo estacionamento, minha mochila quicando contra o casaco.

— Oi! Irene!

Irene se vira. A expressão dela se suaviza mais do que eu poderia esperar.

— Oi. O que você ainda está fazendo aqui?

— Ajudando a Danielle. Está ficando meio intenso com o jogo de Candlehawk vindo aí.

Irene endurece, e eu me sinto uma idiota por mencionar a palavra proibida.

— Intenso porque é o fim da temporada — esclareço. — Não porque estou preocupada com ganhar.

Ela inclina a cabeça, me estudando.

— Ah, é?

— É. — Sorrio para ela. — Então… belo casaco. Esses não são feitos pra pessoas que moram em, tipo, Minnesota?

Ela estreita os olhos.

— Eles são feitos pro frio, babaca — rebate.

— Frio do *Ártico*, menina da Georgia.

— Acho que não tem nenhum jeito de consertar esse seu senso de humor horrível durante o seu processo de cura.

— Infelizmente isso não é parte do acordo. — Eu sorrio até ela revirar os olhos. Aquece os meus ossos. — Então, como você está? Pronta para o Atleta do Ano?

— Estou, sim. — Os olhos dela adquirem aquela faísca familiar. — Eu estava fazendo mais uns pôsteres com a Honey-Belle.

— Eu amei todos os seus pôsteres até agora.

— Puxa-saco. — A boca de Irene sobe em um canto. — Acho que você já sabe que Charlotte está de volta com as merdas dela com todos esses rumores sobre mim?

Preciso dar tudo de mim para não dizer algo horrível sobre ela. Não é disso que Irene precisa.

— É. Sinto muito que você tenha que lidar com isso. Sair do armário já é difícil. Você não deveria ter que provar nada pra ninguém.

— Não é sua culpa. Ela encontraria outro motivo se precisasse.

— Irene, posso te perguntar uma coisa? — Faço uma pausa, tentando formular a pergunta. É algo que tenho me perguntado há semanas, mas é delicado mencionar. — Aquela foto que você tem no celular, de você e Charlotte se beijando ano passado, por que nunca mostrou pra ela? Pra qualquer pessoa? Basta olhar para aquela foto que Charlotte nunca vai poder te torturar de novo.

Irene me encara. A expressão dela é muito séria.

— É isso que você acha que eu devo fazer?

Examino os olhos dela. Fica claro que ela já teve essa ideia antes. Talvez até a tenha considerado.

— Não — falo, firme. — Eu não acho que você devia fazer isso. Você acha?

— Não. Eu não mostrei e nunca vou mostrar.

Engulo o nó na minha garganta. Eu olho para ela e me pergunto se é assim a sensação de amar alguém por ser quem é de verdade. Por ser como é lá no fundo, com sua ética e a determinação.

— Irene. Você é uma pessoa bem incrível. — Minha voz está trêmula com a emoção. Qual é a dessa ideia de ficar emotiva com todo mundo essa noite?

Irene pisca. O olhar endurecido dela se amaina.

— Não sou, Scottie. Só estou tentando ser melhor do que eu era antes. — Ela faz uma pausa. — Assim como você.

Nós sorrimos uma para a outra. Não quero terminar a conversa, mas meu corpo está formigando com o frio, ansiando pelo aquecedor do meu carro. Além do mais, ainda estou me recuperando.

— Boa sorte com o Atleta do Ano — digo, me afastando dela. — Vou torcer por você.

***

Na primeira semana de fevereiro, nosso diretor enfim dá o aviso: as indicações para Atleta Estudantil do Ano serão anunciadas no fim do dia.

— Puta merda — fala Danielle enquanto estamos sentadas juntas logo antes de começar a aula. — Como será que a Irene está se sentindo?

Ergo o olhar da versão final da redação de candidatura de Danielle, que a mandou semana passada, em que lia sobre como ela estava nervosa antes da abertura da temporada. De alguma forma, Danielle conseguiu escrever sobre ser a treinadora do nosso time de um jeito que é tão potente quanto humilde. Eu só encontrei uma única frase autodepreciativa, mas ela tinha escrito entre parênteses, então considerei um progresso.

— Ela deve se sentir do jeito que sente antes de uma apresentação — respondo. — Ansiosa, mas empolgada.

Danielle bate um dos marca-textos coloridos na mesa.

— Meu Deus, espero que ela ganhe.

— Eu também. — Repasso a lista de possíveis candidatos na minha cabeça, tentando pensar em quem poderia

A Jogada do Amor 251

tirá-la da disputa. Irene *precisa* ser indicada, considerando tudo que ela faz pelos dois times, certo?

Na hora de almoço, a indicação é o único assunto que todo mundo discute. Gunther e Danielle confirmam que ambos votaram para Irene na cédula de votação preliminar semana passada, mas Kevin se recusa a dizer em quem ele votou. Nós o atormentamos de novo e de novo, mas de nada adianta, ele continua repetindo "A consciência de um homem é sua terra particular" até que Gunther espreme um pacote de ketchup nele.

Quando finalmente chego na aula de Perspectivas para o Futuro naquela tarde, meu estômago está embrulhado. Estou tão nervosa por Irene que quase parece que é a *minha* indicação que está em jogo. Mas quando olho para ela do outro lado da sala, ela tem a mesma aparência plena de sempre. É só depois que nossos olhares rapidamente se encontram que reconheço o nervosismo. Eu aceno com a cabeça em encorajamento até ela assentir de volta.

Quando os outros anúncios do final do dia são feitos, nosso diretor ainda fala umas baboseiras, além de mais um alerta desinteressado sobre zoar com o letreiro, antes de pigarrear e anunciar os candidatos a Atleta Estudantil do Ano.

— *Darius Hart… Michael Lottke…* — ele lê na voz anasalada. — *Charlotte Pascal…*

Há um surto de aplausos de metade das pessoas na sala. Charlotte sorri e tenta parecer modesta, mas para mim, ela parece uma sociopata desequilibrada. Eu seguro a respiração, implorando pelo nome de Irene.

— *Irene Abraham…* — nosso diretor continua.

— ISSO! — grito, batendo o meu punho na mesa. Minha cara fica vermelha, mas não importa: há barulho suficiente no resto da sala para encobrir a minha explosão.

Metade dos meus colegas gritam uma variação da frase "quê? Mas ela é uma *líder de torcida!*" enquanto a outra metade está se atirando para abraçar Irene. Eu esqueço tudo por um momento e fico em pé para olhá-la melhor. Ela está sorrindo abertamente, o sorriso radiante, os olhos tão alegres quanto aquela foto velha da escola que fica pendurada em sua árvore de Natal.

— E por último, com um número recorde de votos por escrito... *Danielle Zander.*

O tempo congela. Meu coração explode no peito. Um milissegundo frágil de silêncio — o queixo de Danielle caindo, os olhos arregalados e incrédulos — e então uma explosão de som. As pessoas gritam tão alto que meus tímpanos vão estourar. Eu me jogo para abraçar minha melhor amiga antes mesmo de entender o que estou fazendo, apertando-a e gritando:

— *Você foi indicada! Você foi indicada!*

Mais pessoas se apressam para abraçá-la — o pessoal da banda e o pessoal do teatro e todo o tipo de gente ali no meio — e, quando ela enfim entende, brilha como a porra de uma estrela.

A classe está em caos absoluto, as pessoas correm na direção de Charlotte ou Irene ou Danielle — e, às vezes, todas as três — enquanto a sra. Scuttlebaum grita em vão para que nós nos sentemos. O diretor ainda está dando recados no alto-falante, mas não é nada além de um zumbido distante. E, no meio da confusão, em um momento como um relâmpago ardente, Irene encontra meu olhar e dá uma piscadinha.

***

Mais tarde, depois do treino, o estacionamento está fervilhando com as fofocas do Atleta do Ano. Considerando que ainda estamos em fevereiro, no inverno, até que não está tão frio, e as pessoas aproveitam a oportunidade para matar tempo perto de seus carros. Música ecoa pelo estacionamento, cortesia do time de beisebol que está celebrando a indicação de Darius Hart. As garotas do futebol, recém-saídas do treino, se esticam na grama perto do letreiro, que alguém alterou nessa manhã mesmo para que se leia FELIZ DIA DO RABO DADO, em vez de "Feliz Dia dos Namorados". Gunther e eu nos sentamos no porta-malas do meu carro, conversando com Kevin, que acabou de sair da sala da banda, e Danielle, que está tão animada que se balança nas pontas dos pés. De novo e de novo, nós comentamos o momento em que o nome dela foi anunciado no alto-falante. Estou desesperada para ir para casa e comentar com a minha família.

— Ei, Danielle, parabéns! — um dos caras da banda diz quando passa. Ele muda a caixa do trompete de lugar e aponta para Kevin. — Esse cara tem as *melhores* ideias. Na hora que ele falou que ia escrever seu nome na cédula, todo mundo concordou. Enfim, boa sorte!

Kevin cora onde está. Danielle pisca, sem ter certeza do que ouviu.

— Você escreveu meu nome? — ela pergunta. A voz dela é suave. É um momento tão íntimo que eu queria que eles pudessem compartilhar sozinhos. Gunther e eu trocamos olhares desconfortáveis.

— Tudo bem por você? — Kevin pergunta, a voz rouca.
— Eu sei que devia ter pedido permissão primeiro, mas achei que ninguém merecia isso mais do que você...

— Ei! Danielle! — Irene e Honey-Belle se intrometem na cena. Elas sufocam Danielle com abraços, e demora um instante para ela registrar que as duas estão ali. — Parabéns! Isso é incrível!

O rosto de Irene brilha; ela está maravilhada de verdade. Honey-Belle está tão feliz que parece que vai começar a flutuar.

—Ah, sim… Obrigada! — Danielle diz, abraçando-as de volta. — Parabéns pra *você*, Irene!

— Eu nunca achei que teria *duas* amigas indicadas! — Honey-Belle dá um gritinho. Ela dá uma voltinha para chegar em Gunther e aperta o rosto dele entre as mãos. — Dá pra acreditar? É como se fosse Natal!

Gunther sorri como um bobo completo.

— Vindo de você, isso significa muita coisa.

Eu não percebo que estou sorrindo tanto até que minhas bochechas começam a doer. Olho para o outro lado do nosso círculo, onde está Irene, que sustenta meu olhar e sorri de volta. Já me ocorreu que vou ter que escolher entre ela e Danielle no formulário de votação, mas, nesse momento, nada disso importa. Tem coisas demais para ficar feliz agora.

O que, ironicamente, é exatamente o que estou pensando quando Charlotte Pascal desliza até onde estamos com as suas capangas.

— Mas de jeito *nenhum* — Danielle diz, esquecendo de si por um instante. — Volte mais tarde, Pascal, o horário comercial para abobrinhas já encerrou.

Meu grupo começa a rir. As bochechas de Charlotte ficam rosadas, mas os olhos cruéis dela continuam fixos em nós.

— Só queria te dar parabéns, Danielle. É bom ver outra *atleta* feminina que dá duro sendo indicada.

Meus colegas, sentindo o cheiro de um banho de sangue, começam a se aglomerar. O estacionamento fica cada vez mais quieto. O círculo ao nosso redor aumenta.

— Pode parar de tentar me alfinetar com essa palavra — Irene diz, em um tom entediado. — Estamos comemorando, Char. Você deveria estar fazendo a mesma coisa. Vá se *divertir*.

— Eu nem acredito que você foi indicada — Charlotte diz com sua voz falsa. — Ainda mais quando é óbvio que você estava tentando angariar pontos por ser *gay*.

Um silêncio recai sobre a multidão. Meu batimento cardíaco acelera em aviso.

— Eu não estou interessada na sua opinião sobre a minha sexualidade — Irene diz, com calma. — Eu sei quem eu sou, e sei como me sinto.

— Tá, mas sabe, as coisas não encaixam. Acho que você só estava usando a Zajac. Todo mundo se lembra do guincho, Irene. Como é que você pula de aterrorizar a coitada para exibi-la por aí como se fosse um troféu? Eu sei como você é calculista. Você é esperta o bastante para fazer uma história se virar a seu favor. Você pegou uma perdedora, uma perdedora *obviamente gay*, e a usou como acessório para mostrar que aprendeu a lição, que você é igual a todo mundo, que é uma *coitadinha que estava no armário*...

— Isso é uma mentira deslavada! — falo, perdendo minha paciência. — Meu Deus, Charlotte, por que você está tão determinada a torturar ela?

Charlotte estreita os olhos como se eu fosse um inseto que, de repente, ficou interessante ao seu olhar.

— Estou determinada a provar que ela é uma fraude. E você também. Não sei o que você ganhou com isso esse tempo todo, mas sei que era tudo fingimento. Você não se importa com Irene. *Você* está ganhando outra coisa nessa. E posso provar.

Ela pega o celular. Irene e eu nos entreolhamos. Uma conversa infinita passa entre nós.

— Bem, lá vamos nós — diz Charlotte. — Deixa eu só postar essa coisinha aqui no Instagram...

Há um silêncio pesado e prolongado enquanto todo mundo espera. E então uma das meninas do futebol olha para o próprio celular e diz:

— Cacete...

Em um relampejo, todo mundo está olhando para o celular, exceto eu, Irene e nossos amigos. Ficamos firmes enquanto nossos colegas encaram as telas. As garotas do futebol explodem em risadas. Os caras do futebol americano se dão cotoveladas e riem. As líderes de torcida ficam silenciosas como túmulos.

— Isso é verdade? — uma delas pergunta a Irene, enfiando o celular na cara dela. Irene tenta desviar o olhar, mas a garota praticamente a força a ver. A mandíbula de Irene se aperta. Ela passa uma das mãos pelo cabelo.

Eu também pego o meu celular e olho.

Como Irene tinha dito, é uma foto minha e de Tally nos beijando na festa de Ano-Novo, com a data e a localização. Está um pouco pixelada por causa do zoom de Charlotte, mas não deixa dúvidas de quem está na foto. A legenda em cima da foto diz: *então Zajak ainda estava pegando Gibson esse tempo todo? Acho que Irene estava mesmo só usando ela para se exibir...*

Todo mundo está me encarando quando ergo o olhar. O rosto dos meus amigos está ansioso. O resto está ou julgando ou receoso. Eles olham de mim para Irene e para mim de novo. O silêncio é mortal até Irene rompê-lo:

— Você escreveu o nome da Scottie errado — ela fala para Charlotte, mas as palavras saem meio derrotadas. Ela se vira e olha além de mim para Honey-Belle. — Vem, a gente tem uns pôsteres pra pendurar.

— Eu não me daria o trabalho — diz Charlotte triunfante. — Você já mostrou quem é de verdade. Duvido que alguém vá votar em você agora.

Murmúrios e risadas eclodem em nossa volta. Irene parece abalada. Sinto vontade de vomitar. Toda essa merda é minha culpa. Posso lidar com as consequências para a minha própria vida, mas sabotar a de Irene é outra história.

Gunther coloca a mão pequena e quente em cima da minha. É aí que percebo que estou tremendo. Irene e Honey-Belle se retiram para os seus próprios carros sem mais nenhuma palavra, Charlotte e sua comitiva vão embora triunfantes e o resto dos nossos colegas dispersam. Então somos só eu, Danielle, Kevin e Gunther, sombrios e silenciosos ao lado do meu carro.

***

No dia seguinte, procuro Charlotte depois da escola. Eu literalmente a persigo pelo campo de futebol. Vou chegar atrasada no treino de basquete, mas Danielle vai entender.

Somos só nós duas paradas perto do meio campo. O resto das colegas dela ainda não saiu do vestiário. Charlotte me olha, as mãos no quadril, quase como se estivesse esperando que eu fosse atrás dela. Eu respiro fundo e digo o que vim falar:

— Quero que você deixa a Irene em paz — digo, sem nenhuma preliminar. — Que deixe nós duas em paz.

Charlotte ri torto, confiante de ter as cartas certas na mão.

— Ou o quê?

Dou de ombros.

— Ou nada. Não vou te ameaçar. Estou apenas *pedindo* que você pare. Eu entendo que perder ela te deixou triste ou amarga ou sei lá, mas, puta que pariu, encontre um jeito mais saudável de lidar com isso.

Ela me encara como se eu tivesse ficado louca. A risada dela é mecânica.

— Perder ela? Eu não sei do que você está falando.

Eu a encaro.

— Sabe, sim. Você perdeu alguém que amava e nem tinha certeza de que tipo de amor era, pra começo de conversa, então agora está virando uma manipuladora narcisista que não consegue parar de implorar pela atenção de Irene.

Charlotte fica muito, muito imóvel.

— Seja lá o que ela te disse, é tudo mentira.

— Não é, não. — Ela parece prestes a atacar, então ergo as mãos. — E antes que você surte, saiba que ela me falou em segredo e não vou contar nada pra ninguém. Mas eu entendo: você está sofrendo. Está agindo como uma completa cuzona porque está magoada. Isso não é uma desculpa, mas ainda assim. Eu sei como é amar alguém e perder essa pessoa, e então tomar decisões ruins por sentir saudade demais. Eu já estive no seu lugar. Eu entendo. Mas acho que você deveria saber que não precisa ser assim.

Charlotte pisca.

— Não consigo entender o que você quer. Foi *você* que a machucou. Você não é melhor do que eu.

Tem um vestígio minúsculo de fragilidade na voz dela. Quase me faz ceder. Eu só fico lá, tentando descobrir como respondê-la. Ela não está errada, mas nós não somos iguais.

— Olha, Scottie, seja lá qual for a sua, não sei por que você está tentando se explicar para mim. — Charlotte balança a cabeça como se pudesse esquecer toda essa conversa. — É pro resto da escola que você tem que se provar.

— Eu não tenho que provar nada. Meus sentimentos são entre mim e Irene.

Ela sorri, quase parecendo ter pena, como se já tivesse enfrentado várias batalhas e me considerasse inocente demais.

— Não seja idiota. A gente tem que provar *tudo*. É isso que faço toda vez que entro em campo. É isso que você faz toda vez que pisa na quadra. É o que fazemos quando andamos por esses corredores. O que estamos fazendo, a não ser provando nosso valor?

— Talvez seja verdade — cedo. — Mas acho que seríamos muito mais felizes se simplesmente acreditássemos uns nos outros.

Charlotte engole em seco. Ela parece querer falar mais alguma coisa, mas, em vez disso, dá as costas e vai embora.

A voz dela ecoa na minha cabeça a noite toda. *A gente tem que provar tudo.* Eu penso em Kevin tentando se provar com a guitarra. Danielle tentando se provar com as notas e a liderança. Irene tentando se provar para nossa escola inteira com uma coreografia atrás da outra.

Irene na lateral, a atenção concentrada nela, refletindo os sentimentos da multidão...

E é então que tenho a ideia.

Sei o que preciso fazer.

18

Encontro Honey-Belle antes da aula no dia seguinte. Ela deve ter entendido a minha urgência, porque para de ler o horóscopo e me dá atenção total.

— Ela não está brava com você — Honey-Belle diz, antes de eu conseguir abrir a boca. — Só ficou magoada por ver a foto de novo. E ficou magoada porque a Charlotte virou o acordo de namoro falso contra ela.

Fico paralisada, percebendo que Honey-Belle sabe de toda a verdade sobre nosso esquema. Irene deve ter contado tudo para ela depois de Charlotte nos encurralar no estacionamento.

— Sinto muito — falo, sem forças. — Odeio que todo mundo presuma que Irene é a vilã. — Eu pauso, baixando os olhos. — Por um tempo, também achei que ela era. No fim, a verdade é que ela é incrível.

Honey-Belle balança a cabeça. Ela parece decepcionada, mas não surpresa.

— As pessoas não *veem* Irene. Elas veem a beleza, o carisma, o status social, mas não percebem o jeito como ela se importa com as coisas. Com ser líder de torcida. Com Grandma Earl. Com *você*. Por que nossos colegas estão tão dispostos a acreditar que Irene te usaria, mas custam tanto a crer que ela é apaixonada por você?

Minha respiração prende.

— Ela te falou que está apaixonada por mim?

— Claro que não. — Honey-Belle me encara, impaciente. — Eu tenho opinião, Scottie. Estou lendo as entrelinhas aqui.

— Claro. — Eu mordo meu lábio. — Olha, tenho uma ideia de como consertar tudo, mas vou precisar da sua ajuda.

Honey-Belle me analisa. Os olhos cinzentos dela parecem ver dentro de mim.

— Você superou a Tally, tipo, *pra valer* mesmo?

É a primeira vez que me perguntam isso em algum tempo, e fico chocada ao perceber a resposta.

— Sim. — Eu sorrio, sem conseguir evitar soltar uma risada. — Sim, eu superei mesmo.

Honey-Belle abre um sorriso.

— Então é hora de conquistar de novo a sua garota. O que a gente precisa fazer?

— Você e eu vestimos o mesmo tamanho. Por acaso você tem um uniforme de líder de torcida sobrando?

***

Temos menos de uma semana para organizar tudo. Primeiro, preciso convencer a equipe de líder de torcida pelas costas de Irene. Elas estão desconfiadas de mim, o que é compreensível, mas, com o respaldo de Honey-Belle, conseguimos fazê-las entrar no plano. Elas concordam em ajudar mesmo que signifique mais treino após o tempo normal delas. Depois, alisto meus amigos. Vou precisar tanto da ajuda de Kevin quanto da de Gunther para conseguir o que eu quero.

Danielle até mesmo me dá permissão para ficar no banco pela primeira metade do jogo contra Candlehawk. Ela faz isso com a autoridade de uma treinadora oficial.

Passo pelos próximos dias puramente à base de adrenalina e ansiedade. Escola, treino de basquete, então treino de torcida em segredo depois que Irene vai embora todos os dias. Tem um dia que me convenço de que nada disso vai funcionar, mas Honey-Belle me dá um abraço e me assegura de que o universo sempre está trabalhando a nosso favor.

No dia antes do jogo do campeonato do distrito contra Candlehawk, eu não ponho o pé no ginásio. Em vez disso, saio da escola no horário normal e me dirijo até o centro da cidade. O Consultório Grandma Earl Olhos & Associados fica ao lado do estúdio de karatê que eu costumava frequentar quando era mais nova. Não é à toa que o nome parecia tão familiar.

A recepcionista me cumprimenta e pergunta qual o horário da minha consulta. Quando digo a ela que não é por isso que estou aqui, ela franze o cenho de um jeito dramático e diz:

— Ah, querida, não estamos comprando mais biscoito das escoteiras. A dra. Abraham já comprou vinte caixas. — Ela me lança um olhar sério e recita a deixa seguinte. — A dra. Abraham se compadece muito para apoiar as causas de jovens mulheres.

— Hum, é. Engraçado você mencionar isso. Estou aqui pra falar sobre a Irene.

As sobrancelhas da mulher se levantam.

— A filha dela? Aconteceu alguma coisa?

— Não. Eu sou amiga dela, e gostaria de falar com a dra. Abraham sobre uma coisa muito importante pra ela. Posso esperar quanto tempo for preciso. — Para enfatizar meu ponto, eu me jogo em uma das cadeiras e coloco as pernas para o alto como se tivesse todo o tempo do mundo. Até pego uma das revistas na mesa de centro.

A recepcionista se levanta. Ela me olha quando cruza para o escritório dos fundos onde a dra. Abraham deve estar.

— Muito determinada — ela comenta, quase como se estivesse impressionada. — Não é à toa que você é amiga da filha dela.

Quando a mulher volta, um minuto depois, está acompanhada da dra. Abraham.

— Scottie, o que houve? — dra. Abraham pergunta, abrupta. — Está tudo bem com a Irene?

— Ela está ótima. Eu só queria te pedir uma coisa.

A dra. Abraham aperta os lábios. Ela ajusta uma mecha do cabelo que saiu do lugar.

— Está bem. Vem comigo.

Ela me leva a uma sala de exame. Ficamos sentadas uma de frente para a outra quase como se eu estivesse aqui para uma consulta de verdade. Olho distraída para todo o equipamento chique e os diagramas na parede, tentando encontrar minha confiança.

— Estou confusa em te ver aqui — a dra. Abraham diz, os olhos examinadores sobre mim. — Irene me disse que vocês tinham dado um tempo.

— Nós demos. — Eu pigarreio. — Quero consertar isso amanhã.

A dra. Abraham inclina a cabeça.

— Essa é uma daquelas coisas que vocês fazem para convidar um acompanhante para a festa de formatura? Você está aqui pra pedir minha permissão?

— Não. Mas eu gostaria de pedir que você viesse ao nosso jogo do campeonato do distrito amanhã. Basquete feminino.

264 KELLY QUINDLEN

Vamos jogar contra Candlehawk. — Eu endireito a minha postura e olho para o rosto bonito e perplexo dela. — Dra. Abraham, você sabia que a Irene mudou completamente o calendário das equipes de torcida para que ela pudesse torcer nos nossos jogos em vez de nos do time masculino? Ela basicamente passou por cima da treinadora e convenceu o time todo. Elas começaram a fazer a torcida nos nossos jogos e, de repente, a escola inteira apareceu para torcer também. Só por causa dela. Por causa da iniciativa dela.

A sombra de um sorriso surge no rosto da dra. Abraham.

— Sim, ela sempre foi muito determinada.

— Ela ama ser líder de torcida. E é *boa* nisso. Ela fica triste que você ache que é uma perda de tempo.

A dra. Abraham se afasta. Ela cruza as pernas e me encara com uma expressão rígida. Não me assusta. Eu já vi essa mesma expressão no rosto da filha dela.

— Você acha que eu não entendo o quanto ser líder de torcida é importante para ela? — a dra. Abraham pergunta.

— Eu não sei — digo, de forma apaziguadora. — Talvez sim. Mas *Irene* não acha que você entenda. Ela não sente que pode compartilhar essa parte dela com você inteiramente. Olha, dra. Abraham, sei que estou me intrometendo onde não devo. Não estou tentando ser desrespeitosa e não quero ser enxerida. É só que Irene significa muito pra mim, e sei que a deixaria muito feliz se você viesse assistir ao jogo amanhã. Ela sempre age como se não precisasse da validação de ninguém, e talvez isso seja verdade na maioria dos casos, mas ela precisa *sim* da sua validação. — Uma memória repentina surge à minha mente. — Quer dizer, ela dorme com aquela sua camiseta velha como se fosse um ursinho de pelúcia.

A dra. Abraham fecha os olhos como se estivesse tentando não sorrir. Ela respira fundo. O corpo relaxa.

— É, isso eu sei. Ela tenta esconder de mim, mas já vi na pilha de roupa suja.

— Ela é muito parecida com você.

— Eu sei. — A dra. Abraham assente de um jeito muito materno. — Ela é uma garota incrível. Sou muito abençoada.

— Então você vem ver o jogo amanhã?

Ela olha para mim com algo que parece divertimento.

— Sim, Scottie, estarei lá. — Ela se levanta e espera eu fazer o mesmo. Enquanto me leva de volta para a sala de espera, ela diz: — Obrigada por vir. Consigo ver por que ela gosta de você. — Sorri abertamente para mim. — É bom ver que minha filha tem uma líder de torcida para chamar de sua.

— Obrigada, dra. Abraham.

— Te vejo amanhã, Scottie.

É só depois que passo de novo pelo balcão da recepcionista que noto uma pequena bandeira arco-íris fincada no vaso no canto.

— É sua? — pergunto.

A recepcionista gira na cadeira para ver do que estou falando.

— Não, a dra. Abraham que colocou isso ali. — Ela me dá um sorriso esperto. — Ela ama muito a filha dela.

***

O jogo do campeonato acontece em uma sexta-feira chuvosa e fria. Eu acordo com a sensação de não ter dormido.

O dia na escola passa em um borrão. Todo mundo está animado com o jogo, e, apesar de eu já ter vivenciado essa empolgação durante a temporada de futebol americano, nunca senti isso tão intensamente, nem mesmo durante o Clássico de Natal. As pessoas estão usando os chifres de rena na aula. O corpo estudantil decidiu erguer uma faixa com a foto do nosso time nele. Danielle não pode atravessar o corredor sem que nossos colegas a abracem. Ninguém nem menciona o time de basquete masculino, que não conseguiu se qualificar para jogar no campeonato. Pela primeira vez na história recente, o time de basquete feminino é quem está com a bola toda.

Quando finalmente chega as sete da noite, estou tremendo de nervoso. Danielle junta nosso time no vestiário e diz para cada uma de nós por que está orgulhosa de quem somos. A treinadora Fernandez está lá, mas paira no fundo como um fantasma. Danielle a delega para levar o cooler de água para o banco.

Quando corremos pela quadra para aquecer, visto minha camiseta do time e uma calça de moletom velha e larga para esconder a roupa que estou usando embaixo. Eu me junto às minhas colegas para treinar bandejas e os arremessos de aquecimento, mesmo que eu só vá jogar na segunda metade. Vou fazer meu aquecimento de verdade no intervalo.

As arquibancadas estão lotadas, sem espaço sobrando. Tem até gente de pé embaixo delas porque não encontraram um lugar para se sentar. Examino a multidão à procura da minha família e encontro a linha de cabelos ruivos bem fácil; estão sacudindo pôsteres e gritando meu nome. Os Zander estão sentados na frente deles com uma cartolina com uma foto impressa de Danielle. O sr. Zander dança com ela.

É mais difícil encontrar a dra. Abraham em meio ao mar de espectadores, mas confio que ela é uma mulher de palavra. Ela deve estar aqui.

O engraçado é que a última pessoa por quem procuro é Tally, sentada no banco de Candlehawk. Quase esqueci que ela jogaria esta noite. Pensei nesse momento por meses — o ápice do meu sonho de passar por cima dela — e, agora que chegou, não sinto nada. Perceber isso me faz rir.

— O que é tão engraçado? — Danielle pergunta, a perna tremendo, nervosa.

— Nada. Está pronta, treinadora?

Danielle fica com aquele olhar endurecido nos olhos.

— Prontíssima. E você?

Um tapinha atinge meu ombro de leve. Me viro e vejo Irene atrás de mim, esplendorosa com maquiagem completa e glitter no cabelo, o uniforme de líder de torcida impecavelmente passado. Ela sorri na minha direção, e eu me lembro de repente o porquê de ela ter sido indicada para "Melhor Sorriso".

— Queria te desejar boa sorte — ela diz, sem fôlego.

Demora um instante para eu lembrar como falar.

— Você também.

— Não preciso de sorte. — Ela sorri, brincalhona. — Eu conseguiria fazer essas coreografias até dormindo.

— Ah, é?

O olhar dela é caloroso no meu.

— Arrasa, Zajac.

— Mostra pra eles como se faz, Abraham.

Minutos depois, minhas colegas tomam suas posições na quadra. Assisto nervosa do banco, ainda vestida com a minha calça de moletom. As pessoas parecem confusas pelo motivo de eu não estar começando no jogo. Minha família está sussurrando para os Zander. Irene me lança um olhar questionador, os pompons firmes atrás das costas.

O árbitro lança a bola no ar, e o jogo começa.

***

O jogo é pau a pau nos dois primeiros períodos. Danielle está pegando fogo, mas a armadora principal de Candlehawk também. Quando nós pontuamos, elas também pontuam; quando pegam um rebote, nós também pegamos. É frustrante e emocionalmente exaustivo, mas estou orgulhosa da nossa luta. Nós estamos muito diferentes do que estávamos quatro meses atrás.

Quanto mais perto chegamos do intervalo, mais forte o meu coração bate. Mando uma mensagem para Kevin para me certificar de que tudo está certo. Honey-Belle me olha das laterais, o sorriso dela praticamente entregando tudo. O único que não parece afetado é Gunther, mas isso é difícil de determinar porque ele está escondido debaixo da fantasia de Rena Lutadora.

O segundo período nos pega morro abaixo. No último minuto de jogo, Candlehawk faz uma de três pontos, e a metade vermelha que permeia a multidão grunhe. Candlehawk está na liderança por cinco pontos. Meu time tenta recuperar, mas Danielle erra um arremesso.

E então a campainha soa. É hora do intervalo, e meu time sai correndo da quadra, frustrado e cansado. Mas nenhuma delas vai para o vestiário. Elas se juntam ao redor de mim em vez disso.

— Você consegue — Danielle diz, dando um tapa no meu braço. — Descarregue tudo na quadra, ok?

Eu respiro fundo e esfrego minhas mãos suadas na calça do moletom. E então, usando os corpos das minhas colegas como escudo, tiro a blusa e calça. Agora é só esperar pelo sinal de Honey-Belle.

As líderes de torcida se juntam no meio da linha da quadra, prontas para começar o que todos pensam que é uma apresentação do intervalo. Irene fica na frente, forte e orgulhosa, pronta para liderá-las.

Até que Honey-Belle aparece ao seu lado, arranca os pompons da mão dela e os joga para longe.

— Quê? — Irene questiona, parecendo escandalizada.

Honey-Belle diz alguma coisa para ela. Ela puxa a mão de Irene, afastando-a da equipe. Irene resiste ao puxão, procurando por apoio, teimosa para caramba. Honey-Belle a arrasta até as arquibancadas e a faz sentar na primeira fila. A essa altura, a multidão inteira está sussurrando com urgência. Ninguém sabe o que está acontecendo.

Honey-Belle dá uma voltinha, sacode as mãos acima da cabeça como se fossem chifres de rena e corre de volta para se juntar ao time no meio da quadra.

Respiro fundo uma última vez e espero a minha deixa.

De repente, uma música ensurdecedora ecoa do sistema de som. Kevin acertou o áudio.

Now I've had the time of my life...

Atravesso a parede que minhas colegas de time fizeram e corro na direção das líderes de torcida. Elas se dividem ao meio, me deixando bem no centro. A multidão de repente dá um grito. Estão encaixando as peças do quebra-cabeça com uma rapidez estonteante: o tema de *Dirty Dancing*, a coreografia que estamos começando e eu, dançando igual a uma boba em um uniforme de líder de torcida de Grandma Earl.

Mas eu só tenho olhos para uma pessoa.

Irene está espantada. As sobrancelhas dela estão praticamente encostadas na linha do cabelo, a boca escancarada, os braços caídos ao lado do corpo. Por um segundo horripilante, acho que entendi tudo errado.

Mas então ela ri. A multidão ruge ao redor dela, e continuo dançando como uma palhaça ao som da música de *Dirty Dancing*, e Irene está rindo sem parar de um jeito completamente desavergonhado, luminoso.

Eu sorrio e me deixo aproveitar a coreografia, concentrada nos passos que Honey-Belle nos ensinou. Nós misturamos os passos de dança do filme com algumas das melhores coreografias da equipe, uma homenagem feita exclusivamente para as paixões de Irene. A adrenalina assumiu meu corpo, minhas bochechas queimando, meu coração batendo na garganta. Eu sou péssima, mas consigo me movimentar em sincronia com o time, e todas estão sorrindo como se estivessem se divertindo demais. A multidão inteira parece estar, de fato, curtindo o melhor momento de suas vidas. Estão gritando e aplaudindo, todos de pé, até mesmo algumas pessoas de Candlehawk.

A Rena Lutadora, também conhecida como Gunther, corre para se juntar ao momento icônico do filme. Eu respiro fundo e fico na frente dele, e o barulho a multidão é como um trovão. Eles sabem o que está por vir.

Naquele momento perfeito da música — a parte onde Jennifer Grey se joga nos braços de Patrick Swayze para que ele possa levantá-la acima de todo mundo —, eu corro diretamente para Gunther e me jogo em seus braços fofos de mascote. Nós arruinamos tudo, é claro: ele me ergue em uma meia pirueta e solto um grito, rindo. Nós damos uma volta para tentar recuperar e aproveitar ao máximo, e tudo que consigo ouvir é Honey-Belle soltando gritinhos de alegria enquanto o solo do saxofone ecoa na minha cabeça.

Quando Gunther me põe no chão, ajeito minha saia e me viro para encarar a multidão. Em um relampejo repentino, entendo exatamente o que Irene estava dizendo no dia em que me falou que as líderes de torcida regulam as emoções da multidão. Eu consigo *sentir* o entusiasmo, a euforia, a animação pura. A música suaviza para a ponte, e consigo levar a plateia a diminuir um pouco o barulho. Dou uma batida no microfone preso no meu uniforme, e espero Kevin ligá-lo.

— Muito obrigada por virem aqui torcer para nossas Renas Lutadoras — digo, minha voz ecoando pelo ginásio. — Estou aqui fazendo essa dança cafona porque tenho umas coisas cafonas pra dizer. — Eu engulo em seco e digo a próxima parte como se estivesse rezando por uma cesta de três pontos. — Irene Abraham, quero te levar a um encontro.

A arquibancada sai de controle. As pessoas literalmente estão pulando nos assentos. Irene parece estar a ponto de desmaiar.

— Estou me apaixonando por você desde o segundo em que você bateu no meu carro — falo para ela, minha voz trêmula. — Você é a pessoa mais brilhante, passional e irritante que já conheci. Você me vê de verdade.

Eu me viro para falar a próxima parte para a multidão.

— E eu aprendi, ao fazer *isso* — gesticulo para as líderes de torcida atrás de mim —, que Irene é tão atlética quanto eu suspeitava. Então eu não ligo se vocês votarem nela ou não para Atleta Estudantil do Ano. Só quero que saibam que ela merece esse título.

O aplauso é ensurdecedor. Engulo em seco e olho diretamente para Irene. Ela está com uma expressão que não sei se verei algum dia de novo: completamente deslumbrada, como se tivesse sido pega de surpresa pela primeira vez na vida.

Mas quando estico a minha mão na direção dela, algo parece sacudi-la para acordar. Ela pula das arquibancadas e corre na minha direção com a escola toda aplaudindo atrás dela.

E de repente ela está na minha frente, os olhos brilham daquele seu jeito incandescente e imponente, e, antes de eu conseguir recuperar o fôlego, ela segura meu rosto e me beija.

Estou vagamente consciente da multidão enlouquecendo, Gunther comemorando atrás de mim e Kevin repetindo a música para que esse momento dure para sempre, mas a única coisa que registro de verdade é a sensação da boca de Irene na minha. Ela me beija forte, e, quando me solta, eu literalmente tenho que dar umas piscadas para botar a cabeça no lugar.

— Deixa eu mostrar como se faz *de verdade*! — ela grita, e, antes que eu consiga dizer qualquer coisa, ela acompanha a coreografia com naturalidade.

Porra, é *claro* que ela sabe os passos de dança de *Dirty Dancing*. Eu só fico lá, rindo chocada, enquanto Irene e as líderes de torcida terminam a coreografia, para a alegria da multidão estrondosa. E quando a música finalmente acaba, ela se inclina para o microfone na minha gola e diz:

— Agora a gente pode mostrar umas coreografias das Renas Lutadoras *pra valer*?

As líderes de torcida mudam para a coreografia de intervalo sem dificuldade, aproveitando a onda de energia da multidão. As coreografias são ótimas. A multidão está amando isso. Meu olhar corre pelas centenas de rostos e vejo alegria, pertencimento e comunidade.

Um rosto se destaca para mim: a dra. Abraham, em pé ao lado do pai de Irene, com Mathew ao seu lado. Ela sorri orgulhosa, com o amor de uma mãe estampado no rosto, batendo palmas para as coreografias perfeitamente orquestradas da filha. Minha garganta se fecha de repente.

Quando o intervalo acaba, Irene pega minha mão e me leva para o vestiário. Ela me empurra porta adentro e diz:

— Vai pôr o uniforme. Você não vai ficar de fora da segunda metade desse jogo.

Ela não precisa falar duas vezes.

***

Realmente não me importo com como esse jogo vai terminar. Estou tão eufórica que jogo como uma criancinha, puramente pela diversão, praticamente alheia à competição. Dou três passes para arremessos de pulo de Danielle; ela me dá o passe depois de um roubo que vira uma bandeja. É facilmente nossa melhor performance juntas. Mesmo quando arremesso uma bola para fora no terceiro período, só dou uma risada e continuo jogando.

Um momento me chama a atenção: Tally sofrendo uma falta no quarto período. Ela tropeça em Googy no meio de uma tentativa desesperada de fazer uma cesta. Quando vai ao chão e começa a chorar, não hesito em correr até ela. Eu me abaixo ao lado dela, oferecendo minha mão. Ela se recusa a pegar.

— Eu não entendo — ela choraminga, esfregando as lágrimas.

As palavras que saem da minha boca não são planejadas.

— É só um jogo, Tal. Bola pra frente.

Dou de ombros e corro para longe, deixando-a encarando o chão. O jogo não é retomado até a treinadora de Candlehawk substituí-la.

Nos minutos finais, estamos empatadas com Candlehawk. Meu ímpeto competitivo renasce em mim. O estresse emana de Danielle como ondas. A tensão no ginásio é palpável.

— Temos que dar um jeito na armadora principal delas. — Danielle ofega durante uma pausa. — Ela é a que mais marca. Não consigo acompanhar.

— Ela não é tão boa de lance livre — falo. — Precisamos fazer umas faltas.

— Isso significa que Danielle vai tomar uma exclusão — Googy fala. — Você já tem quatro, Danielle. Mais uma e você tá fora do jogo.

— Eu sei. — Danielle bufa. — Estou tentando pensar.

Uma ideia me ocorre.

— Ei... e se eu ficar na marcação da sua jogadora? Só tenho duas faltas.

Danielle franze o rosto para mim.

— E eu fico com a sua?

— Exatamente. No ataque ainda vamos de lançador e armador, mas na defesa a gente troca. Se eu levar uma exclusão, não dá em nada. Você é a nossa melhor jogadora, Danielle. Você precisa estar no jogo.

Nossas colegas trocam olhares. O árbitro apita.

— Ok — Danielle aceita.

Os últimos três minutos passam rápido. Eu marco a armadora de Candlehawk e pego duas faltas quando ela está tentando fazer um arremesso, mas a estratégia funciona: ela só consegue completar um de quatro arremessos. Candlehawk agora está na frente por só dois pontos.

E com pouco mais de um minuto faltando, a armadora vai na direção da cesta. Corro atrás dela e bloqueio o arremesso. Minha mão nunca toca a dela, mas o árbitro apita

A JOGADA do AMOR 275

uma falta. Minha quinta e última. Estou oficialmente fora do jogo. A multidão vaia com raiva.

— Tudo bem — falo para Danielle enquanto vou para o banco. — Foco. Você consegue ganhar essa.

Faltam quarenta e cinco segundos. Trinta. Candlehawk ainda está ganhando por dois pontos. Não consigo me manter sentada no banco; fico saltitando no lugar. A treinadora Fernandez grita, mas ninguém escuta o que ela diz. Todos os olhares estão na quadra.

Quinze segundos. Danielle traz a bola para o nosso lado da quadra. Dez segundos. Googy tenta ficar livre para um passe. Cinco segundos. Danielle tenta se afastar da defensiva.

E então, nos últimos segundos, acontece.

Danielle fica livre e arremessa a mais linda cesta de três pontos. A bola afunda direto pela rede com o mais satisfatório e perfeito dos sons.

A campainha ressoa. O ginásio torna-se uma explosão de sons. A multidão desce das arquibancadas, eu corro do banco e Googy está chorando, abraçada à Danielle. Atiro meus braços ao redor delas e beijo minha melhor amiga no topo de sua cabeça suada, e de repente também estou chorando. Somos uma sauna de calor, os corpos pressionando por todos os lados. Minha família também está ali, assim como a de Danielle, e Gunther atira a cabeça de mascote para longe e grita com o rosto mais vermelho que já vi.

As pessoas agarram Danielle, sacudindo-a, dando tapas em suas costas. Ela é praticamente levantada no ar. E então de repente Kevin está ali, e os braços dele estão ao redor dela, mas, antes que possa fazer qualquer coisa, Danielle o puxa para um beijo.

Estou chorando de soluçar. Ao menos, acho que estou soluçando. É impossível ouvir a minha própria voz. Minhas irmãs me abraçam, e Daphne olha para Danielle e Kevin como se eles estivessem em um filme. A sra. Zander grita de alegria enquanto o sr. Zander encara a cena ao lado dela boquiaberto, as bochechas ficando cada vez mais vermelhas, até a sra. Zander agarrá-lo pelos quadris e tirá-lo para dançar. O ar está úmido e eu não consigo respirar e essa é a melhor sensação do mundo.

Um braço passa ao redor da minha cintura, e sinto lábios na minha bochecha.

— Parabéns — Irene diz no meu ouvido. — Foi uma exclusão espetacular.

Eu me viro nos braços dela, seguro o seu rosto com as mãos.

— Dá pra acreditar que a última nem foi uma falta de verdade? Eu nem encostei na mão da garota!

— Hum, acho que isso é uma mentira deslavada. Você também falou que não tinha batido no meu carro.

— Eu te odeio — digo.

E então eu a beijo, e beijo de novo, e de novo.

19

A vida entra em um ritmo mais calmo na semana seguinte. Com o fim da temporada, e o troféu ganho, minhas tardes de repente ficam livres. Passo meu tempo no estacionamento com Irene e nossos amigos.

Em uma tarde fria no fim de fevereiro, Irene faz um anúncio tão chocante que nós cinco só conseguimos ficar em silêncio por um tempo: ela casualmente anuncia que vai sair da competição de Atleta do Ano.

— Você enlouqueceu? — Danielle pergunta enfim.

— Irene, você não pode fazer isso — imploro. — Você tem trabalhado nisso há meses. *Anos*, até.

Os garotos ficam em silêncio, mas Honey-Belle diz:

— Vamos ouvir o que ela tem a dizer. Eu confio na intuição de Irene.

Irene sorri.

— Bem, eu não tinha nem *te* contado isso — ela diz, beijando a minha têmpora —, mas eu e minha mãe tivemos uma conversa ontem à noite. O consultório dela vai filmar um comercial novo em breve. Ela quer que o time de torcida participe.

Os olhos de Honey-Belle se iluminam.

— O time?

— O time. *Eu.* — Irene parece prestes a entrar em combustão. — Ela quer que eu pense em algum tipo de coreografia e slogan para a propaganda do Consultório Grandma Earl Olhos & Associados.

— Ai, meu Deus! — todo mundo fala ao mesmo tempo.

— Só tem um problema: o que rima com "associados"? — Gunther pergunta.

— Invertebrados — responde Kevin, sério.

— Ok, nos preocupamos com isso depois — Danielle diz. Ela se vira para Irene. — Você aceitou, né?

— Eu me levantei e soletrei. — Irene finge que tem pompons na mão. — *S-I-M!*

— Meu Deus, seu senso de humor é terrível — digo enquanto nossos amigos caem na gargalhada.

— Mas aqui está a melhor notícia — Irene continua, se inclinando mais para perto de mim. — Ela disse que mesmo que eu não consiga a bolsa de estudos para ir para Benson, ainda podemos dar um jeito. Eu posso ajudar no consultório durante o verão enquanto a recepcionista estiver em um cruzeiro pra Maiorca. Eu vou para a Benson de qualquer forma.

— Irene, isso é incrível! — Honey-Belle solta um gritinho.

— Então vou sair do páreo pra Atleta do Ano — Irene continua, dando de ombros. — Eu não preciso mais disso. Eu não *ligo*. Além do mais, quero que Danielle ganhe. — Ela olha para a outra com seriedade. — Eu preciso que você ganhe da Charlotte.

Danielle se empertiga, batendo continência.

— Será uma honra.

***

Danielle ganha a competição de Atleta Estudantil do Ano na sexta-feira antes do meu aniversário de dezoito anos. Nosso diretor anuncia a vitória dela durante uma cerimônia especial no ginásio, com Danielle, Charlotte e os outros dois candidatos atrás dele. Ninguém se surpreende ao ouvir o nome de Danielle, mas quase todos ficamos surpresos quando Charlotte joga a cadeira para longe do palco em um surto de raiva. Nem mesmo a amiga dela, Symphony, consegue acalmá-la, e a sra. Scuttlebaum precisa arrastá-la à força para a enfermaria. É assim que descobrimos que Scuttlebaum costumava ser uma vaqueira profissional em rodeios.

A conquista de Atleta do Ano de Danielle não é tão avassaladora quanto a sua pontuação nos últimos segundos contra Candlehawk, mas todo mundo está feliz por ela. Kevin a presenteia com um buquê de rosas vermelhas. Honey-Belle lhe faz uma coroa de flores. Gunther secretamente corta o rabo da Rena Lutadora para Danielle guardar de lembrança.

No geral, o fim daquele dia é diferente do que esperávamos. Nós estamos felizes, mas é um tipo confortável de felicidade. Esta noite, nós seis vamos nos juntar à minha família em um jantar de aniversário, e depois vamos para um encontro triplo no cinema assistir a *Gatinhas & Gatões*. Irene já nos fez prometer que conversaríamos sobre as questões problemáticas do filme depois. Acho que nunca vi Kevin ou Danielle tão empolgados. Eles literalmente fizeram anotações para não se esquecerem de nenhum ponto de discussão. Danielle diz que eles primeiro ficaram se pegando no carro, depois se revezaram no marca-texto. Os dois são nojentos.

É um dia lindo de março quando saímos do corredor de armários dos veteranos e vamos para o estacionamento. Irene ainda não se juntou a nós; ela disse para Honey-Belle que tinha que mandar um e-mail para a treinadora das líderes de torcida da Benson antes. É estranho ouvir o nome das faculdades aparecendo em todas as conversas. Irene fala sobre a Benson o tempo todo. Kevin já entrou para a Morehouse. Gunther está determinado a ir para Kennesaw State, e Danielle entrou para Vanderbilt. Eu ainda estou planejando ir para a faculdade estadual da Georgia; já consigo me ver na cidade grande. A única de nós que não fala muito sobre isso é Honey-Belle, mas é porque ela quer tirar um ano sabático. Está pensando em ser doula. Gunther teve que pesquisar o significado quando ela contou.

Andamos lentamente até o estacionamento, Danielle e Kevin de mãos dadas, Gunther e Honey-Belle com os braços ao redor do ombro um do outro. Não é exatamente o grupo com quem eu esperava concluir o meu ensino médio. É melhor ainda.

O clima da primavera é gentil e calmo. O sol dourado em nossos cabelos, os pássaros piando timidamente. No letreiro, lia-se FORMATURA MÊS QUE VEM a semana toda, mas agora alguém mudou para FODA DURA MÊS QUE VEM.

Tem um pulsar ritmado de música vindo do estacionamento. Nós viramos a esquina na direção dos nossos carros e, de repente, a música soa estridente. Um ritmo de tambor. Uma única silhueta ao lado do meu Jetta...

É Irene, segurando uma caixa de som antiga acima da cabeça, vestindo um *trench coat* por cima do uniforme de líder de torcida. *Muito* mais bonita que John Cusack. Eu rio com meu coração pleno, porque o que mais posso fazer?

Meus amigos não parecem surpresos: eles ficam para trás e observam quando eu me aproximo.

Irene abre um sorriso, mordendo o lábio inferior. Ela abaixa o volume e coloca a caixa de som no teto do carro. É aí que percebo que ela nem está tocando a música certa. Não é "In Your Eyes". É a música do Fine Young Cannibals, que ouvimos juntas na primeira semana que dei carona para ela.

Eu sorrio e me pressiono contra ela.

— Por que você mudou a música?

Ela revira os olhos.

— Porque a outra é cafona demais. "She Drives Me Crazy" é muito mais parecido com a gente, "Ela me enlouquece" e tal.

— Onde você conseguiu essa caixa de som?

— Na loja de antiguidades do Balthazar. Cinco contos. O cara teve que me mostrar como usar.

— Incrível — digo, entrelaçando nossos dedos. — Mas você não é alérgica a encenações românticas?

Irene dá um sorriso torto. Ela ergue a sobrancelha, aquela que tem a cicatriz que eu amo tanto.

— Não quando são feitas em prol do puro romantismo. E não quando é o fim de semana do seu aniversário. Além disso, não posso deixar você sair dessa melhor que eu.

— A-ham — falo, me inclinando na sua direção.

Ela me beija. Nossos amigos começam a gritar no fundo.

— Você não existe — falo para ela.

Seus olhos brilham.

— Não existo mesmo, né?

— Cala a boca.

Eu a puxo pelo tecido do casaco e a beijo de novo. Perto do fim da música, Irene põe a mão na minha boca, dá uma voltinha e coloca para tocar de novo. Solto uma gargalhada.

— Tem que criar o clima?

— Óbvio — ela diz, e me beija de novo.

Considerando que assisti à cena da caixa de som de *Digam o que quiserem* um milhão de vezes, era de se esperar que eu não sentiria um calorzinho na barriga quando a minha namorada líder de torcida a reencenasse para mim no estacionamento da escola.

Mas não é o caso.

Agradecimentos

Eu me diverti tanto escrevendo este livro bobo, ridículo e absurdamente exagerado, e não teria conseguido fazer isso sem uma comunidade inteira me apoiando.

Mekisha Telfer, você merece um troféu por ser a melhor editora do planeta — e a mais paciente. Obrigada por me encorajar a tornar esse manuscrito o melhor que ele poderia ser. Obrigada principalmente por amar "Irene, nossa bebê fofinha" tanto quanto eu.

Marietta Zacker, esse livro não existiria sem a sua iniciativa. Obrigada e eu te amo.

Para a equipe inteira da Roaring Book Press, incluindo Avia Perez, Veronica Ambrose, Christa Desir, Susan Doran, Lindsay Wagner e Morgan Kane: obrigada pelo trabalho atencioso e cuidadoso. Aurora Parlagreco, obrigada pela linda capa para a edição original.

Steffi Walthall, sua ilustração na capa para a edição original é melhor do que qualquer coisa que eu imaginei. Muito obrigada por ser tão incisiva e compreensiva com esses personagens. Obrigada por explorar ideias comigo. Você é uma pessoa especial de verdade.

Para minha família: obrigada por me ajudar ao longo da escrita desse livro, ainda mais com tudo que estava acontecendo. Mãe, pai, Freida, Sean, Michael, Annie e Quinn P., vocês são meu mundo todinho. Amo vocês.

Um agradecimento especial ao meu padrinho, tio Tommy, por inspirar o famoso cinema "Chuck Munny". Espero que esse livro traga para os leitores ao menos metade da alegria que você traz para nossa família.

Adrienne Anne Tooley e Jenny Cox-Shah: por onde eu começo? Vocês são dois dos maiores presentes que recebi na vida. Obrigada por lerem cada rascunho e oferecerem tantos comentários generosos. Amo vocês e as acho geniais. Fico tão orgulhosa de escrever histórias sáficas ao seu lado. Corações sombrios e cerveja sour para sempre.

Jasmyne Hammonds, obrigada por sua leitura cuidadosa, anotações ponderadas e torcida no geral. Tenho a honra de te chamar de amiga — e, agora, uma irmã editorial!

Irene é uma das minhas personagens favoritas, e foi importante para mim entender de onde a família dela vinha, o contexto cultural e o seu jeito de olhar o mundo. Sou muito grata aos meus amigos indianos e do sul asiático que foram generosos ao compartilhar seu tempo, experiências pessoais e perspectivas enquanto eu procurava construir o mundo interno e externo de Irene. Obrigada um milhão de vezes a Nithya Amaraneni, Annie Jacob e Jenish Joseph. Um agradecimento ainda mais especial para minha ini-amiga de sempre e às vezes amante, Sana Saiyed.

Andrea e David Alexander, obrigada por inspirarem a família de Danielle (e seu sobrenome) e por serem sempre os melhores. Thomas Hicks e Ellyn Zagor(g)ia, obrigada por enfrentarem a chuva naquele jogo de futebol americano estudantil. Vocês são os melhores colegas de pesquisa (e obrigada a Thomas e Todd por emprestarem seus nomes para Gunther e Kevin!). Kate Austin, obrigada pelas consultas sobre ser uma líder de torcida queer (queerlíder?) e por ser uma luz tão brilhante na comunidade LGBT.

Sarah Cropley, você é uma leitora-beta, bibliotecária e amiga extraordinária. Obrigada por me acompanhar nos últimos três livros! Claire Gibbs, minha leitora-beta adolescente favorita, obrigada por suas opiniões cuidadosas e reflexivas nos primeiros rascunhos. Kathleen F. F. Rhoads, obrigada por verificar minhas referências a basquete e por fazer parte da minha vida. Meaghan Quindlen Hanson e Jessy "Bubba" Quindlen, obrigada por serem minhas leitoras-teste e fãs. Rima Salloum, eu já sei que vou pedir para você desenhar Scottie e Irene baseada nas suas outras ilustrações para os meus livros, então um obrigada antecipado. Lisa Vincent, Cassie Gonzales e Kimberly Hays de Muga, obrigada pelas opiniões nos meus primeiros rascunhos.

Para todos os livreiros, blogueiros, bibliotecários, educadores, leitores e escritores que fazem dessa comunidade um lugar tão rico e amável: obrigada, do fundo do coração.

**CONFIRA NOSSOS LANÇAMENTOS,
DICAS DE LEITURAS E NOVIDADES
NAS NOSSAS REDES:**

editoraAlt
editoraalt
editoraalt
editoraalt

Este livro, composto na fonte Fairfield,
foi impresso em papel Lux Cream 60g/m^2 na AR Fernandez.
São Paulo, Brasil, setembro de 2024.